I WANT TO BE SPOILED BY THE MARQUIS OF ICE!

氷の侯爵様に甘やかされたいっ!

シリアス展開しかない幼女に転生してしまった私の奮闘記

もちだもちこ
MOCHIDAMOCHIKO

illustration
双葉はづき
FUTABA HAZUKI

TOブックス

CONTENTS

CONTENTS

illustration 双葉はづき FUTABA HAZUKI　design ヴェイア Veia

プロローグ

想像してみてほしい。

妻の生んだ子が、自分の子ではなかったら?

そして、その子を置いて他の男と駆け落ちしてしまったら?

想像してみてほしい。

その子供を、家族は、どう扱うのかを。


ただひとつ言えることは、私は若造で考えが甘かったということだろう。

いや、私だけじゃないはずだ。皆がそうであるに違いない。

それでも、誰かの物語について「想像力」を働かすことを疎《おろそ》かにしてはいけなかったのだと、この状況になった今は思う。

「う……いたい……」

これは『魔力の暴走』だ。なぜか自分の身に起こった出来事が一瞬で認識できる。それはきっと私が「私」のことを知っているからだろう。

この体の持ち主である「私」は、生まれてからずっと部屋に閉じ込められ、毎日のように「体が弱いから外に出てはならない」と言われ続けていた。

母親と名乗る女は数日に一度顔を出せば良い方で、ほとんどの時間を部屋の中で放置されていた。

食べ物もあまりもらえなかったが、母親付きの侍女《じじょ》が時々パンや甘いお菓子を差し入れ、それでなんとか生き延びていたかわいそうな子ども。

「こんな、ことって……」

今の私なら母親が「私」に対して、何を願っていたのかが分かる。

病弱だと言い張っていたくせに、医者を呼ぶわけでもなく放置され続けていた理由。

ろくに食べ物を与えず、子どもを部屋に閉じ込めていた理由。

「私」に、死んで欲しかったのだろう。

不幸中の幸いだったことは、あの女が子どもに「暴力をふるう」という選択肢がなかったことだ。

貴族の箱入りお嬢様だったせいか、彼女の中身は夢見がちな少女のままだった。

顔を見せるたびに「わたくしには王子様が迎えにくるの。悪い魔王に囚《とら》われたわたくしを愛してくださるの」と言うのが口癖だったから。

そして今日、あの女が侍女に「王子様が迎えにきたので出て行くから、この部屋はもう開けないでちょうだい」と命令しているのが聞こえた。

必死で止める侍女から鍵を取り上げて去っていく女。

泣き崩《くず》れる侍女はドアの向こうで「今すぐ誰かを呼んで開けますから！」と叫んでいたけど、私はもうどうでもよくなっていた。

生まれてから数年間、よく分からないまま必死に生きていた私に、生まれて初めてわきあがった感情。それは次第に魔力へと変換され、次から次へと身体の中から溢《あふ》れ出していく。

骨の浮き出た腕を見る。満足に食事をもらっていないせいで、かわいそうなくらい痩《や》せた体。

容姿は鏡を見なくても分かる。私はきっと母親譲《ゆず》りの蜂蜜《はちみつ》色の髪と、アメジストのような紫色の瞳をしているのだろう。

顔の作りは悪くないはずだ。あんなクズの見本みたいな母親でも、顔だけは良かったから。ただ二人目である私を産んでから劣化が激しいらしく、事あるごとに「産まなきゃよかった」と言われ続けていたけれど。

魔力の暴走で全身が痛い。でも、その衝撃と痛みのせいで思い出した。

私が前世、ライトノベル作家だったということ。

そして。

私が、私の前世で書いた小説に出てくる「シリアス展開しかない無口魔法使いキャラ」にそっくりだということを。

1　現状は最悪だった

こう見えて（？）私の前世は作家だった。

作家といっても私の場合、いわゆる流行《はや》りの娯楽《ごらく》小説を書く「ライトノベル作家」というやつだ。

私の代表作である『オルフェウス物語』は、商家の次男に生まれた少年が冒険者として独り立ちするところから始まる。

仲間と出会い、強くなって、この世界になくてはならない人物になる少年の成長と冒険の物語だ。

完結はしていない。

なぜなら、彼らの冒険の途中で私の前世の記憶が途切れているからだ。

二巻の最終稿の直しをメールして、そのまま寝落ちしたところまでは覚えている。

そこから、ええと、どうしたんだっけ？　ちょうど強敵と戦って、三巻は日常回から始まる予定だったよ。三巻が出せれば、だけど。

ああ、完結させたかったなぁ。ラストはいくつか考えていたんだけど……。

「よりにもよって、このキャラ……」

ラノベの定番である異世界転生。

私がよく読んでいた作品の末路は様々だった。ほとんどが打ち切りだとかそういうことを言ってはいけない。

もし、この世界が私の作品に酷似《こくじ》しているとすれば、私の魂？　が入っているこの体は主人公の仲間の魔法使い「ユリアーナ」だと思われる。

主人公に絡《から》む女の子三人の中の一人。

正統派美少女の神官、元気系美少女の格闘家、そして無口で無表情な美少女魔法使い《ユリアーナ》。

「まほうは、あたまがよくないとつかえないやつだよね……」

はっきり言って私は勉強の出来ない子だ。子どもの頃から勉強嫌いだった私は、高校卒業後すぐに就職した。

勉強したくないという、どうしようもなく浅はかな考えから決めた進路だったけど、会社員しながら小説を書いてデビューまで出来たのだから良い選択だったと思う。

でも、なんでこんなことになったんだろう。ここに私がいるということは、向こうの私は？　やっぱり死んじゃった？

いやそれよりも現状がヤバい。

「せめて『おさななじみキャラ』……いや、『モブ』のほうが……」

なぜ小説の中でも主要メンバーになってしまったのか。モブだったら世界の平和とか考えず気楽に暮らせたのに。

それにしても、さっきからうまく話せない気がするな。

「あー、あー、あめんぼあかいにゃあいゆえおー」

うむ。微妙に噛んだ。

痛みもあって体を動かさず、ひたすら床に寝転がってじっとしていると、鍵がかかっているはずのドアが大きな音をたてて勢いよく開いた。

「この惨状が、魔力暴走のせいだと？」

よく通るバリトンボイスに、私はうっすら声の主に見当をつける。

たぶん、ユリアーナの父親だろう。たぶんだけど。

「エリザベスは、いつ出て行った？」

「昨夜でございます」

どうやって気づいたのか分からないけど、母の行動を知った父？の声に震えが混じっている。

体が動かないから様子が見えないけど相当ショックを受けているであろう彼に、私は心から同情する。

だって、浮気相手と愛の逃避行とかやっちゃったんだからね。

結婚した後もずっと「いつか王子様が迎えにくる」とか、ほんと頭沸《わ》いてるとしか思えない。それなのに父？は母をそれなりに愛していたのだろう。政略結婚だけど、良い関係になるよう彼なりに努力していたはずだ。

なぜ知っているのかって、それは私が設定資料に書いていていたからだよ。

申し訳ないことに、魔法使いの生い立ちを設定するとき、なるべく暗くするようにしたのだ。

明るいキャラクターたちの中に暗い過去を持つキャラがいると、作品に彩《いろど》りが出る気がして。ほんとごめんなさい。

母親から愛されず、父親とは血が繋がっておらず、兄からも疎《うと》まれていた少女……。

ああ、なぜ私はあんな設定を考えてしまったのか！

何も悪いことしていない少女がこの先、主人公と会うまでの間ずっと苦しみ続けていくなんて
……いや、ここまで詳しく本編には書いてなかったけどね。あくまでも設定だけだよ。

まさか虐待《ぎゃくたい》までしてたとか、ここまで頭が沸いている母親だとは思ってもみなかったよ。

「マーサ、これは何だ」

寝転がっているのは指一本動かせないでいる私。上から降ってくるバリトンボイスは私の好みど真ん中で、こんな状況じゃなければ興奮のあまり鼻血が出ていただろう。危ない危ない。

背中があたたかい。いつもパンをくれる侍女さんが優しく撫《な》でてくれているのがわかる。

「ユリアーナお嬢様です。奥様はお嬢様の世話をすることを禁じておりました」

「なんだと？」

「最低限の食事は、隙《すき》をみてお出ししておりましたが……。昨夜、奥様が家を出られた時に部屋はもう開けるな、と」

突然、私の目の前に輝かんばかりの美貌《びぼう》が現れた。

外見からして三十代かな？　整ったその顔は無表情で、眉間にはシワがギュッと寄せられている。

「紫色の目、だと？」

そうだ。

父親はアイスブルーの目に銀髪、兄は父の銀髪と母のエメラルドグリーンの目を持っているはずだ。

そして私は……。

「エリザベスと同じ蜂蜜色の髪。そして、お前の目は……誰の色だ？」

乾いた唇を懸命に動かして話そうとしたけど、彼の怒りは魔力となって私に圧力をかけてくる。

何か話そうにも喉《のど》からは弱々しい呼吸音しか出てこない。

それに魔力暴走の直後で私の魔力は枯渇《こかつ》し、なおかつ大怪我《けが》まで負っている。

あかーん。私って、今、瀕死《ひんし》やーん。

なぜかおかしくなってへらりと笑うと、目の前が急に暗くなり意識が途切れてしまうのだった。


真っ白な空間……これは噂に聞く「神さまと会話するイベント」とかだろうか。

ふわふわゆらゆら、白い布が揺れている。

まるで高級なベッドと洗い立てのシーツ、あたたかな羽毛のお布団に包まれているみたい……。

ふと、白い布の向こうに人の気配を感じる。

「だぁれ？　かみさま？」

「まぁ！　お嬢様、お目覚めになられましたか！」

白い空間だと思っていたけど、どうやら天蓋《てんがい》付きのベッドに寝ていただけらしい。お布団に包まれているみたいじゃなく、実際に包まれていた。

それよりも今の声、確かユリアーナの記憶にある優しいメイドさん……じゃない、侍女さんだったっけ？

しばらくすると再び天蓋の布をゆっくり開かれて、ロマンスグレーの「いかにも」な男性が微笑みを浮かべて一礼してくれた。

「初めましてユリアーナお嬢様。フェルザー家の執事、セバスと申します」

フェルザーとはユリアーナの家名だ。つまり私はユリアーナ・フェルザーという名前になるのだけど、小説の中では家名を名乗っていない。お父様が「フェルザーを名乗ることは許さん！」って激おこだったからね。

私がお父様の血をひいていないとバレた今、まさに激怒しているところだろうな。ブルブル。

「しつじしゃん、はじめまして」

慌てて起き上がろうする私に、セバスさんはフワリと手を動かしてクッションやら枕やらを背中に集めてくれる。

なんだか頭がクラクラするから助かったよ。さすが執事さんだね。

天蓋の布のせいでよくわからないけど、やけに広い部屋に連れてこられたみたい。

私はセバスさんに問いかける。

「ここ、わたしのおへやじゃないです」

「いいえ、ここはユリアーナお嬢様のお部屋ですよ」

そう言ってセバスさんが天蓋の布を開けてくれたんだけど……えっと、ここはどこ？

「おおきいおへや。おしろ？」

「よくご存じですね。そうです。ここは王宮の中にあるお屋敷の部屋ですよ」

ふぁっつ⁉

2　最悪というほどでもなさそう？

「執事といえばセバス」という、自分の安直な名付けかたに物申したい。

とはいえ、私はユリアーナの過去設定は作っていても家人の名前までは決めていなかったはずだ。

付けていたとしたら、あの人が好すぎる担当編集者だろう。

売れっ子とは言えない作家の編集なんて彼にとっては貧乏くじだろうに、校了《こうりょう》明けは飲みに連れて行ってくれたこともある。

それはさておき。

「なぜ、わたしはここにいるの？」

「お嬢様は魔力暴走のため大怪我を負いました。魔力を伴《ともな》う怪我でしたので、魔法に詳しい御方《おかた》に診ていただいたのですよ」

「まほうにくわしい？」

「はい。宮廷魔法使いであるペンドラゴン様です」

ふぁっつ⁉　なぜ宮廷魔法使い⁉

いやいや冷静になろう。思い出せ、私の残念な頭脳よ。

ユリアーナの師匠は宮廷魔法使いのはず。

あまりにも激しい魔力暴走のせいで、ひどい目にあったというお父様の愚痴《ぐち》に、師匠は興味を持ったんだっけ。

あれ？　でもおかしいぞ？

「えらいひとに、おねがいした？」

「ええ、旦那様があまりにも早く診るよう急かすので、ペンドラゴン様も困ってらっしゃいました」

魔王が復活とか天災があったとか、どんなことがあっても穏やかで優しいスタンスの師匠が困り顔を見せるって、お父様どんだけ激しく急かしたの？

いやいやちょっと待て。

お父様にとって私は不義の子で、間接的とはいえ憎むべき対象なのでは？　怪我をして医者を呼ぶならまだしも、宮廷魔法使いに診せるとか驚きなんですけど？

まぁ、いいか。

小説では魔力暴走から数年経ってから師匠と出会う予定だったけど、流れとしては間違っていない。

これなら私、ユリアーナは魔法使いの才能に満ち溢《あふ》れていると師匠に見出され、そのまま弟子入りとなれば不遇《ふぐう》の時代を過ごさず家を出ることができる。

「ここに、ずっといるの？」

「いえ、もうじき旦那様がいらっしゃいます。マーサが呼びに行っておりますので……ああ、早いですね」

え？　お父様がここに？

ちょ、ちょっとまって心の準備が……。

「セバス!!　ユリアーナが目覚めたと聞いたぞ!!」

「旦那様お静かに。お嬢様が驚いておられます」

バターンと大きな音をたてて扉が開いたもんだから、思わず体がかたまったよね！　セバスさんがそっと視線を遮《さえぎ》ってくれたの、とてもありがたいです！

あのアイスブルーの視線だけで、氷のように私を刺す未来が見えるのです！

「むっ……驚かせたか」

「目覚めたばかりです。お静かに」

なぜかセバスさんに怒られている侯爵《こうしゃく》様という図に、思わず笑ってしまう。

冷たく厳格な「氷の侯爵様」という設定だったと思うのだけど……。

「笑っているな」

「はい。お嬢様はとても感情豊かでらっしゃいますね」

ふぉ!?　もしやいけないことだった？

貴族たるもの感情をあらわにするものじゃないみたいな？

素早くベッドに近づいたお父様は、そのまま床に膝《ひざ》をつき私と同じ目線になる。

深く刻まれた眉間のシワと無表情、冷たく氷のようなアイスブルーの瞳。

だけど、アラサーだった私には分かる。

この人は表情がないだけで、私を心配してくれていることを。

自分の子ではないけれど、幼い子どもが怪我で苦しんでいるのだ。心ある人なら誰もが心配するだろう……たぶん。

なんにせよ。氷の侯爵ランベルト・フェルザー様は、外見もクールなところも私にとって理想の男性だ。なぜ敵キャラにしたのか分からないけど、こういう役だからこそ萌えるというか捗《はかど》るというか……。

余裕があれば彼のようなキャラにメロメロにされちゃう、女性向け恋愛小説を書きたかったくらいだ。

「ああ、その、生きていたか」

「はい」

「怪我の具合は？」

「ちょっとだけ、いたいです」

「セバス⁉」

「痛み止めの薬は食後にお出ししますから、大丈夫ですよ」

「しかし痛がっているぞ！　早くどうにかしてやれ！」

「旦那様、空腹では薬が効きませんよ」

なんということでしょう。

原作者である私が気づいていなかっただけで、お父様は幼女に優しい大人だったようです。

幼女を愛でるイケメンとかやばいです素敵です好きです結婚してとか無理なのは分かっているけ

どでも好き。（早口になるオタク）

脳内からダダ漏《も》れる「お父様萌え」を気づかれぬよう、私は控え目に微笑む。

「だいじょうぶです。がまんできます」

「ぐっ⁉」

お父様はご自分の胸を手で押さえると、素早く後ろを向いてしまわれた。

何かいけないことを言ったのかとセバスさんを見れば、苦笑しているだけだ。その表情は一体どういう意味なのでしょうか。私、気になります。

「さぁ、旦那様はお仕事を済ませてくださいませ。あとはセバスにお任せを」

「……わかった」

まったく「わかった」ようには見えないお父様は、しょんぼりと部屋を出て行く。

よく分からないけど、お仕事が大変なのかと思って「おしごとがんばってください」とお父様に声をかけると、無表情のまま背すじがシュッと伸びていたのが面白かった。

「ありがとうございます。お嬢様」

「なにがですか？」

「いえ、これからも旦那様にお声がけしていただけるとありがたいです」

「わかりました！」

声かけは大事。

社会人になってからも挨拶《あいさつ》もひとつのコミュニケーションだから、大事だって言われてたし。

ただ勘違いしちゃいけない。

私は、お父様の子ではない。

だから間違えても、お父様なんて呼ばないようにしないとね。

3　お家に帰る……の？

予想に反して、宮廷魔法使いである師匠とは会うことなく、王宮内にある屋敷から、フェルザーの屋敷に戻ることになった。

あるぇぇえぇー？　おっかしいぞぉぉー？

なにゆえ屋敷から屋敷へ？　「うち」って、いくつあるの？

「屋敷に着いても、しばらくは安静にすることだ」

「はい」

目の前にいる執事のセバスさんに助けを求める視線を送るも、がんばれって視線しか返してもらえない。解《げ》せぬ。

あるぇぇえぇー？　おっかしいぞぉぉー？（二回目）

私は今、美丈夫《びじょうふ》なお父様もとい、ランベルト・フェルザー侯爵にしっかりと腰を抱えられ、おひざ抱っこをされているところであります。

不義の子である私を抱っこするとか、ちょっと何を言ってるのか分からないですって思うかもしれませんが、ありのままを話しております吐血《とけつ》。

「どうした？」

「あの、ユリアーナは、ひとりですわれましゅ」

「馬車は揺れる。それで具合が悪くなったら迷惑だ」

「ごめんなしゃい」

「いや、その、迷惑というか、大変だということだ」

「ごめんなしゃい」

「ぐっ……!!」

この状態だと顔が見えないので、機嫌がいいのか悪いのか分からない。

とりあえず謝罪しちゃう（前世）生粋《きっすい》の日本人ですが何か？

「お嬢様、旦那様はご心配されているのです。甘えてよろしいのですよ」

「でも……」

「大丈夫です。何かあれば、後でセバスが代わりに怒られますから」

「セバスしゃ、おこられる？」

「怒らないから、おとなしくしていろ」

「はい」

お父様の苛々《いらいら》したような声に怯《おび》えながらも、怒らないと言っているから大丈夫かなと少し安心する。

甘える云々《うんぬん》はともかく、セバスさんがそう言うのなら大丈夫だろう。

ほっとして体から力が抜けると、眠たくなってきた。

「眠っておけ。まだ屋敷まで時間がかかる」

「はい……」


気がついたら朝だった。

お父様の安定感のありすぎるお膝抱っこと、実は鍛《きた》えているだろう胸板の厚みによって、すさまじい睡魔《すいま》に襲われたのである。あれはヤバイよ。色々な意味で。

成人女性ならともかく、体力のない幼児には抗《あらが》えぬものだったと主張する。

「お目覚めですか、お嬢様」

やわらかな女性の声に安心する。この声は侍女のマーサだ。

「おはようマーサ。いっぱいねちゃったの」

「無理もございません。お嬢様はお怪我をされておりましたから」

ふむ。

お父様のお膝抱っこにメロメロになっていたのではなく、あくまでも怪我で体力がない幼女として認識されていたのね。

よしよし、これなら大丈夫かな。

周囲を見渡せば、ついこの間まで暮らしていた物置部屋ではない、ちゃんとベッドのある部屋に寝かせてもらっていた。

女の子が好きそうな色合いの家具やカーテンを見ながら、マーサに問う私。

「ここは、どこ？」

「お嬢様の部屋ですよ」

「まえと、ちがう」

「……以前より、旦那様が用意されていたお部屋だそうです」

声を震わせ、涙ぐみながらマーサが教えてくれる。

産後の肥立《ひだ》ちが悪く体調不良（ということにした）お母様と、病気がち（という設定にした）私の二人は離れで暮らしていた。もしうつる病気だったら良くないとか言い訳をしながらね。

実際は、お母様は貴族として何不自由なく暮らしていて、私は物置部屋で監禁されていたんだけど。

どうやらお父様は、本邸に部屋を作ってくれていたみたい。

血の繋がりは無いのに、大丈夫なのかな？　まぁ、いいけど。

魔力暴走のおかげで体内に構築された『魔力回路』は、この先強い力を得る助けになる。

侯爵邸であれば、魔力や魔法に関する本があるだろうから、師匠に学ぶ前に予習するのもアリだよね。

「ほん、よみたい」

「本ですか？　ダメですよ。まずはしっかりと怪我を治さないと」

「うー、わかった」

「パン粥《がゆ》があります。召しあがりますか？」

「はい」

パン粥！　実際に食べるのは初めて！

オニオンスープみたいにチーズとか入っているのだろうか！

……と思ったら、なんかドロッとした白いものだった。ミルクとほのかにハチミツの香りがする。くんかくんか。

そうだった。ユリアーナは栄養のある食べ物をもらえてなかったんだ。最初は消化しやすい流動食を主に出されるだろう。

「あまくて、おいしい」

「それはようございました」

それでもお皿に出された全部を食べることができない。

もったいない精神で無理に食べようとすると、察したマーサがお皿を取り上げてしまった。

「また後ほどにしましょう。お医者様からは日に何度か分けて食事をとるように言われておりますからね」

「はい。マーサ」

「お薬を飲みましょうか。痛み止めです」

「うう、おくすり……」

お城でも飲んだけど、あの粉薬はめちゃくちゃ苦かった。この世界では薬の味なんて考えてないんだろう。とにかく苦味とエグ味で、飲むとしばらくの間は舌がおかしくなる。

フワッとした世界観で小説を書いていた弊害《へいがい》が、まさに今、私に襲いかかってきているのだ！

（ばばーん！）

……ほんと、設定厨の作家さんを尊敬しますわ。やれやれ。

「ちゃんと飲めましたら、ご褒美《ほうび》をいただけるようにしますよ」

「ごほうび？」

なんだろう。お父様……は無理だろうから、甘いものとかもらえるのかな？

このパン粥でもユリアーナの体は喜んでいたから、本を読んでもいいとかそういうのかもね。

苦い薬に悶絶《もんぜつ》した私は、痛み止めの効果でふたたび眠りに落ちたのだった。

◇氷の侯爵様は出会う

凄《すさ》まじい爆発音と、屋敷が揺れるほどの地響き。

いつものように横で控えていたセバスが、私を庇《かば》うように覆《おお》いかぶさった。

「これは何事だ？」

「旦那様!!」

許可を得ずに部屋に入ってきたのは侍女のマーサだ。

妻のエリザベスと娘のユリアーナの世話を頼んでいたのだが、ずっと顔を見ることはなかった。

妻も娘も病気がちだということで、本邸にほとんど戻っていなかったからだ。

マーサ曰《いわ》く、エリザベスが家を出て行ったことにより、ユリアーナが魔力暴走をしたということだ。

政略結婚だったエリザベスとの間には、息子と娘ができた。

仕事が忙しく、子育てはエリザベスと乳母に任せていた。息子はそれなりに優秀だと伝え聞いているが、娘は体が弱くエリザベスが育てると強く言ったため離れに住まわせることにした。

夫婦の生活は無くなったが、特に不便もなにも感じない。エリザベスとはそれなりに良い関係だと感じていたし、フェルザー家の父と母を見ればそれが普通だと思った。

むしろ、私が父のように女遊びをする人間じゃないことを感謝してほしいくらいだ。貴族にはよくある話だが、私はそんなことよりも仕事のほうが大事だった。

妻のことは、それなりに良くしてやったと思っている。

不自由をさせたことはないし、彼女の要望はすべて叶えていた。

そして私は貴族として王宮での仕事と、侯爵として領地を治めることが出来ればいいと思っていたのだ。

これぞ、貴族としての生き方だと。それでいいと、思い込んでいた。

目の前にいるマーサは床に額を付けたまま、ただ震えている。

「なぜ、報告をしなかった？」

「奥様から止められておりました。報告をしたら私の娘を、こ、殺す、と」

「セバス！」

「かしこまりました」

エリザベスは不貞《ふてい》を働いた挙げ句、家を出て男と逃げた。さらにユリアーナの魔力暴走で、マーサはこれ以上隠せないと報告にきたという。

「私と娘はもう、どうなっても良いのです。お嬢様をお助けください。どうか、どうかお願いいたします……」

「処罰は後にする。今は離れのユリアーナだ」

子どもに対して愛情はなかった。会えていないから当然ではあるが、そもそも私は子どもに興味がない。

ユリアーナは貴族の娘であり、政略をするための駒《こま》として価値がある、それだけだった。

離れの奥にある部屋へと向かう。

ほとんど壊れているドアを蹴破《けやぶ》れば、家具もカーテンさえもない部屋の中心に、横たわっている幼い子どもがいる。

粗末なワンピースに身を包み、エリザベスと同じ蜂蜜色と思われる髪も細すぎる体も、全部がひどく汚れていた。

「マーサ、これは何だ？」

「ユリアーナお嬢様です。奥様はお嬢様の世話をすることを禁じておりました」

「なんだと？」

「最低限の食事は、隙をみてお出ししておりましたが……。奥様が家を出た時に部屋はもう開けるな、と」

倒れているユリアーナを泣きながらマーサが撫でてやっている。すると僅《わず》かに指先が動いた。どうやらまだ生きているらしい。

うっすらと開いた瞳の色に驚く。

「紫色の目、だと？」

マーサが痛ましげにうつむく。そして、彼女の服を弱々しく掴《つか》む小さな手を見て、なぜか無性に怒りを感じていた。

それは妻の不貞に対してのものではなく、貴族としての責務を放棄した彼女に対する怒りだ。

そしてもうひとつ。

「エリザベスと同じ蜂蜜色の髪。そして、お前の紫色の目は……誰の色だ？」

なぜか分からない。

しかし、この子が「私の色」を持っていないことに、ひどく怒りを感じていることに気づいた。

「旦那様、お怒りなのは分かりますが、お嬢様が……」

つい、感情を抑えきれず、周囲に魔力で威圧《いあつ》を放っていたようだ。

幼いユリアーナには辛かっただろうと慌てて顔を見れば、私を見て笑顔を浮かべ、くたりと意識を失った。

「笑った……」

「旦那様？」

「笑ったぞ……ユリアーナが……」

「そうでございますか？」

首をかしげるマーサに多少苛つくも、今はそれどころではない。

「医者だ！　いや、城へ行く！　急げ！」

慌てたマーサがユリアーナを抱えたまま動こうとしたが、奪うように私が抱きかかえて馬車の用意ができるのを待つ。

自分の上着でユリアーナの体を包み、おそるおそる抱きしめると、無意識だろう私の胸に擦《す》り寄ってきた。

「もう大丈夫だ。ユリアーナ、私がお前を守る」

今まで誰にも、妻にさえも言っていない言葉が自然と口から溢れ出す。

今までこの国の王であり友人でもある男が、己の妻に対して甘い言葉を囁《ささや》いていることに常々呆《あき》れていたのだが、まさかその気持ちが分かる日が来るとは思ってもみなかった。

「すまない、ユリアーナ」

そして。

これまでの自分の行いを猛省《もうせい》することになるとは、まったく予想していなかった。

「ずっと一緒だ」

すぐさま私は反省を生かし、有言実行しようとユリアーナを城の湯殿《ゆどの》に連れて行こうとしたところ、後から来たセバスに笑顔で取り上げられてしまった。

さらに、マーサとその娘が世話をすると勝手に決められてしまった。

まぁ、いい。

しばらくユリアーナはセバスたちに任せるとして、まずは妻だった女、エリザベスの始末が先だ。

さて、どう料理してくれようか。

4　ご褒美の甘味が甘すぎる！

パン粥からパンとスープと小さな鶏肉《とりにく》が付くようになりました。

どうも、ユリアーナです。たぶん4歳です。

デザートはリンゴです。異世界だからといって食材の名前を考えるのは面倒だったので、設定では前世と同じものにしています。

でも、納豆はありません。米はどこかにあるかもしれないけど。

ファンタジーに和食は似合わないよね！　とか言ってた自分を殴ってやりたいけど、痛いので脳内でやっておきます。お仕置きだべ。

「今日からお嬢様のお世話をする、娘のエマです」

「よろしくお願いします！　お嬢様！」

マーサそっくりのチョコレート色の髪と薄茶色の目を持つエマは、可愛らしくペコリとお辞儀をした。

「マーサ、どこかいっちゃうの？」

私の言葉に、マーサは困ったような笑顔で首を振る。

「いいえ、年の近い娘を側に置くようにと、旦那様からのご命令なのですよ」

私がろくに食事も摂れず母親から監禁されていたことは、マーサも関与していたことだ。でも、マーサが私を生かしてくれていたのも事実で、セバスさんには何度も「マーサに助けてもらった」とアピールした。だから、実際に罰は受けないだろうと思われる。

もしかしたら、これが罰なのだろうか。

「侍女の他に、護衛として侍従《じじゅう》も加えるとのことです。お嬢様には数名付く予定なので、彼らのまとめ役をすることになったのですよ」

「おか……侍女長、お嬢様に難しいことは分からないのでは？」

「エマ、おぼえておきなさい。ユリアーナお嬢様は高い魔力をお持ちです。すなわち、知力の高さを意味しています。大人の会話はほぼ理解されていると思いますよ」

「お嬢様はすごい方なのですね！」

いや、確かに魔力は高いし、中身はアラサーだから大人寄りの思考を持っているけれど、知力が高いっていうのは違うと思うよ。

でも魔力の高さイコール知力というのはあながち間違いではなく、この世界では一つの目安となっている。

のちに師匠になる（設定の）宮廷魔法使いも、王都の学園を異例の早さで卒業した（という設定だ）からね。

そうそう。魔力暴走はよほどの潜在《せんざい》能力がないと起こらない出来事らしい。

ちゃんと魔法を習ってコントロールできるまでと、宮廷魔法使いのペンドラゴン師匠（仮）から魔力制御の腕輪を付けられた。

再発は滅多にないらしいけれど、もしまた暴走しそうな時は自動で腕輪の石に魔力が吸われるらしい。ふぉぉ、ハイテクだぁ。

ん？　ちょっと待てよ？

さっきマーサが「護衛の侍従とかを数名つける」とか言ってなかった？

「じじゅう？　マーサとエマだけじゃないの？」

「はい。旦那様がお嬢様のことをいたくご心配されておりまして、屋敷の警備も増員するとのことですよ」

よく分からんけど魔力暴走する幼女は危険だろう。それにもしかしたら、愛の逃避行（笑）をしでかした母親みたいになったら困るとか。

お父様が決めたことなら文句はないし、家人が増えることはユリアーナにとって問題はないだろう。たぶん。

「さぁ、お薬の時間ですよ」

「うう、おくすり」

「がんばってください！　お嬢様！」

傷も癒《いや》され、痛み止めを飲まなくてよくなった。お薬卒業かと思いきや、栄養不足だった私の体はとにかく弱かった。弱々しく細く白かった。

風邪など他の病気にならないよう、漢方が処方されたのだ。そしてこれまた凄まじく苦い。脳髄《のうずい》を突き抜ける苦さに悶絶する毎日だ。

子どもの舌は敏感《びんかん》だから、本当に辛いようおうおう。

ハチミツが少し用意されているけれど、薬を飲んでしばらく我慢してから飲まないと甘さが感じられないのだ。ハチミツと薬を一緒に飲むわけにはいかない。ぐぬぬ。

お盆にのせられた水と薬を前にしてベッドの上で深呼吸をしていると、部屋のドアが開く。

許可なく開くということは、この家の主《あるじ》であるということだ。

「ユリアーナ、食事は終わったか？」

「はい」

背すじを伸ばして返事をすると、お父様はなんともいえない複雑な表情を浮かべてマーサを見る。

「まだ薬を飲んでいるのか？」

「体重が増えるまで、栄養剤を飲むようお医者様から言われております」

「そうか」

エマがベッドの側に椅子《いす》を用意すると、そこに座ったお父様は私をジッと見る。

アイスブルーの瞳で、まるで誰かを射殺すような視線を送ってくるお父様。マーサとエマは心配そうに私を見ているけど、お父様の威圧感や殺気みたいなものは特に気にならない。

なぜならば私は、好みどストライクな外見のお父様を「好意」だけで見ているからだ。

今も指先がわずかに動いているところを見ると、私のことを心配してくれているのだろう。たぶんだけど。

だって嫌いだったら部屋に来るわけがない。それくらい中身がアラサーじゃなくても分かる答えだよ。ふふん。

さて。お父様が見守ってくれているのだから、ちゃんとお薬飲まないとね。

えいや!!

ぐおお、にがいい、おみずう!!

お水だけじゃ消えない苦味に、涙がポロポロ出てしまう。我慢できなくてごめんなさいお父様!!

「ユリアーナ、口を開けなさい」

「むぐぐ?」

「ほら、あーん」

あーん!?

思ってもみないお父様の発言に思わずパカリと口を開くと、その瞬間を狙って何かを口に入れられた。

サクッとした歯ざわりに、ふわんと広がる甘さ。そして一瞬でシュワっと溶けてしまう。

「王都で話題になっている菓子だ。マカロンというらしい」

「まかりょん……」

「ぐっ、げほ、そうだ。セバスが薬をちゃんと飲んでいるユリアーナに褒美をと言っていたから、取り寄せたのだよ」

あまりの美味しさに噛んでしまったけど、お父様は二個目も差し出してくるので、そのままパクリといただく。

恥ずかしいけど、幼女あるあるのシチュエーションだよね。

もぐもぐ口を動かしていたら、よしよしと頭を撫でてもらった。

ええ？　いいの？　イケメンにこんなんされちゃっていいの？

「このような行為《こうい》も褒美になると、セバスが教えてくれた」

マジすか！　神様セバス様！　マジ感謝っす！

頭を撫でてもらった私は、すっかり薬の苦さを忘れてしまう。

口の中では、マカロンの甘さがさらに広がっていくばかりで、とどまるところをしらないあしたのことはわからない。

「ありがと、ございましゅ」

「うむ」

また噛んだ！　でもなぜかもっと撫でられたから良しとしよう！

5　ぼーいみーつ幼女

一日三回だったお薬タイムが、一日一回になりました。

どうも、ユリアーナです。4歳で合ってるそうです。

忙しいお父様は、夜のご褒美（言い方）の時だけ来る。

薬の回数は減ったけど、お菓子の取り寄せはそのまま続いているから嬉しい。毎日食べてたら太っちゃうかなと思ったけど、ユリアーナの体はまだまだ細いから大丈夫だろう。

さて、マーサとエマにお仕事を指示している執事のセバスさんに物申す。

「しつじしゃ、ほんがよみたいです」

「そうですね。おとなしく良い子のお嬢様でしたから、そろそろ書庫へご案内しましょう」

「ありがとうございましゅ！」

噛んだ上に、嬉しすぎてまた噛んだ。

「それと、私のことはセバスとお呼びください」

「セバスしゃ」

「セバス、と」

「セバシュ」

なにゆえしつこいくらいに噛むのか。ちくしょう。

セバスさんの口元が一瞬引きつるのが分かる。もしかして笑うのを我慢してる？　笑ってくれてもいいのだよ、ほれほれ。

前世を思い出すまでほとんど声を出さない生活だったのもあり、ユリアーナの滑舌《かつぜつ》は悪い。

中身がアラサーの私としては、もうちょっとスマートかつエレガントに会話を楽しみたいものだ。

それにしても、この屋敷は大きい。そして広い。

前世で小説を書いていた時は「小さな城くらい」なんてふわっとした描写だったけど、小さいという言葉の定義について、ぜひとも担当編集と語り合いたいものです。存分に。

なによりも、幼女の足は短い。

よちよち、ぜぇはぁ。

よちよち、ぜぇはぁ。

「失礼いたします。お嬢様」

ふわりと抱き上げてくれるセバスさん。貴族なお子様用の動きやすいワンピースとはいえ、やたらフリルがフリフリしているものだから、中で纏《まと》わりついて足がもつれてしまう。

体力不足っていうのもあるよね。やれやれだね。

ロマンスグレー高身長のセバスさんに抱っこされた私は、あっという間に書庫に到着。

重そうな扉を開いてもらい中に入れば、圧倒的な冊数の本が並ぶことによって作られる、色とりどりのモザイク柄が目の前に現れた。

「しゅごい……」

「司書《ししょ》は午後から参りますが、ある程度であれば私が把握《はあく》しております。どのような本をお探しですか？」

「えーと」

そこまで言われて気づいた。

私って、字、読めたっけ？

「……えほん、ありますか？」

「かしこまりました。いくつかお持ちいたします」

優雅に一礼したセバスさん。数冊本を持ってきてくれたところで、来客があったと報告しにきたエマと入れ違いで書庫を出て行った。

ほうっと息を吐く。

物腰がやわらかいとはいえ、セバスさんってめちゃくちゃよく切れるナイフのイメージがあるんだよね。油断したら血を見るぜみたいな。

でも、よく考えれば当たり前の話で。

魔力暴走して、あの母親の子供で、父親が誰か分からないとか……子どもに罪はないとはいえ、本来なら放逐《ほうちく》されてもしょうがないケースだ。

ロマンスグレーに嫌われるのは、どうにか回避したいけど……。

とりあえず、絵本でも見てみますか。

エマが淹れてくれたお茶を飲んで、えいやっと気持ちを切り替える。ふかふかのソファーと格闘しながら体勢を整えて、いざ、絵本の世界へ。

「えほん、きれい」

「あ、勇者様の物語ですね。懐かしいです」

「ゆうしゃさま?」

「はい。悪い魔王をやっつけるんですよ。彼の側には乙女がいて、いつも癒してくれるのです」

「ふーん」

文字を見ても、予想どおりまったく理解できない。

文字の勉強を一からスタートとかガッカリしたけど、話せるだけ良かったと絵本を一冊手に持つ。

すると大きな絵本たちにまぎれて、文庫サイズの小さな本があった。

「なにこれ?」

持っていた絵本を置いて小さな本を手に取ってみた瞬間、何かが風のように自分の中に入って、シュルッと体から抜けていく感覚がした。

え?　何?　また魔力暴走とか?

「いまの、なに?」

「お嬢様?」

いくつか種類のある茶菓子を取り分けてくれていたエマが、不思議そうに私を見ている。

「いま、ちいさいほんが」

そう言いながら自分の手をみれば、何も持っていない。

さっきまで文庫サイズの本を持っていたはずなのに。

「お嬢様、大丈夫ですか？　具合が悪くなられたのでは？」

「ちがうの、でも、なんかへんなの」

気づかってくれるエマに大丈夫だと言いながら、絵本を見れば。

「まおうとゆうしゃといやしのおとめ……」

ついさっきまで記号みたいにしか見えなかった文字が、今は読めるし理解できている。

あの、本から出てきた風みたいなものが原因だと分かってはいるけれど、なぜそれを絵本と一緒にセバスさんが持ってきたのかが分からない。

もしかして、私がユリアーナじゃない別人だということに気づいているとか？　いやいや、そんなまさか。

あれやこれや考えていると、遠くから叫ぶような声が聞こえてくる。

バタバタと近づいてくる足音に怯えていると、エマが私の目の前に立ってくれた。

「大丈夫です。お嬢様は私が必ず守ります」

「エマ……」

◇

大きな音をたてて扉が開き、まだ幼い少年の声が室内に響き渡る。

「ここにユリアーナがいると聞いた！」

「なりません若様、お父上からまだ早いと……」

「母上は消え、魔力暴走が起きたと聞いた！　兄として妹を見舞うだけだ！」

制止しようとする執事を振り切って少年は書庫を見回し、立っている年若い侍女の元へと向かう。

青ざめた顔で必死に何かを守ろうとする侍女に、少年は問おうと口を開きかけ……そのまま動きが止まった。

「だあれ？」

艶《つや》やかな蜂蜜色の髪を覗かせ、怯えているのだろう潤《うる》んだ紫色の瞳で、自分を覗き見る幼い子。

同年代よりも発育のいい自分と比べ、なんとも小さく愛らしい手で侍女の服を掴んでいる様を見た少年は、今まで感じたことのない何かが心の内に沸《わ》き上がるのを感じた。

（なんだ、なんだこれは……この世の愛らしさのすべてを固めたような……まさか神の御使《みつかい》？　つまりこの子は天使！　愛らしく可憐《かれん》な天使が、妹……!?）

「……セバス」

「ユリアーナお嬢様、こちらが兄上であらせられるヨハン様でございます」

何を言おうとしたのか頭から抜け落ち、言葉が出なくなった少年。

どうにかして欲しいと執事に助けを求めれば、意を酌《く》んで紹介される。

すると侍女の後ろに隠れていた天使は、ぴょこりと出てきて蜂蜜色の髪をふわりと揺らす。

「おにいしゃま？」

こてりと首を傾げて問う天使の笑顔。心の深い部分を撃ち抜かれた少年は、ただただ無言で天を仰《あお》ぐのだった。

6　幼女は氷を理解できない

目の前にいる少年は、お父様によく似て美しく整った顔をしている。

一応ユリアーナも美少女になる予定なんだけど、ここまで完璧な美を全面に持ってこられると、そんな設定はどんどん霞《かす》んでいくような気がする。

どんなに外見が美幼女でも中身は私だからね。残念きわまりないよね。

それにしても、お兄様？　が固まったまま動かなくなっている。

ちょっと噛んでしまったけど、ちゃんと「おにいしゃま」と呼んだのに。

「若様、こちらにいらっしゃるのがユリアーナお嬢様です」

セバスさんが、もう一回言ってくれた。

そうだよね。自己紹介は大事だから、二回言わないとね。

「ユリアーナです。はじめまちて、おにいしゃま」

やっぱり噛んだ。もう、幼女だから仕方がないってことにしよう。滑舌は日々の発声練習で鍛えることにしようそうしよう。

でもやっぱり恥ずかしくて、顔が熱くなっているのが分かる。ほっぺを手で押さえていたら、ぐっと天を仰いでいたお兄様が深呼吸するとキリッと前を向く。

おお、かわいいかっこいい美少年。

「……セバス、自室へ行く」

「かしこまりました」

あれ？　帰っちゃうの？

カクカクとロボットのような動きで回れ右をしたお兄様は、そのままカクカクと書庫を出て行ってしまった。

「エマ、おにいしゃま、どしたの？」

「お嬢様すみません。私にも分かりかねます」

だよね。

いきなり来て、自己紹介をセバスさんがしてくれて、何も言わずに帰っちゃったもんね。

でも、考えてみたら兄は正真正銘、父と母の子どもだ。父親が誰とも分からない私とは違う。

もしかしたら、母親が出て行ったのは、私のせいとか思っているのかも……ってゆか、そういう風に思っていたとか設定していた気がする。

うわ、ちょっと、これはヤバイ。

ふかふかソファーから降りるのをエマに手伝ってもらいながら、セバスさんのところへよちよちと向かう。

くっ、痩せているくせに体が重い。全快したら発声練習と筋トレも追加するぞ、ちくしょう。

「セバス、セバス、おにいしゃま、おこってたの？」

ここはセバスさんに聞くのが一番の近道だと問えば、彼は穏やかな笑みを浮かべて一礼した。

「お気になさらず。若様はお嬢様を見てご安心なされたようですから、明日には学園へ戻られるでしょう」

「がくえん？」

「王都にある王立学園です。お嬢様も十歳になれば通われると思います」

おお、そういえばそんな設定もあった。

貴族の子や才能のある子が通う王立学園には寮がある。お兄様は家から通わず、寮生活を送っているのだ。

ちなみにユリアーナは十歳になる前に家を出て、師匠に弟子入りし、早々に冒険者として活躍しちゃうんだけどね。

とりあえず、お兄様イベントは終了したらしいので、目の前にある絵本を持ってきてくれたセバスさんに礼を言わねば。

「セバス、えほんありがとう。おもしろかった」

「それは何よりですが……エマ、お嬢様に読み聞かせたのですか？」

「いえ、私は何も……」

エマがお茶を淹れ直してくれて、よい香りがするね。くんかくんか。

「セバス、えほんだけ？　ちいさいほんは？」

さっきの文庫みたいな本が気になるのよ。あれはなんだったの？

「小さい本、ですか？　すみません、どのような本でしたか？」

「んー？　セバスがくれた、ちいさいほん」

これくらいのだと手で示せば、セバスさんは申し訳なさそうな表情で一礼する。

「存じませんね……絵本に挟まっていたのでしょうか。申し訳ございません」

「いいの。だいじょぶ」

むしろ、アレのおかげで文字が読めるようになったのだ。ありがたいことだ……けれども、セバスさんじゃなければ一体誰が置いたものなんだろう。

「お嬢様、お疲れになったのでは？　部屋に戻りましょう」

むむむと考え込む私を、セバスさんとエマが心配そうに見ている。

いけない、いけない。

「うん、そうする。ありがとう」

素直にそう言えば、二人ともホッとしたような笑顔で頷《うなず》いてくれた。


夕飯を食べ終わって寝る準備をしていると、仕事から帰ってきたお父様と、自室にいたお兄様が部屋に来てくれた。

起きようとすると、やさしく手をおでこに置いたお父様は、その美しいけど無表情な顔をわずかに綻《ほころ》ばせる。

「今日は遅いから、菓子の褒美は明日だ」

「はい」

頭を撫でてくれるのは嬉しいので、ふにゃふにゃ笑っていると、お兄様が物凄《ものすご》い眼力《がんりき》でこっちを見ている。

え、なに、こわいんですけど。

美少年が無表情で目をクワッと見開いてるの、めっちゃこわいんですけど。

「マーサ、エマ、あとは頼む」

「はい、旦那様」

「お任せくださいませ」

部屋を出て行くお父様を、お兄様がふむふむと頷きながらついて行く。

いや、なんなのそれ。なにを納得したの。

翌朝、見送る私の頭をおそるおそる撫でたお兄様は「また来る」と言って学園へ戻って行った。

だから、いったい、なんなのよー!!

◇とある執事の独白

私の名はセバス。

ありがたくも、フェルザー侯爵家の執事をさせていただいております。

最近の大きな事件としまして、あの女げほげほ……元侯爵夫人エリザベス様の出奔《しゅっぽん》と、ユリアーナお嬢様の魔力暴走があげられます。

それと……。

「笑っていたぞ。セバス」

魔力暴走の後、ユリアーナお嬢様を宮廷魔法使いペンドラゴン様に診せ、そのまま王宮内にあるフェルザーの屋敷に休ませたところでした。

主語のない旦那様の言葉に、私は慌てず穏やかに返します。

「笑う、とは」

「子どもは泣くものだと思っていた」

「さようでございますか」

フェルザー家の「感情表現をしない」という教育方針は、代々侯爵を継ぐ男子にされるものだと先代のセバスは教えてくれました。

それについて思う所はございませんが、ご子息《しそく》であるヨハン様もまったく同じように感情を表さないため、教育というよりもフェルザー家の血がそうさせるのかと感じることが多くございます。つまり、旦那様もヨハン様も表情というものがございません。それゆえ幼い子は旦那様らを恐れて泣くのでしょう。

例に洩れず私も、お仕えしたばかりの頃は旦那様から常に人を射殺しそうな目で見られて泣きそうでした。三日で慣れましたが。

なによりも、旦那様の絶対零度の視線に慣れないと『セバス』を名乗ることができないので、必死だったというのもあります。

おっと、いけませんね。私のことはさておき。

多くの子どものみならず、女性にまで泣かれて怯えられるのが当たり前だった『氷の侯爵様』にとって、驚きの経験だったのでしょう。

お嬢様が笑った理由は不明ですが。

「エリザベスは伯爵《はくしゃく》家の生まれ。つまりユリアーナは片方であるとはいえ貴族の血をひいており、魔力暴走の規模も大きく将来有能な魔法使いになるだろう。利用価値はあるということだ。セバス」

「私はまだ何も申しておりませんが、旦那様のご希望どおりにいたします」

「……そうか」

主人の意に反することはしません。しかし、今までの旦那様であればユリアーナお嬢様を放逐する流れになっていたはずです。

このような言い訳を並べてまで、ご自分の血を持たないお嬢様を保護する理由とは何でしょうか。

まさか笑顔だけではないだろうと思いながら、私はお嬢様についての報告をすることにします。

「お嬢様は痛み止めのお薬を飲まれて、今はお休みになられております」

「泣いたのか？」

「いえ、泣いては……」

「薬を飲んだのに泣いていないのか？　あれは苦いだろう」

確かにあの薬はとても苦く、大人でも飲みたくないと逃げる者もいるくらいです。

それにしても旦那様は、そんなにお嬢様に泣いてほしいのでしょうか。

「とてもお辛そうでしたが、ちゃんと飲んでらっしゃいましたよ」

「なん……だと……？　私はあれを飲まぬよう、日々鍛錬《たんれん》をし、病気知らずであるというのに……」

思わぬところで、文官の旦那様が「歴戦の騎士のような筋肉の持ち主」である謎が解けてしまいました。

私もそれなりに鍛えてはおりますが、旦那様には及びません。

謎の答えは、私の心の中にしまっておきましょう。「毎日鍛錬されているなんて真面目で素晴らしい旦那様だ！」と尊敬している、家人たちの夢が壊れますからね……。

「お嬢様は我慢強くてらっしゃる。食事もまともにとれず、ひどい扱いだったと聞いておりますから、きっと泣くこともできなかったのでしょうね」

「……調べは？」

「もうじき終わります」

旦那様の氷のような殺気を感じた私は、危うく袖《そで》に仕込んでいる暗器《あんき》を取り出しそうになりましたが、ぐっと抑えます。

感情の昂《たかぶ》りが強ければ強いほど、氷のように冷たく静かに魔力を発するのが、フェルザー家の特徴でございます。

きっと旦那様は、お嬢様がどのように扱われていたのかを知り、何かしらの強い感情を抱いたのでしょう。

そして『フェルザー家の氷魔《ひょうま》』は、絶対に狙った獲物を逃すことはないのです。


「父上、少々よろしいですか？」

「ヨハンか。珍しいな」

魔力暴走から数日後。

ご子息のヨハン様がユリアーナお嬢様の元へ駆けつけ、なぜか自己紹介のみで会話が終了した日の夜のことです。とても珍しいことに、親子の会話がなされました。

旦那様を含め、ヨハン様も普段はほぼ会話をされません。前回は半年前、ヨハン様のお誕生日での挨拶くらいでしたから。

書庫でもそうでしたが、ヨハン様は珍しく顔色が良いようです。いつも青白いその頬が、ほんのり薄紅色《うすべにいろ》に染まっております。

「父上、ユリアーナのことですが」

「まだ会うには早いと言っただろう」

「申し訳ございません。魔力暴走が起きたと知り、会うべきかと」

「ヨハン」

「申し訳ございません」

旦那様から漏れ出る殺気を受け、ヨハン様は深く頭を下げております。自分の子に向けるものではないとは思いますが、これがフェルザー家でございます。正直引きます。

「二度はない」

「もちろんです。しかし父上、ユリアーナに会って気づいたことがあるのです」

「……なんだ？」

おや、旦那様の眉が動きましたね。やはりユリアーナお嬢様が関わると何かが起こるようです。

「父上、ユリアーナは……」

ひと呼吸おいたヨハン様は、フェルザー家特有の美しく整った顔で無表情のまま続けます。

「もしや、神がつかわされた天の御使である、天使……なのでは？」

は？　突然ヨハン様は何を言い出すので……。

「さすが我が息子だな。気づいたか」

旦那様まで！？

「あの愛らしさは異常です。この世の愛らしいものすべてを詰め込んだかのようで、このままだと

危険だと認識しました」

確かにお嬢様は愛らしいとは思いますが、異常、とは言い過ぎでは……。

「うむ、顔も手も体も足も、すべてが小さく愛らしい。愛らしすぎて本当に生きているのか毎日確かめてしまう」

愛らしすぎて生存確認が必要になるとは一体どういうことでしょう？　というよりも、毎日ユリアーナ様の元へ会いに向かわれるのは、お嬢様へのご褒美ではなかったのですか旦那様。

私が徹夜でまとめた「一般向け幼児へのご褒美対応事例集」の制作時間を今すぐ返してほしいです……。

「天使を守るために、護衛を増やすことを提案いたします」

「すでにやっている」

「さすがは父上」

親子の会話がはずんで何よりでございます。

「ペンドラゴンが弟子に寄越せとうるさい。ならばあれも護衛の一人に加えてやろうと思っている」

「国内でも指折りの魔法使いが護衛に加わるならば、魔法については完璧ですね。あとは物理で対応すべきですが……騎士団長ですか？」

「うむ。すでに打診はしている」

「いやいやお待ちください！　国一番の魔法使いや騎士団長を護衛に雇《やと》うなど、フェルザー家が破産してしまいます！」

「落ち着けセバス。私がそんな愚かなことをするわけがないだろう」

「はっ、申し訳ございません。出過ぎたことを……」

「しっかり弱みをにぎっている。奴らを最低賃金で雇えるぞ」

「旦那様ァァァッ⁉」

フェルザー家の『セバス』たるもの、常に冷静沈着であれ。

先代の言いつけを守れず申し訳ないとは思っておりますが、ユリアーナお嬢様に関わることについては遺憾《いかん》の意を表明したいと存じます。

7　挨拶は大事《だいじ》で大事《おおごと》

早朝、まだ薄暗い部屋の中に入ってきたのはエマだ。

ベッドに近づいた彼女は、そっと私の体を揺する。

「お嬢様、お時間ですよ」

「ん、にゅ……」

分かっている。起きなければならないと、分かってはいるのだ。

しかし幼女の体は、卑《いや》しくも眠りを欲する。

「旦那様のお見送りをされるのでしょう？　もうすぐ朝食を終えてしまわれますよ？」

「ん！　おきう！」

朝イチで噛んだ。

私の残念な脳みそを振り絞《しぼ》り、この世界で生き抜く作戦を考えてみた。

不義の子であっても、お父様とお兄様に迷惑をかけないよう誠心誠意がんばるのは当たり前として、さらに何かするべきではないだろうか、と。

この前セバスさんが「旦那様に声をかけてあげてください」って言ってたし、ちゃんと挨拶をしないとダメなのではって思ったんだ。

「いそぐです」

「こちらのお洋服なら帯を結ぶだけですよ」

「おねがい、エマ」

悲しいかな、幼女は着替えもまともに出来ない。

ボタンがたくさん付いてる服も苦戦するけど、背中にあるリボンを結んだりとか難関中の難関だったりする。

そのあたりはお父様がマーサとエマを付けてくれているから、不自由はしていない。ほんと、感謝です。

階段をエマに抱っこしてもらってエントランスに出ると、すでにお父様は外套《がいとう》を着ているところだった。あわわ、ギリギリセーフだ。

ぽてぽてと走る？　私に気づいたお父様は、その場に片膝をついて迎えてくれる。

「ふぉっ！」

途中で足がもつれ、勢いのままお父様の胸に飛び込んでしまった。ごめんなさい。

痛くないようにふんわりと抱きしめてくれたお父様、マジイケ侯爵様。

「何かあったのか？　ユリアーナ」

ハグされている状態であるがゆえに、身体中に響くバリトンボイスにメロメロ……おっといけない。

ジワジワ顔が熱くなっていくのが分かるけど、とにかくミッションをコンプリートさせねばならぬ。

「あの、ごあいさつをしましゅ」

「ご挨拶？」

「いってらっしゃいませ！　おしごとがんばってくだしゃい！」

やっぱり噛んでしまった。

でも、お父様の厚い胸板とか、体の？　いい匂いとかにメロメロだったからね。しょうがないよね。

「……セバス」

「王宮での執務は国王様との面談のみです。領地関連の決済については、こちらで可能かと」

「面談は必要か？」

「お断りするとお伝えしておきます」

え、ちょっと待って。国王様の面談って、めちゃくちゃ重要な案件じゃないの？

慌てた私は、お父様のシャツを掴んで軽く引っ張る。

「だ、だめです」

「何がだ？」

「おうしゃま、だいじです」

「国に関わることに、私個人の意見を求めてもしょうがないだろう」

いや、そういうことじゃなくて！

国王様はお父様の意見が聞きたいから、面談をするんだと思うよ！

「おうしゃま、ないちゃう、かあいそう」

「……セバス」

「伝言は取り消しました」

はぁ、よかった。危ないところだった。


お父様の抱っこからセバスさんの抱っこに変更し、無事お見送りを終えた私。

なんだかすごく疲れたよ……セバラッシュ……。

「お嬢様、ありがとうございます。ここだけの話ですが、国王様は旦那様をとても頼りにされているのです」

「たより？」

そんな裏事情があるわりに、セバスさんはお父様の指示にあっさり従おうとしてた感じがするのだけど……。

ロマンスグレーなセバスさんは、じっとりとした目をしている私に軽くウィンクした。

ふぉっ！　素敵！　私ったらチョロい！

「今日は何をされる予定ですか？」

「えっと、うんどうして、おべんきょうしたいです」

「さようでございますが。まだ朝も早いので、もう少し寝たほうが良いですよ。朝食のお時間にエマを向かわせましょう」

「はい」

幼女だから、いっぱい寝ないとね。お父様のおかげで二度寝という贅沢《ぜいたく》ができる、なんという幸せ……‼

ふかふかお布団で二度寝から目覚めた私は、パン粥から普通のパンに進化した朝食をいただく。

分厚いベーコンと卵のオムレツ、オレンジドレッシングがかかっている葉物サラダにはチーズが載っていて、パンにはバターとジャムが付いている。

食事については詳しい設定はしていなかったけれど、こう見るとかなり充実している。和食は望めなくても美味しい洋食があるなら良し。でも和食ないのは正直悲しいけど贅沢は言いません。心の中で言います。

ろくなもの食べてなかったユリアーナの味覚は、なんでも美味しく感じるみたいだ。

ああ、なんだか切ないな。

もともと感情がなかったユリアーナの中に前世の『本田由梨《ほんだゆり》』が入ったもんだから、心はほとんど由梨になってしまった。

でも体はユリアーナであるから、多くのものを欲してしまう。

卑しいわけじゃなく、必要だから欲している。それがどうしようもなく、やるせない気持ちになってしまう。

がんばって口をモグモグ動かしていると、エマが声をかけてくれる。

「お嬢様、お茶の時間もありますので、あまり食べすぎないほうがよろしいかと」

「んぐ、はい」

たくさん食べるのはいいけれど、食べ過ぎてお腹を壊したら本末転倒だ。

この体を健康体にして、体力をつけないとね。

「セバスからの申し送りで運動をしたいとのことですが、何をされるのですか？」

「おしゃんぽ！」

それと、もうちょっと噛まないようにしたいね。

8　教師と護衛

天気のいい日に散歩をしていると、脳内に某アニメ映画の歌が流れちゃうよね。

ふん、ふん、ふーん♪

ふん、ふん、ふーん♪

鼻歌を口ずさむくらいに楽しい。一緒にいるエマも楽しそうだ。

あれ？　ちょっとまって？　鼻歌って口ずさむものなの？　鼻ずさむ？

そんなどうでもいいことを考えている時間があるくらい、侯爵家のお庭は広いです。

前世で「東京ドーム◯個分！」なんて比較対象にされていたドームが、実際どれくらいの広さとか微妙に分からなかったけれど、今はそれが欲しいと思ってしまうくらい広い。

なんならちょっとした森とかあるみたいですし。

ぽてぽて歩く幼女が歩きやすい道を、エマさんが案内してくれている。

体力も筋力も、この一歩から成り立つものなのだ。

「ふん、ふん、ふー……ん？」

歌っていた私は、垣根《かきね》の隙間《すきま》から鳥の羽根みたいなものが出ていることに気づく。けっこう大きい羽根だから、大型の鳥が垣根に引っかかっているのかもしれない。

「お嬢様？」

「エマ、鳥しゃ、いる」

「いけません、お嬢様こちらに……」

慌てて言ったエマに私は気づかず、ぽてぽてと羽根が見える垣根へと寄っていく。

「鳥しゃー？」

「お嬢様！」

そこにいたのは、羽根をあしらったローブを身につけ、やたら派手な虹色の髪をもっしゃもっしゃに乱して寝転ぶ……オッサンだった。

「鳥しゃ、ちがう」

「あーん？　誰だオメーは」

「お嬢様！　いけません！」

慌てて私を後ろから抱き上げようとしたエマよりも、一体何が起きたのか分からないくらいの早さで羽根に包まれてしまう。

ふぉぉ……フワフワモフモフだぁ……。

「そこの侍女ちゃん、落ち着けって。今日からフェルザー家の雇われ魔法使いになった……うぉっ、あっぶね。ナイフ飛ばすなよって」

ナイフ？　ナイフが飛んでるの？　あぶないよ？

モフモフしている羽根から顔を出そうとしても、なぜか大きな手が頭を撫でているから外に出られない。お父様に匹敵する撫でスキル……だと？

「お嬢様を離せ!!」

「あー、はいはい、ちょっと待っててねー」

フワフワ羽毛からぴょこりと顔を出すと、涙目のエマが抱き上げてくれる。すぽっと救出されれば、もしゃもしゃ虹色頭のオッサンが困ったような笑顔で私を見ていた。

「鳥しゃん、だれ？」

「おぼえてないか？　王宮で治療しただろ？」

「ちりょう……まりょくぼうそう？」

「そうだ。よくおぼえていたな。えらいぞー」

オッサンから距離をとっていたエマの、私を抱っこしている腕の力が少しだけ緩む。

「もしや、ペンドラゴン様、ですか？」

「おう。よく知ってるな」

「いえ、母から聞いておりました、から……ああっ⁉」

そっと私を地面におろしたエマは、そのまま流れるような所作《しょさ》で土下座《どげざ》スタイルとなる。

え、ちょ、土下座⁉　突然どうした⁉

「宮廷魔法使いであらせられるペンドラゴン様に！　ご無礼を！」

「気にすんなって。俺がここで力尽きてたのが悪い」

「ちからつきてた？　まりょく？」

「おう。嬢ちゃんは頭いいなぁ。王宮からここに魔法で飛んできたら、途中で力尽きて落ちちまったんだ。ははは」

笑い事ではない。下手すれば墜落死していただろう。

「鳥おじしゃ、だめおじしゃ」

「お、お嬢様……」

「そうだよなぁ、ダメおじさんだよなぁ」

豪快に笑っているド派手なオッサンに、私は首を傾げる。

宮廷魔法使いのペンドラゴンって、長い髭《ひげ》のお爺《じい》さん魔法使いのはずでは？

よくよく聞いたら、鳥オッサン……ペンドラゴンさんはお父様に「すぐ行け」と言われて、屋敷まで急いで来てくれたらしい。

ご飯を食べていなかったのを忘れた上に魔力を使いすぎて、うっかり力尽きたとのことだ。

うわ、なんかすみません。うちのお父様が無理を申しまして。

庭にある東屋《あずまや》で、急きょ始まるお茶会。

ちょうど午前中にあるお茶の時間だったのもあって、マーサがお茶とスコーンを持ってきてくれた。スコーンは焼きたてで嬉しい。

がっつくかと思いきや、存外マナーにそってスコーンを食べているペンドラゴンさん。

フワフワの羽根が大量に縫《ぬ》い付けられたローブに虹色の髪、金色の瞳は穏やかな光を宿していて、なんともいえない中年の色香のようなものを放っている。

そして私は、なんとなくだけど分かってしまう。

この人、ほんわかしたオーラを出しているけれど、ものすごい魔力を持っていることを。

「嬢ちゃんが魔力暴走した日に、ランベルト……侯爵様がすんごい殺気と魔力を振りまきながら詰め寄ってきてさぁ。うちの師匠、かなり年いってるから泡吹いて倒れちまって。それで急きょ俺が診ることになったってわけ」

「ごめいわきゅ、おかけしました」

「いやいや、なし崩し的に俺が宮廷魔法使いになっちまってさ。まだ顔を知られてないもんだから、今日みたいなことがよくあるんだわ」

いやいやさっきのは庭に落ちていたし、明らかな不審人物でしょう。エマに罪はないよ。まったく。じっとりとした目で鳥オッサンを見れば、さすがにバツが悪そうな顔でエマに向かって頭を下げる。

「驚かせて悪かった」

「いえ、私は良いのですが……」

困ったような表情のエマの後ろに、いつからいたのかセバスさんが立っている。

気のせいかもしれないけれど、セバスさんの体から湯気みたいなのが出ているように見えるよ。

「しろい、ゆげ？」

「お、嬢ちゃんは魔力が見えるみたいだな。これなら魔法を教えるの楽になるわぁ」

「ゆげ、まりょく？」

のほほんとしている鳥オッサンは、セバスさんから何かが飛んでくるのを全て指先を動かすだけで弾きながら優雅に紅茶をひと口飲んでみせる。

「それをこうやってな、ちょいちょいって動かしてやるんだよ」

「ふぉぉ」

突然始まった魔法の講義に、ただただ感心するだけの私。なんというか、理論とか知らないと出来ないのかと思っていたけど、鳥オッサンは「ふわふわぽーん、しゅるるーん」などと謎の擬音《ぎおん》を発するだけだ。

そしてセバスさんは微動だにしないまま、延々と何らかの攻撃を繰り出しているのが怖い。笑顔もそのままキープしてるし。

「んで、執事さん？　試験は合格かい？」

「及第点《きゅうだいてん》ですね」

「きびしーな」

「先代のペンドラゴン様と同じ実力程度なら、お嬢様をお任せできませんから」

なんと、気づかぬうちに試験が始まっていた……って、私のじゃないのか？

「ま、じーさんには城で宮廷魔法使いの仕事をやってもらって、俺はしばらく嬢ちゃんの護衛と魔法の教師ってところか」

「報酬《ほうしゅう》は通常価格になりますが？」

「それでいいぜ」

なんですと⁉

国内でも数少ない高い能力を持ち、今代の宮廷魔法使いペンドラゴンの名を継ぐ鳥オッサンを、今なら通常価格でお買い得⁉（混乱中）

ここまでの流れを見ていれば分かるように、鳥オッサンが私の家庭教師になってくれるのはお父様が動いたためだろう。

でも、護衛までしてもらう必要があるのだろうか？

「セバシュ、ごえい？」

「お嬢様は侯爵家ご令嬢ですから、護衛は必要ですよ」

「ごれーじょー……」

確か設定では、母は伯爵家の出だった。片方の血しかひいてなくても、私は貴族であることに変わりはない。

つまり私は、立派なご令嬢と言っても過言ではないのだ。（ばばーん）

9　魔法は考えるな。感じるがまま適当に

前世の記憶？　を得てから、不思議に思っていた。

なぜ私は、あの時「自作の小説の世界に転生した」と確信していたのか。

ユリアーナの中にある記憶は、ほとんどが部屋の中だ。

話す相手といえば時々やってくる気まぐれな母親と、ドア越しに食べ物を差し入れてくれるマーサくらいだった。だからこの世界のことは分からないはずなんだ。

設定しか知らないはずの私がなぜ、この世界のことを「知る」ことができたのか。そして「私」の記憶を引き継いだ私《ユリアーナ》は、一体何者なのか。

「俺の師匠曰く『魔法とは理論であり、計算の上で成り立つものであり、必ず答えが出るものであ

る』ってことらしい」

「ふむふむ」

お茶の時間をまったりすごしていたら、いつの間にか昼食の時間になだれこみ、スープとサンドイッチが並べられている。

そのひとつ（中身はチキンとバジルとトマト）を、お師匠様はひと切れつまんでモキュモキュ頬《ほお》張《ば》ると、ぷるりと体を震わせる。

「さすが侯爵家！　さっきのスコーンといいハズレがないぜ！」

「たまごのも、すきです」

マヨネーズたっぷりの卵サンドではない。粒マスタードとハムとスクランブルエッグのサンドイッチを頬張る私は、そこはかとなく漂うオシャンティな侯爵家の食事にメロメロだ。

調味料たっぷりなのは苦手なのです。調味料とは、あくまでも素材の味を引き立てるためにあるものだ。どっかの貴族みたいにボリボリ胡椒《こしょう》を食べたりするものではない。

「卵のやつも美味そうだな……じゃなくて、魔法のことだな。師匠は理論派だが、俺は感覚派だ」

なんということでしょう。

魔法の話をしていたはずが、唐突に『小説の書き方講座・初級編』みたいな様相を呈《てい》してきましたよ。

「まほう、りろん？」

「師匠の魔法は魔力の数値や出力、それらにともなう結果をありとあらゆる状況で発動させて、その情報をまとめたものを呪文や魔法陣で発動させる方法をとっている」

「りろんの、まほう……」

「俺の魔法は、自分で結果をイメージしてから、そこらにある魔力を適当に『つまんでこねて投げる』やつだ」

「つまんでこねてなげる……」

「そうだ。たまにちょっと叩《たた》いて空気抜く感じだな」

「たたく……」

なにそのハンバーグな魔法。

手ごねしてる場合じゃないっつの。何グラムだっつの。

「魔法の理論を学ぶことも大事だけどな。俺みたいに感覚で魔法を使っている人間がいることも知って欲しかった。なんとなく嬢ちゃんはこっちの方が向いてそうだし」

「ありがと、ござましゅ」

そもそも長文も話せないしデフォで噛むから、魔法を呪文で発動させるとか勘弁だわぁ。

この小さな手で頑張ってハンバーグこねてる方が建設的な気がしますよ。

あ、ハンバーグじゃなくて魔法ね、魔法。

「それに魔力が感じられるってことは、この世界がどういうものか、ある程度分かっているんだろう？　俺には隠さなくてもいいぞ」

「へ？」

「人によって違うけどな、魔力暴走した奴らは何かしら特殊な能力を得ていた。世界の真理を知った者もいるという」

「……」

何も言えなくなった私を、お師匠様はフワフワな羽毛のローブで包むように抱きしめてくれる。モッファーとしたぬくもりが脳を蕩《とろ》けさせてゆく……。

「いつか、話したくなったら話してくれればいい」

「あい」

虹色の髪でタレ目の派手なオッサン。それだけだと思っていたお師匠様は、理論と感覚で魔法をあやつる『派手だけど出来るオッサン』だったらしい。たぶん。

「さて、魔力を見る練習だ。赤は火、青は水、黄色は土、緑は風」

お師匠様の言葉を受けて、辺りをふんわり漂う湯気みたいな魔力を見てみることにする。たまに見える靄《もや》みたいな空間に対して、なんとなくピントを合わせてみる。

視力の弱い人が、ギュッと目を細める感じかな？

「さっきのしろいのは？」

「白っつーのは属性がない。魔力でもあるが、肉体を鍛えることによって持つ『気』の力だ」

なるほど。セバスさんは『気』の力でお師匠様に攻撃を繰り出していた……と。

それにしても、お師匠様は大事なことをペラペラと話していくから、メモをとりたいけど紙もペンも無いから悲しい。

ふと体を起こして周りを見渡せば、セバスさんがなにやらメモをとっている。

「セバシュ？」

「旦那様への報告もありますので、講義の内容は記録しておきます。後で写しをお渡ししましょうか？」

「ほしい。ありがと」

へらりと笑えば、セバスさんが頬をゆるめて優雅に一礼してくれた。

するとお師匠様の大きな手でほっぺをムニュッとされた私は、強引に顔を向けさせられる。

「こーら、俺が話してる時はよそ見すんな」

「うにゅんしゃい」

もちもちほっぺをムニュムニュされながら、ごめんなさいと謝る私。するとお師匠様は大きなため息を吐き、テーブルに突っ伏してしまう。

「あー、くそ……」

「ペンドラゴン様、お言葉は丁寧にお願いいたします」

「わぁってる……」

そうだよね。仮にもご令嬢と会話をしているんだから、言葉遣いには注意しないと。

……もちろん私もだけどさ。

「おししょ？」

「は？」

「ぺんどりゃ……むずかし、だから、おししょ」

「あ、ああ、それでいい。嬢ちゃんは俺の弟子だからな。それでいい」

なぜか目尻を赤くして挙動不審になる鳥お師匠様。動くたびに羽根がフワフワと揺れるもんだから、かなり鳥っぽい感じになっている。ちょっとかわいい。

「ペンドラゴン様」

「だから、わぁってるって」

「えと？」

咎《とが》めるようなセバスさんの声に、虹色の頭をわしわしと掻《か》いたお師匠様。いまいち状況が掴めていない私を見て苦笑すると、優しく頭を撫でてくれた。

「俺んとこには息子がひとりいるが、もうひとりくらいは大丈夫だ。何かあれば頼ってくれていいからな」

「わかりました……？」

よくわからないけど、鳥オッサンは味方のようです。

セバスさんが満足げに頷いているから、夜にお父様からご褒美がもらえるかも？

10　幼女の失言は天災を呼ぶ

いつもより早く屋敷に帰ってきたお父様に、夕飯の途中だった私は慌てて立ち上がろうとしてエマに止められる。

「お食事が終わりましたら、旦那様のところへ向かいましょう」

「んぐ、ふぁい」

確かに食事中に動くのはお行儀《ぎょうぎ》が悪い。食べながら話すのも以下同文。

でも、お父様から私に対しての好感度が、どう変化しているのか気になる。

やっと普通に食事がとれるようになった私《ユリアーナ》だけど、まだまだ食が細い。

料理長が作った料理を並べて、そこから取り皿にとってもらって食べられるだけ食べるという方法をとっている。

もちろん、食事内容や量は毎日毎回しっかりと記録されているよ。ハハッ。

「お嬢様、昨日よりも食事の量が多くなっていますね。これなら旦那様からお褒めの言葉をいただけるかと」

「えへへ、そうかな？」

お父様は常に情報を集めているらしい。

それは私の食事量という些細《ささい》なものから、ヨハンお兄様の学園での活動、王様がお后《きさき》様とちょっとした口喧嘩《くちげんか》したとか結構重大なものまで様々だ。

フェルザー家の役割として、情報は大事なもの……らしい。

「ユリアーナ」

「おかえりなしゃい、ませ」

食後のお茶を出すタイミングのところで、お父様が食堂に入ってきた。

セバスさんも一緒に入ってきたところを見ると、何かお話があるのかな？

「セバスから報告を受けたが、ペンドラゴンに認められたようだな」

「おししょ、です」

「……そうか」

なぜか一瞬冷たい空気が流れたけれど、お父様もセバスさんも普通にしている。気のせいかなって思ったら、エマが震えていた。

「エマ、だいじょぶ？」

「は、はい！　申し訳ございません！」

慌てて謝るエマだけど、お父様は通常モードでも怖いからしょうがない。

かよわい女性には刺激？　が強すぎると思うのよ。めっちゃイケメンだけど無表情だし。眉間のシワもすごいし。

「それで、どうだった？」

「おししょ、ふわふわ」

鳥の羽根で作ったローブとか、素晴らしいさわり心地だった。

「あと、かみ、きらきら」

虹色の髪って、不思議だったなぁ。お父様とお兄様の銀髪も素敵だけど、光の加減で虹色に変化するとか驚きだよね。かなり派手だけど。

「……そうか」

また空気が冷たくなった気がする。

近くに立っているエマの服が小刻みに震えているのが分かる。

あれ、もしかしてお父様が聞きたかったのは、そういうことじゃなかった？

「まりょくのれんしゅうと、ごはんたくさんたべ、ました」

「……そうか」

「ごほうび、たのしみ、です」

ふわっと空気があたたかくなった。

やっぱりそういうことか。私からも進捗《しんちょく》？　を報告する必要があったんだね。

「ユリアーナ、こちらへ」

エマに手伝ってもらって椅子から降りると、お父様のところへと向かう。

そのまま抱き上げられて、膝抱っこ状態に。

「ふぉ、ごほうび？」

「そうだ。ご褒美だ」

あたたかくて、大きな手で優しく撫でられる。

お父様の顔を見ようと上を見上げれば、美しく整った安定の無表情に思わずへらりと笑ってしまう。

「うれしい、だんなしゃま」

その瞬間。

窓の外を光が走り、地響きと共に屋敷全体がみしりと揺れた。

翌日。

銀色の髪にエメラルドグリーンの瞳を持つ美少年、ヨハンお兄様が屋敷に帰ってきた。

また来るって言ってたけど、学園が休みだからって本当にまた来たよ。びっくりだよ。

「ユリアーナ、体の具合は？」

「げんき、です。おにいしゃま」

「父上は……珍しく属性の違う魔法を発動させたのか？」

私とお兄様は今、庭の東屋でお茶をしている。

そこから見える屋敷の「食堂だった」部分は、窓ガラスがすべて割れていて、壁には所々黒く焦げた跡が残っていた。

「ぴりぴりって、まほう」

「雷か？　さすがは父上だ。文官でありながら武力だけではなく強い魔力もお持ちである」

ふむふむと無表情でうなずいたお兄様は、エマが私の世話をしようとするのを制して、パウンドケーキを手ずから取り分けてくれる「やさしいお兄ちゃん」だ。

どうやら嫌われルートは回避しつつあるらしい。ちょっとだけ安心した。

「まほう、すごかったの」

「しかしなぜ、父上はこれほどまでに強い魔法を発動させたのだ？　セバス」

いつの間にいたのか、お兄様の後ろにセバスさんが控えている。

執事って忍者みたい。鳥のお師匠様にも暗器みたいなもので攻撃していたし。もしやセバスさんって黒執げほげほ。

「若様、その、実は……旦那様のことをお嬢様が『旦那様』と呼ばれまして」

「父上を、旦那様と呼んだのか？　ユリアーナが？」

無表情のまま目を少しだけ見開いたお兄様は、真っすぐな目で私を見る。

「ユリアーナ。なぜ、父上と呼ばない？」

「よんでも、いいの？」

「セバス！」

「申し訳ございません！　まさか、お嬢様がそのようなことを……」

いや、正直、その呼びかたはどうだろうって思ってはいたんだよ？　でも、皆が旦那様って呼ぶし、それでいいかなって……ついうっかり。そう、うっかりってやつだ。

「幼いとはいえ、貴族の女性が男性に向かって『旦那様』などと……妻が夫に対するような呼び方はよろしくない」

「んぐっ」

パウンドケーキをのどにつまらせそうになり、慌ててお茶で流し込む。

え？　夫？

もしかして、私、お父様のことを「ダーリン（はぁと）」みたいに呼んだってことになっちゃうの⁉

やだ幼妻《おさなづま》みたい……いや、幼女だから幼妻という訳ではないし、むしろ幼すぎるだろう落ち着け

もちつけユリアーナ！　すぅ、はぁ。（深呼吸）

本当にごめんなさい。お父様。

そりゃ自分の（書類上だけでも）娘から突然「旦那様♡」なんて訳の分からない呼び方されたら、びっくりして魔法で雷をおとしちゃったりするよね。

ごめんよ！　ほんとごめんよ！

ひぇぇ、顔が熱くなっていくのが分かる……恥ずかしい……!!

「ごめ、しゃい」

「んんっ、今度から気をつければいいだろう。父上かお父様と呼ぶのだ」

「あい、おにいしゃま」

顔を真っ赤にして、うるうる目でお兄様にあやまる私。

でも、いいのかな？　私がお父様って呼んでも怒られない？　お兄様はともかく、お父様からの嫌われルートを回避できたのかは分からないし……。

本人からOKもらえるかなぁ？

「大丈夫だ。さぁ、これも食べたほうがいい」

「んぐ？」

お皿に盛られたクッキーを手に取ったお兄様は、私の口へ素早くインさせる。

うむ。バターがきいてて美味である。

「よし、それでいい」

「んぐ？」

お兄様の手から何度かクッキーを詰め込まれ、もぐもぐ口を動かせば「よく食べた」と頭を撫でられる幼女ユリアーナ。

お菓子を食べただけで褒められるとは、幼女であり妹であればこそなのか。

こんな低いハードルのミッションをこなすだけでご褒美をもらえるなんて……これに慣れてしまったら、ただのダメ人間になりそうだよ……。

誰か塩を……適度な塩対応をプリーズ……!!

◇とある文官の驚愕《きょうがく》

敬愛する我らが国王陛下は、こう仰《おお》せになられた。

「能力のある者は身分関係なく登用する」

その言葉のおかげで、身分関係なく行われる超難関と呼ばれる試験を各種合格した自分は、平民でありながら王宮の文官という役職に就くことができた。

それでも王宮内で「お貴族様」の横行はまだまだ強く根付いており、自分のような平民は嫌がらせを受けることも多々ある。

上司であるランベルト・フェルザー室長は、侯爵様でありながら珍しく平民を軽んじない御方だ。

しかし、自分がコネで入ったお貴族様から嫌がらせを受けていても一切手助けをしない、ある意味とても「平等」な御方でもあった。

そう、上司は「お貴族様」ではなく、れっきとした「貴族」なのだ。そして自分は、上司が貴族であることを不満に思うことなどなかった。

なによりも、それが自分にとって当たり前の日常だったからだ。

ところが……。

「私の部下が、何か？」

「フェルザー侯爵！　いえ、しょ、書類について確認しておりまして！」

「そうか。で、その書類は？」

「い、今、直しておりまして！」

「ならば待つ。私が預かろう」

「ご、後日、こちらからお届けいたしますので！」

「そうか。これからは部下でなく私が直接確認しよう。陛下から業務の見直しを申しつけられているのだ」

「は、ははーっ！」

さっきまで有り得ないくらい大きくふんぞり返っていた「お貴族様」は、室長の登場によってかわいそうなくらい小さくなってしまった。

お貴族様の書類不備を指摘するのに、小一時間ほどかかるのは毎度のことだ。それなのにどういう風のふきまわしか、今回は室長が自分を迎えに来た。

お貴族様が逃げるように走り去ると、恐ろしいくらい美しく整った顔の室長は、無表情のまま自分を見ている。正直怖い。

「マリク、仕事が遅れている」

「申し訳ございません」

「以後、書類不備については私が取りまとめる。改善のみられない者に関しては、陛下に配置の見直しを進言するとしよう」

「さようで……」

つまり、あの「お貴族様」は、書類不備が重なれば無能とみなされるってことかな？

平民ならどこの勤務でも苦にならないが、貴族の配置転換、特に王宮の外に出された場合、絶望が待っている……らしい。

お貴族様の価値観は、よくわからない。

「マリク、仕事が遅れている」

「申し訳ございません」

二回目のやり取りをしたところで、ふと気づく。

自分は今までフェルザー室長から、仕事が遅れているなどという注意を受けたことがないことに。

思わず室長の顔をまじまじと見れば、無表情のまま言葉を発する。

「早くしないと、寝てしまう」

「え、もしや、お子様……ですか？」

「そうだ」

室長がご家族の話をするとは珍しい。

たしか、ご子息は学園の寮にいらっしゃるから、ご令嬢のことだろうか。

「確かに、仕事が遅いとなかなか親子の会話ができないですよね。それでも、寝顔を見れば頑張ろうなんて思ったりします」

「寝顔……だと？」

「ひぇっ!?」

突然、無表情の美形上司に距離を詰められ、思わず変な声が出てしまった。

「寝ているのに、部屋へ行くのか？」

「いえ、その、愛する娘の寝顔だけでも見ることができれば、明日も仕事を頑張ろうって思えたりしませんか？」

「……そうか」

いつも仮面でもかぶっているかと思うくらい無表情な室長が、自分の娘の話をすれば少しだけ目元が緩むことに気づく。

この時、室長と私は互いに思わぬ共通点を見出した。可能な限り仕事を早く終わらせ、それぞれ家族との時間を増やしていこうという流れになったのだ。

それにより業務の作業効率が大幅に向上し、平民である自分にまで国王陛下直々にお褒めの言葉をいただいたのには驚いた。

陛下から厚い信頼を得ている上司を持っている自分は、本当に幸せだと実感したものである。


だがしかし。

平和な日々も、長くは続かない。

ある日のフェルザー室長は、とてつもなくドロドロとした仄暗《ほのぐら》い気配を身にまとって出勤してきた。

「室長？　どうしました？」

「ああ、いや、問題ない」

いつも無表情の室長だけど、ここまでの状態なのは見たことがない。

なんというか表情が「無」というよりも「虚無《きょむ》」と言ったほうが正しい気がする。

「問題ないという表情ではないでしょう？　何かあったのですか？」

「問題は、ない」

「ご令嬢のことですか？」

「なっ⁉」

手に持っていた大量の書類を、分かりやすくバサバサっと落とした室長。

無表情のまま慌てて書類をかき集めているけれど、いい年したオッサンが「はわわ」ってなってても可愛くないですからね？　いくら美形でも、許されると思わないでくださいね？

まぁ、そうは言っても可愛いく見えちゃいますけど!!　美形だしね!!

「何があったのです？　自分ごときでは助けにならないと思いますが、話すだけでも楽になると思いますよ」

「いや、マリクには常に助けられていると思っている」

急なご褒美キター!!

なんということでしょう。

周りからは『フェルザー家の氷魔』などと呼ばれている上司が、自分に対してやたら可愛い部分を出してくる件。

「それで、ご令嬢が何か？」

「いや、特に問題はない……はずだ」

「さようで」

「しかし、まさか娘であるユリアーナから……婚をおねだりされるとは……」

「はい？　なんですって？」

「いや、何でもない。聞かなかったことにしろ」

「そうはいかないですよ。ここまで言ったのですから、男らしく最後までしっかりお話ししてくださいまし」

「お前……遠慮がなくなったな」

「そうでなければ、貴方様の部下なぞやっておれませんから」

「……そうか」

そう言って自分に真っ直《す》ぐな目を向けてくる上司に、部下としてしっかりと腹の奥に力を入れておく。

すべてに対して平等に接する、貴族らしくない貴族である室長。そんな尊敬できる彼にならば、たとえ何を言われても笑顔でいようと思う。

自分だけは、この人の味方でいたい。そう思ったのだ。

「それで？　何があったのです？」

「娘の、ユリアーナが」

「はい」

「まるで、新妻《にいづま》のように」

「はい？」

「私を『旦那様』と、甘えるように、愛らしく、上目遣いで呼ぶのだが」

「はあああああ!?　アンタって人は、自分の娘になんつーことを言わせてんだこのっ……人類の敵めぇっ!!」

後日、諸々事情があった上の勘違いだったということが判明するまで、自分は本気で室長と一戦を交えようとしていた。

絶対に解雇《かいこ》されると思っていたけど「マリクほどの気概《きがい》がある文官はいない。これからも頼んだぞ」と室長に言われたので、この先ずっと部下として誠心誠意お仕えしようと思っている。

11　幼女は正しく呼びたい

お兄様に慰められているのを、セバスさんになんともいえない表情で見守られた翌日。

出勤前のお父様に、ひと晩しっかりと寝て考えた呼び方をしてみる。

「ラン、ベルト、おと、しゃま」

「……それは、なんだ？」

「あう……」

「ユリアーナお嬢様は、旦那様を『正しく』呼びたいようです」

なんだ？　と言われましても……と眉を八の字にしていると、セバスさんから助け船が出された。さすセバ。

いやほら、お父様の『色』を引き継いでいない私が、馴れ馴れしく「お父様」なんて呼んだら怒られるかなって。

名前と敬称？　を合わせれば、なんとなくいい感じになるかなと思ったのですよ。

好感度アップからの、嫌われルート回避を目指しますぞ！

「ランベウ、と、しゃま」

ぐぬぬ、同じ音が重なると、噛む確率が爆上がりだちくしょう。

「……ベル、と呼べばいい」

「ベル、とうしゃま?」

「んんっ……そうだ。それでいい」

「ベルとうしゃま！　いってらっしゃいませ！」

ちょっと噛んでいるけど、なんとか言えたぞと満面の笑みでお見送りする私を、無言で抱き上げたまま馬車に乗ろうとしたお父様。

お父様ダメですよー。お師匠様がもうすぐ来るので、一緒には行けないのですよー。

セバスさんが慌てて回収してくれました。

意外とお茶目なお父様です。セバスさん、いつもお手数おかけします。


「ふぁいやー」

フワフワ漂う、赤いのをそっとつまんで指に巻きつける。

ぼふんと大きな炎が出て、お師匠様が指先でそれを消してしまう。

「こらっ！　俺は小さい火を出せって言っただろうが！」

「ごめしゃいー」

「あとその『ふぁいやー』っつーのは何だ?」

「きあい」

「だーかーら！　小さいの出すのに気合い入れんな！」

ぐぬぬ。だって魔法で大きな炎とか、火炎放射器みたいなのを出したら格好いいじゃないか。

ならば……と、青く漂う魔力を小さな手でむんずと掴む。

「うぉーらー！」

「つめたっ⁉　ゴラァ何すんだ嬢ちゃん‼」

「ふぉぉ、やせた⁉」

「痩せてねぇよ！　濡れたんだ！」

「ごめしゃいー」

お師匠様のローブに付けている羽毛が、水に濡れてぺっそりしてしまった。

庭の花壇に水をまこうと思っていたのに、まとめてお師匠様にかけてしまうとは……申し訳なくて落ち込んでしまう。

すると水に濡れた虹色の髪を掻きあげ、男臭くニヤリと笑うお師匠様。

「水もしたたるイイ男、だろ？」

「おししょ、いいおとこー」

「惚《ほ》れんなよ？」

「はい！　おししょ！」

「そこはしっかり返事するなよ……」

がっくりとうな垂《だ》れるお師匠様が、なんだか可愛くて面白い。

クスクス笑っていたら、セバスさんがお茶の時間だと呼びに来てくれた。

「お、今日の茶菓子は何だろうなぁ」

「ふわふわ！　おししょ！」

気づけば、さっきまで水に濡れていたお師匠様のローブはフワッとしている。いつの間に乾かしたんだろう？　魔法？

「魔法じゃねぇよ。うちの奥さんの羽根は特別なんだ」

「おくしゃ⁉」

え、何それ？　奥さんの羽根って何なの？　剥《む》いたの？

「うちの奥さんは獣人《じゅうじん》っていう種族なんだが、神鳥《しんちょう》と呼ばれる一族なんだ。数年に一度くる換毛期《かんもうき》の羽毛でローブを作った」

「いたくない？」

「もちろんだ。自然と抜ける羽毛だけをもらった……っていうか、押しつけられた。神鳥の羽根は高い防御力があって、水や汚れに強い」

私は気づいてしまった。

奥さんのことを話しているお師匠様は、とても優しい目をしている。きっとすごく愛しているんだなぁって、幼女に丸わかりするくらいだ。

それなのに私ったら……。

「ごめしゃい、おししょ、おみずかけて」

「んー？　気にすんなって。うちの奥さんなら、嬢ちゃんに何されても怒ったりしないぞ」

「やさし？」

「おう！　優しいぞ！　……いや、俺にだけは厳しいか？」

うむ！　きっとこの鳥オッサンは、ろくな事をしていないのだろうな！

セバスさんの用意してくれたおいしいロールケーキを頬張りながら、お師匠様の奥さんについて思いを馳《は》せる。

それにしても、私の作品に出てくる『宮廷魔法使いペンドラゴン』は、長い髭のお爺さんだったのに、鳥のオッサンとは……。

聞いたところ、お師匠様はお父様と学生時代を共に過ごしたらしい。同級生には王様もいて、懇《こん》意《い》にしている理由のひとつなのだろうと理解した。

私が『無口美少女魔法使い』のユリアーナであるのは明確だけど、お師匠様は一体どこで登場したのだろう？

「どうした嬢ちゃん。疲れたか？」

「いいえ、おししょは、ベルとうしゃまと、なかよしって」

「そうだな。仲良しなのかは分からねぇけど、俺は親友だと思っている」

オッサンになっても、男同士の友情は素晴らしく、よきものである。

でも私の作品で、こんなにイケメン・イケオジが満載の作品だったのか、はなはだ疑問だ。

お父様の友達って、お師匠様くらいだよなぁと思い至ったところで、脳裏《のうり》に映像が浮かんでくる。

冒険者になったユリアーナを、不義の子だと切り捨てる氷のごとき美丈夫。

その隣に立つのは血に染まった羽根を身に纏う、不思議な髪色の男。


「あれ？」

「どうした嬢ちゃん？」

心配そうに私を見ているお師匠様。でもそれがあのイラストの男と一緒なのか、まったく結びつかない。

それでも「獣人の妻」を持つ「才能ある魔法使いの男」が「血に染まった羽根」を身につけている理由。物語どおり……いや、設定どおりになるのかは分からないけれど、今、私はものすごく嫌な予感がしている。

「おししょ、すぐ、いこう」

「あ？　なんでだ？」

「お嬢様、出られるのであればお供しましょう」

私について一番よく知ってくれているセバスさんが、ただならぬ空気を察してくれている。ありがとう、さすセバ。

「おししょ、おくさん、きけん」

「は？」

「ペンドラゴン様、お嬢様のおっしゃるようにお願いいたします」

「すぐいく！　いそぐ！」

「どういうことだよ？」

のんびり首を傾げているお師匠様。セバスさんも私のことを後押ししてくれるけど、いまいちうまく伝わらない。

嫌な予感が、ジワジワからバシャバシャになって噴き出してくる。

私の考えた設定だと、冒険者のユリアーナがお師匠様らしき人と出会った時、彼は天涯孤独《てんがいこどく》の身だった。

悪役として登場する彼に、愛するものという存在はなかったはず、なのだ。

12　侯爵様の特殊能力

ぶわっと広がる不安感で、体が震えている。

早く思い出して伝えないと！

私が考えた設定でお師匠様の奥さん……神鳥の一族が、どうなったのかを！

「おししょ、おくしゃ、とり、とりしゃ！」

「そうだぞぉ、俺の奥さんは鳥の姿にもなれるんだ。真っ白で綺麗《きれい》でなぁ」

あー！　もう、そうじゃなくってー！

一度自覚した不安は、そう簡単に消えてくれない。むしろどんどん広がってしまう。

目に盛り上がった透明な水はみるみる溢れ、ポロポロと落ちていくのを止められない。

「うう……」

「ど、どうした嬢ちゃん⁉」

「いやなの、とりしゃ、あぶにゃいのぉ……」

「わぁー⁉　待て、泣くな嬢ちゃん‼　ランベルトに殺されるから‼」

「うぐ、ふぇ、ふにゃぁぁぁぁ」

「くっ、かわいすぎ……じゃねぇ、頼むから泣き止んでくれよぉ」

あかん。詰んだ。

幼児特有の「えずき泣きモード」に入ってしもうた。

普段はそれなりに、お師匠様と会話のキャッチボールができていたのに、ただでさえ長文を話せないユリアーナの発育不良の体は、ちょっとしたことでぐずぐずになってしまう。

お師匠様の奥さんが無事ならそれでいいんだよ。ただ確認したいそれだけなのに、ああもうどうしたらー‼

「……ユリアーナ」

「ふにゃっ⁉」

急に空気が冷んやりしたと思ったら、しっかりと鍛えられた腕の筋肉にお腹まわりを包まれる。

高くなる視界に驚いて、思わずいい匂いのする分厚い胸板にしがみついた。

「なぜ、泣いている？」

「ベル、としゃまぁ……」

えぐえぐと呼吸が整わないのは、溢れる涙と鼻水のせいだ。まったく表情を変えることなく、綺麗なハンカチで優しく丁寧に拭《ぬぐ》ってくれるお父様に、胸がいっぱいになってさらに涙が溢れてしまう。

「ふにゃぁぁぁぁ」

「……ペンドラゴン」

「悪い！　俺の奥さんの話をしたら、急に泣き出しちまって……」

「二度はない」

「わかってる」

「しかし、これもいい」

「わかる」

お父様とお師匠様がやり取りしている間に、さっきまで冷えていた空気は元に戻っていた。泣いている私を落ち着かせるよう、お父様がぽんぽんと背中を叩いてくれる。

このぽんぽんは、とてもよきものだ。幼児全般が心地よくなって寝てしまうぽんぽん……いやいや寝たらダメだ！　私にはお師匠様に伝えることがある！

深呼吸。すってー、はいてー。

「ベルとうしゃま、おししょに、いいたい」

「何をだ？」

「おしょの、とりしゃ、いやなの。だから、みてみて」

ぐぬぬ語彙力《ごいりょく》!! もうちょい、どうにかならんのか!!

ユリアーナの精神が不安定になっているからか、うまく言葉が出せない。どうしよう。

「ふむ。ペンドラゴンの奥方について嫌な予感がするから、様子を見てきてほしいと言いたいのか？」

「そうでしゅ！」

「え、俺の奥さんが？ つか、それよりもランベルト、お前よく嬢ちゃんの言いたいことをアレだけで理解できたな!?」

ほんとそれ。お父様は特殊能力でも持っているのか。

「ユリアーナが怯えているのが分かる。体も震えているし、少し熱も出ているようだ。お前の奥方と会ったこともないのに、何かを訴えようとしている」

「お、おう、そうか？ とりあえず連絡をとってみるわ」

そう言ってお師匠様が取り出したのは、小さな四角いタイルみたいなものだ。それを指先で何かをしている様子は……スマホ？ スマホなの？

「ちっ、つながらねぇ。息子にかけてみるか」

するとフワッとお師匠様の手が光って、声が聞こえてくる。おお、本当にスマホみたい。

『父さん、何かありましたか？』

「おう息子。奥さんとつながらないんだけど、今どこにいるのか分かるか？」

『ご近所の奥様方とお茶会かと……。邪魔したらダメですよ』

「なんで奥さんは俺に予定教えてくれないのかなぁ」

『だから、邪魔するからですよ。それより母さんに何かありましたか？』

「俺にもよくわからねぇが、ランベルトのとこの嬢ちゃんが気にしててなぁ」

『ヨハンの妹君が？』

おや？　お師匠様の息子さんは、お兄様を知っているのかな？

「ペンドラゴンの息子は、ヨハンと同じ学園に通っている」

なるほどー。それにしても、この会話できる道具って……。

「この会話できる魔道具は、ペンドラゴン独自のものだ。私を含め、限られた人間しか持っていない」

なるほどー。

首をかしげた私に気づいたお父様がスマートに解説してくれる。ってゆうかお父様、本当に特殊能力があるんじゃないの？

通話を切ったお師匠様は、一気に顔を険しくさせる。

「ちょっと席をはずさせてもらうわー」

「手は？」

「足りる」

そう言うと空中に何かを描くように指先を動かすと、お師匠様の足元に光り輝く虹色の魔法陣が現れる。

そしてお師匠様が姿を消して数十秒後、遠くから大きな爆発音が何度か聞こえてきた。

何事もなかったかのように、お茶をいれてくれるセバスさん。

東屋は、引き続きお茶の時間となっている。

そして私は椅子ではなく、恐れ多くもお父様の逞《たくま》しい太股《ふともも》の上に座っている。

「もう、泣かないのか？」

「あい」

「……そうか」

今日の私はダメダメだった。

あそこまで不様に泣くとは、いくら幼女でもレディとしてよろしくない。

気合を入れる私が顔を上げると、美しく整ったお父様のお顔が少しだけ寂しそうに見える。

「ベルとうしゃま？」

「お嬢様、旦那様はもっと泣いてもいいと思ってらっしゃるのですよ」

「ないて、いいの？」

「子どもというものは、たくさん感情を表に出すものです。泣いたり、笑ったり、たくさんしてこそ成長できるのですよ」

「せいちょう……」

「それに、お嬢様の泣きかたがお可愛らしく、旦那様がたいそう気に入ってらっしゃるようで……」

「セバス」

「失礼いたしました」

口元に笑みを残しながら、セバスさんは優雅に一礼してみせた。

その日の夕方。

お師匠様の奥さんが無事だったことと、希少種の獣人を勾引《かどわか》して人身売買をしている組織が一斉摘発《てきはつ》されたと、お父様にお師匠様がしれっと報告していた。

あの爆発音は、やはりお師匠様だったのですね。

「嬢ちゃんには感謝だ。うちの奥さんだけじゃなく、神鳥族のような他の希少種まで被害にあうところだった」

「ほかのひと、ぶじ？」

「おう。捕まってた獣人たちは無事だったぞ」

「よかった」

「ああいうのは壊滅させてもまた出てくるからな……定期的に始末しねぇと」

まるでG虫のように言っているね。

うん。害虫は定期的に駆除《くじょ》したほうがいいと思う。

「ペンドラゴン、その話はここまでだ」

「へいへい。ちょっと見ない間に、すっかり過保護になっちまって」

そういえば、王宮にいたはずのお父様が、気づいたらお屋敷に帰っていたのは何でだろう？

「また、移動の魔法陣を頼む」

「おい、王族だって滅多に使わない移動の魔法陣だぞ？　緊急用だからって描いたのに……まぁ、今日は助かったけどな」

「ならば文句を言うな」

「へいへい」

お父様、王族並みのことやらかしてるのか……。

ふと横を見れば、セバスさんも何とも言えない表情でお父様を見ている。

まぁ、いいかな。

お父様からの嫌われルート回避、いい感じにできているみたいだからね！

13　大物がやって来た

「嬢ちゃんはすげぇぞ。魔力暴走の恩恵か、予知みたいな能力があるのかもなぁ」

「……そうか」

眉を少し動かしただけで、通常どおりの無表情なお父様。なんとなくだけど機嫌よさそうに見える。

お師匠様は虹色の髪についた寝ぐせをフワフワと揺らしながら、満面の笑みを浮かべて私を褒めてくれる。

いいぞいいぞ。褒められて伸びるタイプなんですよ。私は。

日当たりのいい庭園にある東屋は、魔法の勉強をする定位置になっていた。

実際魔法を使うときもすぐできるし、部屋を水浸しにすることもないからね。（すでに何度かやらかして、お師匠様が証拠隠滅《いんめつ》したけどセバスさんにはバレた）

休憩時間の今は、お父様も混ざってお茶をしている。

今日のお茶菓子はカスタードとブルーベリーのタルトですよ。疲れた目に染み渡りますよ。

大捕物《おおとりもの》があった翌日から、なぜか屋敷で仕事をすることになったお父様。

そして数日に一回きていたお師匠様は、毎日来るようになった。

さらに言えば、私が町に住む「おししょのおくさん、きけん？」とお父様に問いかけたところ、屋敷近くの森に希少種の獣人たちが引っ越してくることになった。人身売買から解放されたけどお仕事がない獣人さんたちは、森の管理をしてくれるんだって。

セバスさん曰く、やたら広いから管理が大変だったから助かるって。結果オーライだ。

「奥さんは町よりも自然がある家のほうが嬉しいってよ。森を貸してくれてありがとな、ランベルト」

「希少種の保護は貴族の義務だ。それに森の管理は必要だ」

「んなこと言ってぇ、また嬢ちゃんが泣くからだろぉ？」

え？　そうなんですか？

「義務だ」

「へいへい」

ムスッとした声で言いながらも、膝抱っこしている私の頭を撫でる手を止めないお父様。

薄々感じていたんだけど、もしかしてお父様は私を……。

「ぺっと、みたいな？」

「なんだ？」

「なんでもないでしゅ」

見上げてへらりと笑えば、さらに撫でてくれる。最近ちょっとだけ頭皮が心配だけど、こうやって親子のスキンシップをするようにセバスさんが言ってくれているのだろう。

ほら今も、生暖かい目で私たちを見ているし。そろそろ頭皮が摩擦《まさつ》で熱くなってたから止めるよう言ってくださいセバスさん。

「それにしてもランベルト、王宮の仕事はいいのか？」

「問題ない。部下が優秀だからな」

「けどよ、アーサーが困るだろ？　お前の意見を元にして仕事をすると一番うまくいくって言ってたぞ？」

「そろそろ陛下にも独り立ちしてもらわねば」

「いやいやお前は王の家臣《かしん》だからな？　貴族の義務はどこいった？」

「……明日は行く」

「そうしてやれ」

呆れたように苦笑するお師匠様に私の膝抱っこを交換したお父様は、仕事をするために屋敷へ戻って行った。

いや、別に私はひとりでも座れますよ、お父様。

「過保護にされてんなぁ、嬢ちゃん」

「ベルとうしゃま、おうしゃま、なかよし?」

「おう、俺とアーサーとランベルトは学園で同級生だったんだ。俺の息子と王太子とヨハンみたいなもんだな」

「おーたいし?」

「王太子の入学にあわせて、同年代の俺らの息子を学園に入れたんだ」

「ほぇぇ」

「とはいえ、三人とも出来が良すぎるから、飛び級して卒業ってなりそうだけどなぁ」

「しゅごい」

さすがお兄様、私とは頭の出来が違う。

頭のいいお兄様ならきっと、理論を駆使《くし》して魔法を発動させたりできるんだろうな。

「さて、今日は発声練習をするぞ。『大麦まぜた小麦を大麦ぬいてひいてこねたら大麦ぬき小麦でパン焼けた』って、三回早口で言ってみろ」

「おおみゅぎまじぇたこみゅ……うう……」

無理だ!! ユリアーナじゃなくても無理だ!!

「いくつか紙に書いておくから、俺のいない時でも頑張れ。嬢ちゃんはもっと話をしたいんだろ?」

「……あい」

そうだ。この前はお父様が居たからなんとかなったけど、また危機的状況になった時に自分の意志を伝えられないのは困る。

よーし、やるぞー。

とりあえず小麦は置いておこう。

「この、たけがきに、たけ、たて、かけ、たのはー」

「お、やる気になったなぁって……そのタケガキっつーのはなんだ？」

「たけ、しょくぶつ」

「タケ……ああ、東の大陸にそんな植物があったな。すげぇ早く成長する木だとか」

そっか、植物は気候や土壌に左右されるから、いくら世界設定を適当にしていても、さすがにそこはざっくりとはしていないよね。

そしてやはり存在するのか……ファンタジー作品あるある『東の大陸』が。

作者なのに、そこらの設定に置いてけぼりでござるの巻。

そして私ことユリアーナは、ひと月ほどお父様やお兄様やお師匠様に弄《もてあそ》ばれ……じゃない、構ってもらう日々を送っております。

ユリアーナの体力はだいぶ元に戻っていて、お医者様からも問題ないと言われました。

苦い漢方は卒業です！　やったね！

「セバス、だいじょうぶ。ひとりであるけます」

「さようでございますか、お嬢様」

「ベルとうしゃまに、いってくだしゃい」

「旦那様に直接おっしゃっては？」

「なんどもいってるの」

「さようでございますか、お嬢様」

日課の朝の散歩に出た私を、どこからともなく現れて捕獲抱っこするお父様。

王宮へ行かなくて大丈夫なのだろうか。そして私は歩きたいのですが。

「私が処理するものは、部下のマリクが屋敷まで持ってきているから大丈夫だ。それと、歩くと転ぶ危険性がある」

それって、部下のマリクさんとやらが大丈夫じゃない気がするよ。

あと、散歩って自分で歩かないと意味がないので抱っこから解放してください。転ぶ危険性は加《か》味《み》しておりますので、可及的速《かきゅうてきすみ》やかにお願いいたします。

「……そうか」

優しく地面に足をつけてくれるお父様。そして私の心を読む技術が日に日に向上しているお父様。恐ろしい子！

さて、歩きながら早口言葉の練習だ。

「なまむぎ、なまごめ、なまたまごー」

「生麦と生卵はともかく、ナマゴメとは？」

「ひがしにある、しょくぶつです。……たぶん」

「ふむ、そうか」

「いつか、ひがしにいってみたいのでしゅ」

早口言葉の成果は着々と出ているけど、油断するとちょっと噛んじゃうなぁ。がんばれ私。

ご機嫌で歩く私は、ふと空気が冷んやりしていることに気づく。

「……東の大陸に行く、だと？」

「あい。いってみたいでしゅ」

「なぜだ？」

「いろいろみたり、ぼうけんしたり」

「ユリアーナは冒険者になりたいのか？」

「ぼうけんしゃは、つよいから、あこがれましゅ」

「……そうか」

「ベルとうしゃまは、つよいから、すごいぼうけんしゃになれましゅね」

「……そうか」

お、冷んやり空気がなくなった。

なぜお父様のご機嫌が直ったのかは不明だけど、私がいずれ冒険者になるという『物語の流れ』を伝えることができたのは良かった。

お父様と手をつないで散歩していると、セバスさんがスッと前に出てきた。

「お客様のようです」

「構わん」

「おきゃくしゃま?」

屋敷の門のあたりが騒がしい。お師匠様は屋敷まで直接森から来ちゃうし、お兄様の休みはまだ先だ。誰だろう?

「ランベルト! ランベルトはいないのか!」

低く響く声に驚いて、思わずお父様の足にしがみついてしまう。

流れるような動作で抱っこされた私は、お父様の胸筋にしがみつきながら、そっと声のする方向を見る。

そこには軍服みたいな姿の、オレンジがかった金色の髪を後ろに撫でつけ、整えた顎鬚《あごひげ》の美形オジサマがいた。お父様と同じくらいの年代かな?

「静かにしろアーサー。ユリアーナが怯える」

「す、すまない。しかし、ランベルトが王宮に来ないから仕方ないだろう?」

キリッとしていた軍服さんは、お父様のひと声で途端にへにょりと八の字眉になってしまう。この人……御方は、もしや……。

「私は忙しいと言っている」

「今、のほほんと散歩してたよね!? 忙しくないよね!?」

「朝の散歩は、すべての事において優先されるユリアーナの日課だ」

「いやだから、それは君じゃなく『ユリアーナ嬢にとっての優先されること』だよね⁉　僕が頼んでいる仕事は⁉」

「知らん。マリクに聞け」

「ひどいよランベルト‼」

私の予想ではこの人、学園時代のお父様とお師匠様の同級生であり、この国のトップである国王陛下ではなかろうか。

なんか、ただの残念キャラにしか見えないよ？

どうなっているんだよ作者‼（特大ブーメラン）

14　王宮に誘われて

「確かに君の娘はかわいいよ。でも、仕事はやってもらわないと……」

「私の仕事は、本来王宮でなくともできる」

「それはそうだけど、君が意見すると会議の進みが全然違う！　国民たちを待たすことなく、治政《ちせい》を行えるのだよ！」

「だから、それは私ではなく側近らがやることだろう」

「側近たち使えないからって、コテンパンに叩きのめしたのは君だろうランベルト！」

えー、それは王様かわいそう。

お父様に抱っこされたまま王様を見ていたら、なぜか涙目で私をキッと睨《にら》む。

「こうなったら、こっちにも考えがある。君の娘を……」

「……ユリアーナを？」

その瞬間、周囲の空気が一気に冷えて王様の顔がみるみる青ざめていく。急な冷え込みに、鼻がむずむず……して……ふぇ……。

「ふぇっくち！」

「!?」

くしゃみする私を抱きかかえたまま、お父様は器用に上着を脱ぐ。そして素早い動きでぐるぐるに包み込まれ、なんということでしょう、すまき幼女の完成です。（匠《たくみ》の技）

ふぉぉあったかい……お父様のいいにおいがする……くんかくんか。

「……まだ寒いか？」

「あったか、ありがと、ベルとうしゃま」

「いやいや、寒い原因はその『ベルとうしゃま』だからね？」

え？　そうなの？

お父様を見れば、いつもの無表情だ。でも、どことなく申し訳なさそうにも見える。

「ベルとうしゃま、さむいの、しゅごいの。あついとき、べんり」

「……そうか」

「ぶふぉっ」

どこがツボだったのか、王様は思いきり噴き出している。

いやいや冷たい空気を馬鹿にしたらあかんよ。夏場にすごく重宝されると思うし。

それよりも……。

「ベルとうしゃま」

「なんだ？」

「おうしゃま、かわいそう。おうきゅうで、おしごとしよ？」

「なんて良い子なんだ！」

感動した王様が近づこうとしたけど、私を抱っこしているお父様がさっと身を退いてしまう。

「しかしユリアーナ、屋敷と王宮は離れている。お前に何かあったらどうする？」

いやいやお父様、そうそう何か起こるわけないですよって。

え？　起こらないよね？

「そこで提案だけど、ユリアーナ嬢はペンドラゴン一門の弟子なのだろう？　もし良ければ、王宮で魔法を習えるよう場を整えようと思っていたのだよ。それなら親子で王宮に来られるだろうし」

「考えというのはそれか」

「え？　何だと思ったの？」

「……いや」

「王宮の中に君の屋敷もあるんだからさ」

「フェルザー家のものだ」

「同じでしょ？」

そういえば魔力暴走で王宮に運び込まれた時、やたら豪奢《ごうしゃ》な部屋に泊まったっけ。

なんにせよ、お父様と王様の仕事が捗るなら行こうじゃないか。いざ王宮へ。


「おい、場所変えるんなら言えよ！　探しちまっただろうが！」

「ごめしゃーい」

「罰として、早口言葉を五十回な！」

「むり、じゅっかい」

「だめだ、三十回」

「んん、にじゅっかい」

「しょうがねぇな」

お師匠様が弟子に対してやたらと甘い件。

でも、王宮に移動することはお父様が伝えるべきことだと思う。王様と話し合いしてすぐ連れて来られたからね。伝言する時間とかなかったし。

「セバシュ、でんごんしたとおもう」

「そういや出がけに手紙がきてたな……」

「おししょ……」

呆れ顔の私に、やっちまったと笑うお師匠様。オッサン特有のあざとい可愛さを出してくるのはズルいと思う。

王宮の中にあるフェルザー家の屋敷には、ちゃんと私の部屋があった。

そこでぷりぷり怒っているお師匠様を、お茶とお菓子で宥《なだ》めているところだ。今日はリンゴたっぷりのタルトタタンです。つい口ずさむタルトタタン。タタンタン。

「それにしても、ランベルトはこの屋敷から王宮に通えばいいのにな」

「まえはそうだったけど、おうしゃまがうるさいから、いやって」

「んー、仕事人間が別のことに目覚めたってやつか」

そう。以前のお父様は基本的に王宮で生活していて、私やお兄様のことは都度《つど》報告を受けていたそうな。

だから私が虐待を受けているのを知らなかったとか……まぁ、興味がなかったんだろうね。子どもに。

後継のお兄様のことは、一応目視するようにはしてたとはセバスさんの談だ。目視って……お父様ったら……。

「父親そっくりの息子はともかく、嬢ちゃんに懐かれているのは嬉しいみたいだな」

「ベルとうしゃま?」

「そうだ。ああ見えて寂しがり屋だから、たくさん構ってやれよ」

「あい」

「それと、嬢ちゃんは文字を読めるんだろ？　俺がいない時は、王宮内の書庫にある魔法書を読んでおけよ」

「あい。おししょ、どっかいく？」

「今日は王宮にいる師匠に呼ばれているんだ。えーっと……」

「書庫への案内はセバスにお任せを」

いつの間にか後ろにセバスさんがいた。気配を感じさせないその動き、まるで忍者みたいだね。さすセバ。

ところで……いつからいたの？

「旦那様のところには部下のマリク殿がいますから、お嬢様につくよう言われたのですよ」

「アンタも大概だな。んじゃ、護衛とか色々頼む。嬢ちゃんまたなー」

「おししょ、またね」

笑顔でひらひらと手を振ったお師匠様は、虹色の髪を揺らして部屋を出て行く。

そっか。王宮にいる宮廷魔法使いのペンドラゴン（白髭のおじいちゃん）は、ペンドラゴン（鳥オッサン）のお師匠様だもんね。

ん？　ちょっとまてよ？

「きょう、まほうのおべんきょ、ないひだった？」

「お嬢様、気づくのが遅うございます」

「だまされたー」

早口言葉の罰とか、しなくてよかったやつじゃないか。まだしてないけど。

「ふふ、書庫に行かれますか？」

「あい」

部屋を出て、渡り廊下《ろうか》をぽてぽて歩く私。

そして途中でセバスさんに抱っこしてもらう私。

……広いのよ。王宮ってやつは、無駄に広いのよ。

「お嬢様、少々遠回りをします」

「あい」

突然セバスさんは回れ右をしたので、抱っこされている私が後ろを見ることになる。

すると遠くで揉《も》めているような雰囲気の人達が、チラッとだけ見えた。セバスさんが廊下を曲がったから、誰なのかは分からなかったけど……。

「ベルおとうしゃま？」

一瞬だけ見えた銀色。あれはたぶん、お父様の色だと思う。

私の呟《つぶや》きを聞いたセバスさんの抱っこしている手が、かすかに震えた。

◇氷の侯爵様は激怒する

王宮に到着し、ユリアーナを部屋に送り届けると、私は幼馴染み《アーサー》の話を聞くことにした。

彼がここまで強引なのは珍しい。

「すまない。緊急事態だった」

「……いや」

幼なじみの前では、いつも気が抜けた表情をするはずのアーサー。

そんな彼が、国王の顔になっているということは、余程の案件なのだろう。

「これから会ってもらう人物は、ビアン国の王族だ」

「隣国の？　なぜだ？」

「それはランベルト……君の奥方が絡んでいる」

「元、だが」

「確かに書類上は離縁したことになっている。社交界でも誰も知らない極秘情報だけどね……まぁ、そもそも君と元奥方の不仲は有名だったから、なるべくしてなったというところだろうけど」

「アレが何をやらかしたんだ？」

「それは先方も語りたがらないんだ。ただ、フェルザー侯爵と話し合いたいの一点張りでね」

「そうか。ならば私が行こう」

「ランベルト、かの御方は……紫の色をお持ちだ」

政略結婚とはいえ、妻であるかぎり誠意を持って接しようと努力はしていた。

しかし、初めて彼女と会った時……。

「貴方は私の王子様じゃないわ！」

そう怒鳴られた挙げ句、大泣きされた。

さすがに夫婦になるのは無理だろうと思ったが、伯爵家は二人は似合いだとほぼ無理やり結婚へと押し進めてしまったのだ。

言い訳になるが、この時『魔王復活の兆《きざ》し』とやらで世界中が大混乱となっていた。

友であり王であるアーサーを助けるべく国中を走り回っていた私に、自身のことを気づかう余裕などなかった。

後でアーサーとペンドラゴン二人から本気で怒られたのは、さすがに笑えない話だが。

妻となったエリザベスは社交界に出ることはあまりなく、出たとしても私以外の男をエスコート役として選んでいたようだ。

仕事に関わることでないかぎり、私は社交をすることがない。エリザベスとの不仲は周知の事実ではあり、貴族社会ではわりとよくある話でもある。

ヨハンとユリアーナを産み、体調を崩したエリザベスの我がままは些細なものだった。

後継のヨハンは本邸にやる。だから体の弱いユリアーナは自分で育てたい。離れを自由にさせてくれというものだ。

今でも後悔している。

もっと自分が、ユリアーナを見ていれば……と。

髪や目の色など関係ない。ユリアーナと出会った私にとっての唯一は、彼女なのだから。

薄紅色の髪をゆるりと結わえた彼は、私の姿を見て立ち上がる。

「ああ、氷の……フェルザー侯爵、お初にお目にかかります」

「はじめまして、ランベルト・フェルザーと申します。貴方は……」

「私はビアン国の王位継承権五位、アケトと申します」

家名を名乗らない挨拶はビアン国特有のものだ。

それは王位継承権五位という部分が家名になるからなのだが……。

「五位？　そのような位の高い方が、なぜここに？」

「実は……同腹《どうふく》の兄が、フェルザー侯爵の奥方を……」

その流れは予想していた。

アメジストのような紫の瞳をもつ男。彼の顔立ちは、どこかユリアーナに似ている……いや、彼女が彼に似ているのか。

言い出しづらいアケト殿に代わり、アーサーが口を開く。

「君のところでも調べていただろう？　元奥方……エリザベスの行方を」

「ビアン国に入ったところで盗賊に襲われた……と報告があった」

「そこからは？」

「足取りが途絶えているが……まさか？」

「ビアン国の王家が動いたんだよ。君のところは優秀だけど、さすがに他国の王家に入り込むのは難しかっただろうね」

部屋に入ってすぐ話し出したため、お互い苦笑するとソファに腰をかける。

謁見《えっけん》の間ではなく応接室ということで、これは国同士の正式なやり取りではないとされているのだろう。

会話の途切れた合間に茶が用意され、茶菓子のタルトタタンを見てユリアーナの喜ぶ顔が浮かぶ。

これと同じものを今、あの子は食べているのだろうと考えれば、胸のあたりが熱くなる心地がした。

「氷魔と呼ばれたフェルザー侯爵が、そのような表情をされるとは……」

「そのような、とは？」

「いえ……ともかく、ビアン国ではフェルザー侯爵の元奥方を保護しておりまして」

「お手数をおかけして、申し訳ない」

「いや、謝らないでください。こちらで留め置けず、ここに彼女を連れて来ることになってしまったので」

ここに連れて来る？　王宮に？

「牢にでも入れていただければよろしいのに」

「お気持ちは分かりますが、そうはいかないのです。元・王位継承権五位の娘であるユリアーナ嬢を産んだ女性なのですから」

「……ユリアーナは、ビアン国の王族の血をひいている、と？」

「ええ、父親だと思われる元・王位継承権五位は、襲いかかる盗賊にあっさりヤられてしまったのですが」

ああ、アケト殿とアーサーから「なぜ二人仲良く盗賊にヤられなかったのか」みたいな空気が流れている。

気持ちは分かるが、落ち着いてほしい。

いや待て、今アケト殿は何と言ったのか？

「エリザベスが、ここに来ている？」

「大変申し訳ないとは思いますが、彼女が国に帰りたがっている以上、連れて来るしか選択肢はなかったのです」

とたんに騒がしくなる廊下。何やらとてつもなく嫌な予感がする。

「娘に会わせてちょうだい！　私と王子様の子なのよ！」

苦虫を噛み潰したような表情のアケト殿と、生理的嫌悪で鳥肌が立っているアーサー。

私はもちろん、廊下でひたすら金切り声を発する人間を滅するため、魔力を練り上げていく。

「ランベルト、落ち着くように」

「……了解しました」

気心のしれた友ではなく、アーサー国王陛下直々に言われたならば否やはない。家臣として逆らうことは絶対にできないからだ。

集めた魔力を散らせた私は、廊下で騒いでいる元妻エリザベスに目を向ける。

「王子様!!」

恐ろしいほどに変わってなかった。外見ではなく、中身の話だが。

嬉々として駆け寄ったのは、私とアーサーの後ろにいたアケト殿の所だった。怖い。

「王子様、早く帰りましょう?」

「だから、私は貴女《あなた》の王子ではないと言っています。兄は死んだのです」

「違うの。私の王子様は貴方なのよ。紫色の瞳が魅力的だもの……そうそう、貴方の娘も紫色の目を持っているのよ?」

一体、この女は何を言っているのだろうか。

本気で滅してやろうかと思ったその時、廊下の向こうで温かくふんわりとしたオーラを感じとる。

あれはユリアーナだ。そして、その気配がすぐに遠ざかっていくのは、セバスのおかげだろう。

さて。

「ビアン国のアケト殿、彼女はこちらで預かっても?」

「もちろんです。ですが、条件があります」

「……何をご所望でしょう?」

彼はユリアーナと同じく、アメジストの光を宿した目を細めて言う。

「亡き兄の忘れ形見を、こちらにいただきたい」


そこからしばらく、記憶がない。

15　幼女の解放のちに羞恥《しゅうち》

「セバシュ、あっちにいく」

「なりません、お嬢様」

いやいや、あきらかに何かが起こっているでしょ！

「あることないこと、ベルおとうしゃまにいいつける」

「仕方ありませんね」

あれほど申しましたのに、やれやれとセバスさんは肩をすくめてみせた。

いや、そこまで駄々をこねてませんけど？　それに抱っこしながら肩をすくめてみせるって、なかなか技術がいると思うのですよ。ボディランゲージ世界選手権で優勝できるレベル。なお、本当にあるかは不明。

綿菓子のように練り上げた魔力を散らしながら、私は小さく息を吐く。

最悪、にゅるりぬるりと抜け出して、ひとりで突撃しようと思っていたのだけど……。

「暴走しそうなお嬢様をお一人にさせるくらいなら、最初から一緒にいるほうがマシですから」

「ぐぬぬー」

セバスさんに暴走する気満々だったのを見破られているのが悔しい。

「ご注意を。旦那様が無茶というか、やらかしている予感がするのです」

「よかん？」

会話をしながら、かつ私を抱っこして駆け足するセバスさん。

ふむ。ここまで焦っているセバスさんを見るのは初めてだ。ということは、よほどのことが起こっている……気がする！

ダメだ。

この世界についての勉強も、魔法も、何もかもが不足している幼女には荷が重すぎる。

「お嬢様、属性付きの結界は？」

「できる。どれ？」

「火です」

「あい。ふぁいあーがーど」

周囲に漂う赤い魔力の綿菓子に、セバスさんと私を守るよう念を込めれば、あら簡単！　日頃お疲れの奥様にうってつけのこの魔法！

「ペンドラゴン殿は、優秀な教師なのですね」

「おししょ、これ、できないよ？」

「……優秀な教師ということにしておきましょう」

「あいー」

元気よく手をあげたところで、私は目撃する。

真っ白な景色……いや、廊下の途中から全てが凍っていた。

「お嬢様の結界があっても、かなり冷えますな」

「あんまりやると、もえるからだめ」

「心得ております」

セバスさんは体術が専門だけど、魔法に詳しい。だから私が何を言いたいのかすぐに分かってくれるから助かる。さすセバ。

氷しかないと思っていたら、大きな岩みたいになっている氷の向こう側から、虹色の光が微かに見える。

「おししょー」

「待ってた嬢ちゃん。アレをどうにかしてくれ」

アレとはなんぞ？

首を傾げつつお師匠様のアホ毛がゆらゆら揺れているのを見ていると、それが矢印みたいな形になってクィックイッと指し示す。なんと便利なアホ毛なのか！　あとで絶対にやり方を教えてもらおう！

矢印の方向を見れば、お父様がいつも以上の無表情のまま、アイスブルーの色に輝く魔力をお師匠様に向かって放出している。

「どうやら、旦那様は我を忘れておられるようです」

「いつもいじょうに、かおがこわいから？」

「いえ、この距離でお嬢様の気配に気づかないことはございませんから」

「そう？」

こんなにのほほんとセバスさんと話せているのは、もちろんお師匠様がいるからだ。

お父様も肉体派文官ではあれど、魔力が高い。でも、お師匠様はさらに高い魔力を持っている。

魔力勝負で押し負けることはない。

「嬢ちゃん、俺、昼飯食ってない」

訂正。

ご飯を食べていないお師匠様は、とてつもなく弱い。これはヤバい状況だ。

よく見たら、お師匠様と一緒に国王様も魔力を押さえようとしているではないか。あともう一人いるピンクの髪は誰だろう？

「とりあえず、ふぁいあーがーど、とんでいけー」

くるくるっと赤い綿菓子を三つ作り、えいやと飛ばす。ジュワッと溶ける氷の岩と、お師匠様含む男三人。ご無事でなにより。

あれ？　なんかもう一人いた？

「お嬢様、旦那様を」

「あいー」

セバスさんの抱っこから解放してもらった私は、ぽてぽてとお父様の元へ走って？　いく。

途中、乱れ飛ぶ氷の刃《やいば》の一部がこっちに来ても、火の結界でジュワジュワッと蒸発するから心配

することは……、

「ベルとうしゃ……まっ⁉」

……ない。はずだった。

「ふぎゅっ‼」

ここいら一帯がすべて凍りついているということは、当然床も凍っているわけで。

盛大にすっ転んだ私は、そのままツルツルの廊下をつぃーっと滑っていく。

「……⁉」

「みぎゃっ‼」

お父様に向かって見事スライディングした私は、体勢を崩したお父様に思いっきりしがみつく。

転んだ時に打ったおでこがジンジンしてめっちゃ痛い、けど、がまん。

「ベル、とう、しゃま」

「……ユリアーナ？」

胸元にしがみついたまま呼びかければ、お父様は正気に返ったのか戸惑うような表情で私を見る。

とても喜ばしいことではあるが、今の私からしたらそれどころではない。

「ベル、としゃま、おでこ……」

「……何があったユリアーナ、赤くなっているぞ」

「こおり、つるつるして、おでこ、いたい」

「氷……？　これは、私が？」

「いたいの、おでこぉ……ふにゃあああああああ!!」

「ユ、ユリアーナ、泣くな、私が悪かった、ああ痛かっただろう」

心はアラサーでも体は幼女、痛みには弱いのです。

いやむしろ、魔力暴走は別として、こんなに痛いと思ったのは前世？　ぶりなのです。

慌てふためくお父様は、私を抱き上げると背中をぽんぽんしたり、あやしながらおでこに何度もチュッチュしたりした。

それでも痛いものは痛いし、お父様は暴走していたし、怖かったから無理なのです！

「ふにゃあああああ!!　もっとおおおおお!!」

「もっとか？　何をだ？」

「もっと、いたいところ、ちゅっちゅしてええええ!!」

「いくらでもしてやる。ほら、こうか？　ここか？」

手やら膝やら何やら、何度も唇を落としてくれるお父様。

これまで塞《ふさ》いでいた幼女ユリアーナのわがままを、ここぞとばかりに開放してやった。

しばらくして泣きやみ、落ち着いた私は周囲の生暖かい視線に晒《さら》され、盛大に身悶《みもだ》えすることとなる。

なぜかお父様は満足げな顔をしているけど、原因は貴方ですからね！

16　幼女は選ぶ

「申し訳なかった！」

「ランベルト！　許してほしい！」

ピンク頭とオレンジ頭が、お父様に必死こいて謝っている件。

さすがに二人は王族だから土下座ではないけれど、気持ちとしてはそれくらいの勢いだろうと思われる。

氷がたくさんある廊下や部屋は、ひどいことになっているらしい。

私たちは王宮内にいくつかある応接室のうち、一番奥にある部屋に案内されていた。

ちなみに、お父様は未《いま》だに怒りがおさまらないらしく、じゃっかん冷んやりモードでございます。

ちょっと寒いです。

「私はいい。ユリアーナに謝罪を」

「すまない！　ユリアーナ嬢！」

「ごめんなさい！」

私に謝られても困る。

なぜなら、彼らが何のことで謝っているのかが分からないからだ。

「ベルとうしゃま？」

「なんだ？」

「あの、ちゅーはもうだいじょうぶ、なの」

「……そうか」

大泣きしている私をお父様があやしている間に、部屋や廊下の凍った部分をお師匠様が掃除していた。お師匠様えらい。

その場にいた王様と隣国の王族とかいうピンク頭のイケメンは、色々とお父様が怒るようなことを言ったらしいというのが分かった。

顔がいいからって何でも許されると思うなよ？

それより何より、大泣きした時に「もっとちゅーしてー」などと恥ずかしいことを叫んでいた私は、事あるごとにお父様から顔や手にキスされるようになったのがマジでヤバイ。

マジ、心臓、トマル、ヤバイ。

そっと温かい紅茶を差し出してくれるセバスさんに感謝しつつ、香りに癒されながら謝る王様たちを見る。

「せつめい、おねがいしましゅ」

噛んだ。

「はじめまして、ユリアーナ嬢。私はビアン国の王位継承権五位のアケト、君の叔父《おじ》にあたる者だ」

「ふぉ、おいちゃ？」

「ふぐっ、そ、そうだ。君の紫の瞳は私の兄の血を受け継いでいるもので、強大な魔力は予言の巫女《みこ》である私の祖母の血だと思われる」

「よげんしゃ！」

「その力は気まぐれなものではあるのだが、今回の騒動でユリアーナ、君のことが予言に出たのだよ」

ふと紅茶の入ったカップを取ろうとして、手が届かないことに気づく。

いつのまにか、お父様にひざ抱っこされている状態だったことに。

「……ほら」

「ありがと、べルとうしゃま」

カップを取ったお父様は、ふぅふぅしてから渡してくれる。そう、幼女は熱さに弱いからねーって、どんだけ過保護なのか！

「ランベルトが、そんなことするなんて……」

「アーサーは勉強不足だなぁ。言っとくが、あれは序《じょ》の口だぞ」

王様とお師匠様がコソコソ話しているけれど、ここまで過保護だったことはないですよ？　せいぜいお菓子をアーンとかするくらいで……。え？　じゅうぶん過保護だって？

いやいや、今は予言に出てきた私の話ね。

「フェルザー侯爵には誤解をしないよう願いたい。少々強引にでもユリアーナ嬢を我が国に招こうとしたことは本当だが、事情があったのだ」

「事情、とは？」

「ビアン国の王族、特に魔力の強い者は『選ぶ』ことがある。それは男女問わず起こることで、かなり強い力が動くことになる。予言にも出てくるほどだから、力のある祖母の元で一時保護しようと考えていた」

「そして、大きな力が動くのは危険だと、我が国も協力することにしたのだけど……まさか、あのようなことになるなんて……」

ピンク頭のイケメンが話している内容に、ちょっと理解が追いついてくれない。

どうしようとアワアワしていたら、お師匠様がストップをかけてくれる。

「あー、ちょっと待ってくれ。えっと、王位継承……」

「アケトでいい」

「アケト殿下、貴方のおっしゃる『選ぶ』というのは？」

「言葉そのままの意味だ。力の強い王族が選ぶと、選ばれた者は強い力を手に入れる」

「なるほど。つまり嬢ちゃんが誰かを選ぶと、強い力を得る人間が出るってことか。そんでアーサーも協力することにしたのか」

ふむふむなるほどーって、何それ！　選ぶやり方も知らないし、結果お父様を怒らせただけじゃん！　ダメじゃん！　じゃんじゃん！

「先ほどのフェルザー侯爵を見て気づいた。ユリアーナ嬢は、すでに選んでいるのだと」

「えーっ⁉」

お父様を見上げれば、無表情のまま眉間にシワが寄っている。

これはアレかな？　よくわからないってやつかな？

「そうかぁ？　ランベルトはあれが普通だと思うけどなぁ」

「そうだね。学生時代のほうが遠慮なく建物を壊したりしてたから、今回の氷漬けとか優しいくらいだと思うよ」

え、学生時代のお父様ったら建物を壊すとか……アレですか。窓ガラスを壊したりする反抗期ってやつですか。

お父様の表情は変わらないけど、ちょっと恥ずかしいみたいな気配を感じます。まぁ、人は誰もが若気の至りってのをやらかしますからね。ドンマイ。

「あれで力を抑えている……だと⁉」

「王宮には嬢ちゃんもいたから、無意識でも力を制御できていたんだろ」

虹色の髪をふわんふわん揺らしていたお師匠様は、寝ぐせらしきアホ毛をぴぴんと伸ばす。

「アケト殿下、選ぶ人間っていうのは一人か？」

「いや、その時によって違う。私が選んだのは一人だったが……」

ピンク頭さんも、その『選ぶ』ってやつをしたのね。

ふむふむと頷いていると、お師匠様が衝撃的な言葉を発した。

「それなら、たぶん俺も選ばれてると思う」

一気に部屋の空気が冷たくなる。

お父様、ちょっと寒いですー。

「……すまん」

相変わらず、私の心を読む安定のお父様スキルです。

「落ち着けランベルト、お前もだろう？」

「……もちろんだ」

えーっ⁉　そうなの⁉

いつの間にやら、私は無意識に『選ぶ』っていうのをやっていたってこと⁉

「なんかずるい。ふたりとも」

いやいや王様、ずるいとかそういう問題じゃない気がするよ⁉

「ランベルトは保護者だし、俺は嬢ちゃんに恩があるし、アーサーには何もないからしょうがないだろ？」

お師匠様は、男くさい笑みを浮かべて私を見る。

うん、そうだね。

私が選ぶとしたら、お父様とお師匠様だと思う。なんとなく。

「それに、俺らは嬢ちゃんの考えが手に取るように分かるからな」

「……なるほど」

「ぴゃっ⁉」

そ、それは……すごく恥ずかしいので、勘弁してくださいーっ‼

神様お父様お師匠様ーっ!!

17　しっかりと後片付け

落ち着け私！　すぅー、はぁー。

姿勢を正した私は、ピンク頭のイケメンに視線を向ける。

「おいちゃん、ベルとうしゃまは、どうしておこったの？」

「ユリアーナ嬢、もう一度頼む」

「う？　おいちゃん？」

「フェルザー侯爵、やはり娘さんを私に……」

「断る」

ふぉっ！　寒いっ！

なんとなく分かった。私の叔父を名乗るピンク頭が、自国で保護するのあたりで激怒したのね。

お師匠様を見れば、こくこく頷いている。だから心を読むのをやめなさいってば。

「ここまでしっかりと守られているのであれば、祖母も納得するだろう。いや、すでに予知にも出ているだろうな」

「それは良かった。では交換条件として出ていた自称ユリアーナの母親は、引き取ってもらっていいということだね」

「うっ、それは……」

自称ユリアーナの母親？　と首を傾げていたら、お父様が頭を撫でてくれる。

お父様も知ってるの？　あの人が来ているの？

むむむと唸《うな》っていると、苦笑したお師匠様が、

「嬢ちゃん、アレ、凍ってた現場にいたぞ。見なかったのか？」

「んー？」

目を閉じて、脳内に先ほどの光景を思い浮かべる。

我の脳細胞よ、今こそ目覚めよ。ふぉぉぉー！（気合い入れる感じ）

お父様がアイスブルーの魔力をまとってて綺麗だった。

お師匠様のアホ毛が便利そうだった。

イケメンな王様と叔父様がお師匠様に魔力を送って協力していた。

椅子やテーブルが凍りついている間に、なんか転がっている物体があった。

ピコーンと頭に電球のマークが光る。

「おお、あれだった」

「分からなかったのか？　まぁ、あんな女を覚えている必要はないけどなぁ」

「あのひと、へんなあたま、だったから」

「ん？　変な頭？」

お師匠様の隣に、ススッとセバスさんが近寄る。

「ペンドラゴン様、かの方は御髪《おぐし》を……多少失われておりましたので」

「髪を多少、ねぇ」

とたんに悪い笑みを浮かべるお師匠様から、大人の色気のようなものが出ている。

なぜかお腹に回されたお父様の腕に力が入って、ちょっと「ぐぇっ」てなりましたよ。ぐぇっ。

あー、そういえばさっきアフロみたいな髪型の人が、どっか連れて行かれてたかも？

「んー、氷の魔力をどうにかしようと、嬢ちゃんが火で俺らを守ってくれてたからなぁ。多少燃えても、あの中で生きてただけで御の字だろ」

「そうだね。彼女は名前も抹消されているし、我が国の民ではない。……そうだ！　そちらの寺院で預かっていただくのはどうだろう！」

王様がさらりと提案しているけれど、隣国の寺院ってあの過酷な修行をすることで有名な所では……。

ちなみに私の作品内では、主人公が血反吐《ちへど》を吐きながら修行をする場でもある。ひぇ。

「寺院ですか……なんとかなるとは思いますが、お布施《ふせ》をかなり要求されるので」

「そこは王家が持とう」

「え、なんでランベルトが言うの？」

「気にするなアーサー、あいつは嬢ちゃんを守るために必死なだけだ。それに、持ってやるんだろう？」

「はぁ、そうだね。生家《せいか》である伯爵家の資産からも徴収しよう。さすがに隣国に迷惑をかけているのだから、多少は出してもらわないと」

お父様の素早いレスポンスに、王様とお師匠様がコソコソ打ち合わせしている。

うん。なんか母だった人がすみません。

「さてと。これで解決かな？　アケト殿は王宮でごゆるりと休まれよ」

「感謝いたします。明日の朝には国へ戻りますので」

急に王様が王様の顔になって、叔父さんも王族っぽい顔になった。

さて、私はどうしよう？

「嬢ちゃんは、今日はもう王宮から出たほうがいいな」

「おししょ、まほうのおべんきょうは？」

「慣れない魔法を使っただろう？　いくら魔力が高くても、あんな無茶な使い方をしてたらダメだ。減点二十だ」

「にじゅう……」

「明日からまた、魔力操作と理論の勉強をするから、それまで魔法を使うのを禁止だぞ」

「きんし……」

がっくりとうなだれる私を、お父様が膝をゆすってあやしてくれる。

うう、その厚い胸板に包み込まれると、悲しみが癒えていきまっする。くんかくんか。

「でもまぁ、助かったよ。よくやったな、嬢ちゃん」

「あい！」

ほめられたことによって、幼女のご機嫌は急上昇だ。

それにしても、何かを忘れている気がする……なんだっけ？

セバスさんが新しい茶菓子と紅茶を持ってきてくれたので、ふたたびティータイムだ。

お腹がちょっとたぷたぷしているけど、お菓子の魅力にはあらがえない。

今回はカヌレでございます。うまー。

「ところで、ここに来る前に面白い噂が流れていましたよ」

「ほう？」

薄紅色の髪を背にはらい、微笑みを浮かべて話し出すアケト叔父さん。王様も笑顔で返しているけれど……。

これはなんとなく「貴族的な話題」の香りがするくんかくんか。（二回目）

お貴族様たちの言う「面白い」というのは、もちろん笑えるような話ではない。そこは場合によりけりだけれど、だいたい「キナ臭い」内容が多いのだ。こわいこわい。

「町のはずれにある教会に『聖女』が現れたと。多くの怪我人や病人の治癒《ちゆ》をしたそうですよ」

「それは、我が国にとって喜ばしいことだ」

へぇ、聖女かぁ。治癒の魔法って難しいとお師匠様が言ってた。

それをたくさん使えたら、たしかに聖女って呼ばれてもおかしくな……。

え？　聖女？

「まだ幼いようですが、ぜひビアン国にもご招待したいものです」

「教会と交渉されるのはどうかと……幼い子は自由であるべきでしょう」

「そうですね」

「しかし無償で民を助けるとは、素晴らしい功績だ。詳しく調べさせよう」

「それがよろしいかと」

茶番!!

王様も叔父さんも詳細を知った上でのやり取りだね!!

それにしてもその少女は、私の作品に出てくる主要キャラの聖女なのかが気になる。

どうにかして、接触できないものか……。

18　お兄様と町デート

数日後。

過保護な大人達からやっとこさ解放された私は、学園が休みのお兄様と遊ぶ約束をしていた。

せっかくだから、ちょっと町に出て買い物をしようと誘ってくれたのだ。

これはもしや、デートでは!?

「んー、およふく、まよう」

「こちらはどうでしょう？」

マーサが薄緑色のワンピースを取り出し、エマは綺麗な紫色のリボンを合わせてくれる。おお、髪色と合うやつだ。

「いつのまにか、およふく、たくさんある……」

「旦那様が取り寄せたものと、恐れ多くも国王陛下が王女様のおさがりを送ってくださったのですよ」

「え、なんで？」

「王宮で怖い思いをしただろうからと、お詫《わ》びの品だそうです」

「ベルとうしゃまは？」

「お嬢様の好きにするように、と」

マーサの言葉に、私はムムッとなる。これはちゃんとお礼を言わないとじゃない？

「こんど、おうきゅうで、おれいをゆう」

「はい。それがよろしいかと」

栄養が行き届いたのか、しっとりツヤツヤになってきた蜂蜜色の髪をゆるく結ってもらって、半分はそのまま背中に流してもらう。

子どもだから結い上げなくてもいいのだ。それにあんまりきつく結うと、頭が痛くなっちゃうからね。

するると、ノックが聞こえてくる。お兄様だ。

ちょうど準備ができたので、マーサに言って部屋に入ってもらう。

「ユリアーナ、準備はできたか？」

「あい、おにいしゃま」

「ぐっ……ん、似合うぞ」

お兄様も、ゆったりとした白いシャツと黒のズボンとブーツが素敵すぎますぞ。

目を細めているお兄様に見惚《みと》れていた私は、ふと気づく。

「おにいしゃま、おそろい？」

「ああ、さきほどセバスがすすめてくれた……なるほど」

紫色のアスコットタイをつけているお兄様が、私の髪を結っているリボンを見て口元を緩ませる。

なんか、すごく、仲良し兄妹《きょうだい》っぽい！

さすがセバスさん！　さすセバ！

「旦那様には内緒にしておきます」

「頼む」

そしていつの間に部屋にいたのか、苦笑するセバスさんとお兄様。

えー？　なんで内緒なのー？

「次回はアイスブルーのリボンとタイを取り寄せておきましょう」

「それがいい」

お父様は、そんな子どもみたいな理由で怒らないと思うけど。

でも、お父様色のリボンは欲しいから、ぜひよろしくお願いします！　お金が気になるから安いのでいいです！

するとお兄様が少し眉間にシワをよせて私を見る。こうしていると、お兄様はお父様にそっくりだ。


「ユリアーナ、貴族は良いものを身につける必要がある。それが義務だからだ」

「ぎむ？　おかね、たくさんつかうと、まわるから？」

「そうだ。ユリアーナは賢いな」

「ふへへ」

「では、町へ行こうか。私たちは貴族だからたくさん買い物をしなければな」

「あい！」

あれ？　なんで今お金の話になったんだっけ？

ま、いっか。


馬車にゆられて町に到着。

そんなに長い時間じゃなかったけれど、お兄様に支えてもらわないとぐらんぐらん揺れる幼児の頭部で、あやうく酔うところでした。

朝市は終わっていたけれど、食堂などのお店はお昼の準備で賑わっているし、雑貨屋さんとかお菓子屋さんとかが開店するのが昼からなんだって。

王宮と屋敷の馬車移動以外で、ユリアーナが外に出たことはない。すべてが初めての経験だし、前世の私もまさか自分が書いた小説の世界をリアルに見ることができるとは……と、二つの意味でドキドキしている。

道幅が狭いため、大通りの一角で馬車から降りた私たちは、てくてくと商店街のような場所を歩いている。

はぐれないようにと、お兄様と手をつないでいるのが嬉しい。ふへへ。

ここは治安がいいらしく、護衛をつけている貴族はほとんどいないそうだ。王族くらいなんだって。特殊な結界が組まれているって、お師匠様が教えてくれた。そしてその「すごい結界」は俺が作ったのだと自慢もされた。オッサンのドヤ顔がうざかわいい件。

「おにいしゃま、なにかうの？」

「ユリアーナは何が見たい？」

「ええと、ええと……おかし！」

「そうか。ならばまずは、菓子を売っている店に行こうか」

「やいてあって、かたいのがいいの」

「ユリアーナはパウンドケーキのような、やわらかい菓子が好きだろう？」

確かにフワフワなお菓子は大好きだ。

妹の好みをしっかりと把握しているお兄様に驚いたけど、今回は違う目的があるのです。

「おみやげ、しゅるから」

「土産《みやげ》？　それは帰りでも……」

「きょーかい、いってみたいの」

「……教会、か」

一瞬、お兄様は眉をひそめたけれど、思い直したかのように頭《かぶり》を軽く振る。

「おにいしゃま？」

「わかった。行こうユリアーナ」

「あい！」

お兄様から許可が出てよかった。もしかしたらダメって言われるかと思ったけど、貴族の嗜《たしな》みとして「教会に寄付をする」というものがあるからね。

でもそれはあくまでも大人の話だ。私のような幼女がお金を出すのはあまり良くないことだとされているけど、お菓子は別だったりする。

質素倹約《けんやく》をモットーとしている教会の人たちは、甘味を食す機会が少ない。

そこで、貴族たちが寄付するプラスアルファ子どもにお菓子を包ませるという、あざとい裏技が成立するのである。

お兄様が眉をひそめた理由は、たぶん貴族の慣習を知っているからだろう。

それでも許されたのは、子どもがコインの代わりにクッキーを渡すというのは一般的なことだからだろう。

ごめんなさい、お兄様。

ユリアーナは、どうしても聖女と呼ばれる人の話が聞きたいのです。

到着したその店は、外にいても分かるほど甘い香りが漂っている。

お店に入る前はクッキーにしようかと思ったけど、目の前にずらりと並ぶマドレーヌを見て秒で気が変わった。

「おにいしゃま、これがとてもすきです！」

「確かにこれも焼いてある菓子だが、クッキーに比べて日持ちはしない」

そうだよね。教会へのお土産なら日持ちするほうがいいよね。

でも、この濃厚なバターと、ほのかな柑橘《かんきつ》系の香りを前に君は耐えることができるのかって話ですよ!!

マドレーヌを包む紙を剥がして食べる時の、あの感覚はもう……もう、これぞ至福って感じなのですよ!!

「おにいしゃま、これをたべたいのです！」

「……わかった。屋敷に届けておこう」

店員さんに声をかけて、マドレーヌを送るよう指示するお兄様。

その肩が、ちょっとだけ震えているように見えるけど……気のせいかな？

振り返ったお兄様はいつもどおり無表情だったし、たぶん気のせいだね。うむうむ。

「おにいしゃま、ありがとございまっしゅ」

「気にしなくていい。それよりも、教会へは何を持っていく？」

「はっ！　そうでした！」

クッキーもたくさんの種類があるから、色々な種類を持っていきたい。

お金は気にするなって言われたけど、そこはきっちりとしようと思います。

早く冒険者になって、お金を稼げるようにならないと……だね‼

19　幼女と聖女？

私の作品では、主人公を取り巻く美少女たちがいた。

その中で無口キャラだった私《ユリアーナ》は、主人公の妹的な立ち位置にいたと思われる。

幼なじみキャラは正統派ヒロインで、回復魔法が得意な彼女はお色気担当だった……はずだ。彼女が噂の聖女なのかは分からないけど、とりあえず話だけは聞いてみたい。

自作キャラくらい覚えておけよって感じだよね。うん。私もそう思うんだ。

でもね、人それぞれだとは思うけど、作家にはいくつか種類があるのだよ。

自分の作品を骨の髄まで愛する作家。

このタイプは世界設定、人物設定、物語の流れなど、詳細な部分まですべて記憶している。

自分の作品を生み出した瞬間忘れる作家。

このタイプは世の中に出した瞬間、ログラインは辛うじて覚えているけど、詳細な部分はほぼ忘れる。むしろ翌日あたりに読み返すと、新鮮な驚きと感動を得るくらいに忘れる。

もちろん、私は後者だ。

そもそも自分の小説って、自分の性癖やらもにょもにょを晒す公開処刑みたいなものじゃない？　だからこそ、羞恥で心がわちゃわちゃするくらいなら、いっそ忘れたほうがいいという自己防衛本能っぽいのが働いていると思うのですよ。たぶん。

そんな、誰に対してなのか分からない言い訳を心の中でしつつ、私とお兄様は教会に到着する。途中でお兄様抱っこのお世話になったのはご愛敬だ。

幼女の体力、なめんなよ！

なんでもないですごめんなさい。筋トレがんばります。

「どうしたユリアーナ、疲れたか？」

「だいじょぶです、おにいしゃま」

大袋に入ったクッキーを抱えた私は、うんしょこらしょと持って教会の中に入る。

お兄様が無表情のままハラハラするという器用な表情をしているけど、私は大丈夫ですよ。ちゃんと神官様に差し入れできますよ……あれ？　神官様がいない？

「すまない。誰かいないか？」

「はぁーい！」

出てきたのはピンクブロンドの髪を後ろでゆるりと結え、大きな胸をたゆんたゆんと揺らした神官服の……。

「あら、可愛らしい子が来たわね！　小さなおててに持っているのは、もしかして差し入れのクッキーかしら？　嬉しいわぁ！」

……ナイスバディな美丈夫でしたとさ。まる。

「聖女？　ああ、それ、もしかしたらアタシのことかも？」

「え⁉」

なぜか固まったまま動かないお兄様はとりあえず放置……じゃない、休んでもらうことにした私。ゆとりある神官服を着てても分かるくらいの、ムチムチわがままボディを持つ神官様に、噂になっている聖女のことを聞いたら予想外の答えが返ってきた。こわい。

「ここら辺で回復魔法が得意な人間ってアタシくらいだし？」

「あの、でも、ちいさなおんなのこだって」

「アタシ、神官になって十年なのよ。だからいつも『美少女神官クリス、十歳です！』って自己紹介しているわ」

「……なるほ、ど？」

それでいいのか、噂の幼い聖女。

ん？　クリス？

「クリスティア？」

「あら、よく知ってるわね。クリスティアはアタシの娘よ」

「ほぇ？」

「クリスティアは、とても良い子なんだけど……なかなか回復魔法が上達しなくてね。教えようとしても反抗期なのか『パパはパパっぽくないから嫌い！』なんて泣いちゃって、話もしてくれなくなっちゃって……」

それ、反抗期とか関係ないのでは？

娘さんに同情しながら、首をかしげる私。

主人公と出会った時、クリスティアは回復魔法の名手だったはず。

物語では魔法を不得意とする主人公が仲間になって欲しいとクリスティアに何度もお願いして、共に冒険の旅に出るという流れだった。

「まほう、かんたんなのに、ね」

「そうなのよねぇーって、あら、お嬢ちゃんは魔法のことが分かるの？」

「ん、おししょ、かんかくでやるの」

「感覚派……それは魔法理論と対をなす発動方法ね。こう見えてアタシは理論で魔法を発動させているから、もしかしたら教え方がよくなかったのかも」

こう見えてって、どう見えてだろう？

筋肉でムチムチしてるようにしか見えないけど？

「ん、いんてりきんにく」

「言ってることはよく分からないけど……まぁ、そんな感じかしら？」

どこが理論派だ。この脳筋め。

クリスティアが回復魔法不得意だと、物語に影響ある気がする。

いや、すでに私がアレな感じになっているけど、魔法はまぁまぁ上手くいっているし、そこは大丈夫……だと思うよ。うんうん。

よし、決めた。

「くりす、あそぶ？」

「なぁに、お嬢ちゃん？　アタシは神官のお仕事が忙しいから、あまり遊べないと思うわよぉ」

「違う。妹は神官殿のご息女と遊びたいと言っている」

いつのまに復活したのかお兄様が私のフォローをしてくれる。ありがたや。

「あら、そっち？　そうねぇ……」

私とお兄様を交互に見たクリス神官の艶やかな赤い唇が弧を描き、満面の笑みを浮かべた。

「うん。お嬢ちゃんなら、きっと良い刺激を与えてくれそうね！　ぜひともお願いしたいわ！」

「ならば、父上には私から伝えておこう」

やったー!!　主要キャラゲットだぜー!!

「ありがと、おにいしゃま！　だいしゅき！」

お兄様に抱きつき、思いきりぎゅーっとしたら、離れるようクリス神官に注意されてしまった。

神聖な教会で、つい荒ぶってしまってごめんなさい。

「ごめんなさいねぇ。さすがにあそこまで赤くなったら倒れてしまう気がしたのよぉ。二人の邪魔をする気はなかったのよ？　ほんとよ？」

「たおれりゅ？」

お兄様を見れば、いつも通り安定の無表情だ。

それでも何が起こるか分からない世の中だし、ましてや神官様に心配されるようなことはしないほうが良いだろう。

八の字眉になった私の頭に、ぽんぽんと優しく手を置いてくれるお兄様。

「気にするなユリアーナ、私はもっと強くなるから」

「あい！」

よく分からないけれど、キリリとしたお兄様はとてもカッコイイです！

とりあえず、本日のミッション「聖女と接触する」はクリアしたと思っていいのかな？

自作のキャラであるクリスティアと会えるみたいだし、ちょっと怖いけど楽しみだ！

ん？　クリス神官？

そんな濃いキャラ、作中に出てきたっけ……？

◇とある執事の憔悴《しょうすい》

私の名はセバス。

ありがたくも、フェルザー侯爵家の執事をさせていただいております……とは、以前も申し上げましたね。失礼。

色々とございましたユリアーナお嬢様のご回復は喜ばしいことであり、旦那様もヨハン様もようやく一安心というところでございましょう。

それにしても、ユリアーナお嬢様がゴミ……げほげほ、元奥様に虐待されていたことを、我らセバスの名を冠する者たちが「なぜか」把握できなかったことは由々《ゆゆ》しき問題であります。

先代様に付いている師に問い合わせたところ、どうやら『世界』が動いていたとのことでした。ならばしょうがないと、捨ておかないのが旦那様です。

「神の領域でも覆《くつがえ》せない『世界』の動きが何だ。すべてにおいて、今後ユリアーナに仇《あだ》なすことがあれば私は容赦《ようしゃ》しない。必ずユリアーナを守り、その『世界』とやらさえも滅してくれよう」

さすがに命の危機を感じた私は、己の体に『気』を巡らせ旦那様から発する魔力の冷気を遮断させていただきます。

今まで旦那様がこれほどまでに感情を昂らせることは無かったのですが、最近は喜怒哀楽が豊かでございます。良いこと……だとは思いますが、しかし。

「旦那様、これ以上は」

「……そうか」

凍った空気が元に戻ります。

先日、ペンドラゴン様が建物の耐久力を上げる魔法陣を描いてくださいましたが、それをもってしても旦那様の魔力は危険な気がいたします。困ったものです。

さて、お茶でもいれて気分を変えていただきましょうか。

私が二人分のお茶を用意していると、ドアをノックする音が聞こえてきます。そろそろ来る時間だと思っておりました。

「入れ」

「失礼します。父上」

私がお茶を用意しているのを見たヨハン様は、軽く目で礼をされます。

一見、冷たいように見えるヨハン様ですが、下の者にも気を配るところは旦那様そっくりですね。

「ちょうどいい、茶を飲みながら報告を聞こうか」

「はい、父上」

茶菓子は甘くないものが良いでしょう。きっと後でユリアーナお嬢様がたくさん持ってくるでしょうから。

まるで仕事のような会話をする旦那様とヨハン様。

その内容は言わずもがな……でございます。

「それで、ユリアーナの様子は？」

「初めて町に出たと、とても喜んでおりました。どうやら先日父上たちから聞いた『聖女』が気になったらしく、教会へ菓子を持って行きました」

「……ほう」

おや、空気が重いですね。旦那様は一体、どの部分に反応されたのでしょうか。

「父上？」

「……ユリアーナの、初めての町歩き……だと？」

なるほど。ユリアーナお嬢様の「初めて」を、ヨハン様に取られてしまったのですね。

怒りの冷気ではないところを見ると、これは珍しくも旦那様が落ち込んでらっしゃるのではないでしょうか。

これはいけないとヨハン様を見れば、まったく動じることなくいつもの無表情のままです。

「父上、それは違います」

「……何がだ」

「ユリアーナは『兄と初めての町歩き』をしたのです。つまり、まだ『父上と初めての町歩き』はしておりません」

「……ヨハン、我が息子よ、やはりお前は天才だったか」

「いえ、父上も存じてらしたかと。私個人の見解ではありますが、ユリアーナの愛らしさは日々増すばかりです。それによって我らの思考が不安定になることがあります」

「うむ、確かに。こちらが冷静でいようと思っても、ままならないことが多々あるな」

「はい」

お二人の話を聞いていると、内容について理解できても納得はできないという、不思議な現象に苛《さいな》まれます。

確かに、ユリアーナお嬢様は愛らしいとは思いますが……。

「それで神官クリスの娘……だったか？」

「はい、今年十歳になるとのことです。調べたところによると、人格的には問題ないと思われます」

「教会に所属しているのなら家柄も問題ないだろう。セバス」

「必ず『目』を置くように手配いたします」

満足げに頷く旦那様は、ヨハン様に念を押すように言い聞かせます。

「ユリアーナの交友関係が広がるのは良いが、男はダメだ」

「もちろんです。兄としても、天使のように愛らしいユリアーナに近づく薄汚いゴミ共がいれば、即刻排除することを誓います」

「その調子だ、ヨハン」

一体どの調子なのでしょうか。

その「薄汚いゴミ」が男性全般のことを指すのであれば、ユリアーナお嬢様にうっかり話しかけることもできないではありませんか。

「旦那様」

「無論、ユリアーナには知られないように」

「はい」

「旦那様」

ああ、これはもうダメですね。この件に限って、私の声は旦那様に届かないようです。

願わくば、ユリアーナお嬢様に邪《よこしま》な心を持って近づく輩《やから》がおりませんよう……。

「ところで父上、ユリアーナは菓子の中でもマドレーヌが好きだとわかりました」

「パウンドケーキではないのか？」

「あの紙が付いている部分を取るのが好きとのことです。菓子を売る店で土産に欲しいと珍しくおねだりを……」

「ヨハン、無論その店には？」

「はい。父上のご命令通り、店には『ユリアーナのお気に入り』としての称号と褒賞《ほうしょう》を渡しております。店主も名誉ある称号を得て喜んでおりました。これからも美味なる菓子を作っていくよう、精進《しょうじん》するとのことです」

「うむ」

いや「うむ」じゃないでしょう旦那様。しかも執事である私が知らないうちに、ヨハン様と打ち合わせ済みなどというのは……。

「旦那様」

「仕事中に思いついたのだ。すでにヨハンとユリアーナは家を出ていたため、ペンドラゴンに魔法で伝えさせた」

「予算管理の絡みもありますので、ユリアーナお嬢様については今後、別予算を組むようにいたしましょう」

「頼む」

結局のところ、旦那様とヨハン様だけではないのです。

すでに私もユリアーナお嬢様に「いつもありがと、セバシュ」と恥ずかしそうに微笑まれて、何度も心撃ち抜かれておりますからね。

とは申しましても、さすがにユリアーナお嬢様の絡みで連日働きすぎている気がするのですよ、旦那様。

そろそろまとまった休みをいただきたい、私、執事セバスなのでした。

20　幼女は女子会をしたい

「私のことは、ティアと呼んでください」

「よろしく、ティア」

ピンクブロンドの髪に、濃い青色の瞳の奥はキラキラとしていて、まるで砂金が混ぜられたような不思議な色合いをしている。

クリスティアの持っている瞳のキラキラは、質の良い回復魔法を使える証みたいなものなんだけど……。

「ユリって、よんでほしい」

「わかりました。ユリ様」

「ユリ」

「ユリ、さん？」

「ふぇ……ユリ……」

「ユリちゃん！　ユリちゃんにしましょう！　ね！」

「ん、よろしく」

ふっ、勝った。

幼女特有の泣き顔は、ユリアーナが使用すると強い効力を発揮するのだ。

実は本当に泣きそうになったからとか、そこらへんは気にせず流してほしい。目をパチパチさせて涙を誤魔化《ごまか》しておかねば。パチパチ。

それにしても、お兄様と同年代のティアは少女という風には見えない。成人まであと数年あるだろうに、すでにたゆんたゆんの兆しを見せている。ティアに言ったら怒るだろうけど、父親とそっくりってやつだね☆

うーむ、私も早くお腹ぽっこり幼女から脱却したいものだ。

え？　いつもより口調が堅い？　ははは気のせいだよ君たち。ティアの発育のいい体が羨《うらや》ましいとか、そういうんじゃないから気にしないでくれたまへ。

「ユリさ……ちゃんは、ペンドラゴンの魔法使い様のお弟子さんだと聞きました」

「ん、おししょ、すごいよ」

「やはり！　きっとすごい魔法を使うのですね！」

「んーん、すごい、ぐぅたらしているの」

「ぐぅたら？」

「そう。だから、べんりなまほうをいっぱいつかうの。ぐぅたらするために」

「そ、そうですか……ぐぅたら……」

さっそく夢を壊してしまって申し訳ないけれど、世間一般のお師匠様イメージは良いものしかないみたいだね。

基礎だけ教えて、あとは全然教えてくれないぐぅたらオッサン師匠のくせに生意気な！

「おしょのおししょは、ちゃんとしてる」

「ええと、宮廷魔法使い様ですか？」

「そう。めんどうだから、ひげのおししょってよんでる」

「ユリちゃんだからこそ、許されているのでしょうね」

許されるもなにも、最初の頃「ひげおじしゃ」と「とりおじしゃ」なんて呼びかたしてたのに比べたら、まだ良いほうだと思うよ。

さてと、それではまず……。

「セバシュ、おちゃのじゅんびを！」

「かしこまりました」

「え、ええっ⁉」

並べられるのは、前世でいう英国式のアフタヌーンティーだ。

セバスさんに「こういうのある？」って聞いたら、貴族でのお茶会で使われることがあるそうだ。

三段重ねのお皿にドルチェが載っているやつ。

今日は果物たっぷりのケーキがあるから、邪魔しないようなお茶を淹れてもらう。

「いろいろあるから、すきなのたべて」

「あ、ありがとう、ございます？」

お父さん？　のクリス神官からは「魔法を教える云々」などと言われていたのかもしれない。

だがしかし、今日やることは「楽しくお茶会をする」の一択なのだ。

「いろいろ、あるね。なにがすき？」

「この苺《いちご》のケーキが好きです！」

「きれいね、おいしいね」

「おいしいです！」

ほぼ男性に囲まれて生活していた私は、女子に飢えていた。ティアはお姉さんだけど、これはこれで良しだ。

これよ！　これが欲しかったのよ！

いや、お父様とお兄様に不服があるわけではないのだけどね、やっぱり女子はこうでなきゃって感じがしない？　え？　するよね？

とはいえ、こんなことばかりしていたらクリス神官が大胸筋ぷるぷるさせながら怒るだろうから、そろそろ始めましょうか。

「まほう、きらい？」

「え？　いえ、魔法は嫌いじゃないですよ。ただ、回復魔法は少し怖くて……」

「なんで？」

「父は慣れるって言いますが、もし魔法が失敗してもっと悪くなったらとか、考えてしまうのです」

「なるほどー、ティア、やさしいね」

「いえ、ただ心が弱いだけです」

「よわくない。ちゃんとかんがえてるだけ。きんにくはかんがえてないだけ」

「ぷっ……筋肉とは、父のことですか……ふっ、うふふっ……」

「きんにくのくせに、ちちでちちがあるとか、ずるいの」

「ふはっ、あはははっ、もう、ユリちゃん笑わせないで！　お茶がこぼれちゃう！」

自分の胸とお腹をさすりながら、恨めしげに呟く私を見て、耐えきれず吹き出すティア。

世の中、持つ者と持たざる者がいるのが理《ことわり》ではあるが、そこに筋肉でたゆんたゆんになる輩が出てくるとややこしくなる。

将来どうなるかは分からないけど、私も筋トレしたらワンチャンあるかな？

「セバシュ、いちごある？」

「そのままお出しして、よろしいですか？」

「ままで」

「かしこまりました」

私の校正記号みたいな返事を、有能なセバスさんはしっかり受け取る。さすセバ。

そしてすぐ、お皿にのせた苺を持ってきてくれた。

「ユリちゃん、苺をどうするの？」

「いちご、おいしそうにしてみるの」

ちょっと表面が乾いてる苺を手に持った私は、周囲にある水の魔力で薄い膜を作って、苺をふんわり包んでみる。

ティアは魔力が見えないようだけど、魔力が動いたのは感じたみたいだ。

「これ、ユリちゃんの魔法ですか？」

「ん。ちょっと、おみずつけた」

私はティアの手を取って、苺を渡す。

「冷たい……」

「こういうかんじに、いちごをおいしそうにして」

ティアの持つ青色の瞳は、たぶん水系も使えるだろう。魔力は見えなくてもイメージしてもらいたい。

実はこれ、前世の私が作品の中でティアにさせていた魔法なのだ。

「みずだけでも、いちご、おいしくなる。かいふくしたら、もっとおいしくなるかな」

「苺を美味しくする……そうか、植物も生きているもの。回復すれば、人と同じように元気になる……？」

ひとり呟くティアは、キラキラとした魔力をゆっくりと苺に振りかけていく。そして私とは違って、霧状にした水をかけていく。

「ティアすごい。いちご、つやつやー」

「ユリちゃんみたいにできないです。どうやればいいのかしら……」

「んー、はんかちで、つつむようにしたの」

「ハンカチ……こうでしょうか」

霧状になった水が、ふんわりと苺を包んでいく。おお、すごいよこれ。

「ティアすごい。すごいの」

「素晴らしい魔力操作でございますね、クリスティア様」

お皿にある苺がどんどんおいしそうになっていく。これはもう、たっぷり苺タルトにしてもらわねば！（使命感）

するとティアの魔力が一気に濃くなる。

「すみません、私のことはティアと呼んでくださいませんか？」

「失礼いたしました。ティア様」

「クリスを付けられると、どうしても父を思い出してしまって……」

私を見るセバスさんに、ゆっくりと頷いてみせる。

そう、彼女の名前はティア。それでいいのだ、と。

うーん、思春期って難しいよねって言いたいところだけど、この件に関しては彼女に同情してしまうよ。
私のお父様が、お父様で良かった。うん。

21　幼女は嫁にいけるのか

デン！
珍しくも、お父様と一緒に朝食を囲むことになっている！
デデン！
目の前に並べられている、いつもより数倍多い食事内容！
デデーン!!
そして、なぜかお父様に膝抱っこされている私ユリアーナ!!
「ベルとうしゃま、これは？」
現状に困惑した私が上を向くと、眉間に深くシワを寄せたお父様に見下ろされる。
この表情は不機嫌……じゃないですね。ちょっと目尻が赤くなっていますからね。

「しばらくの間、報告を聞いていない」

なるほど。

最近、動き回っていた私は、お父様の帰りを待たずに寝てしまっていた。だから、夜の報告はセバスさんたちが代わりにしてくれていたんだっけ。

私を見下ろすお父様の様子も、心なしか寂しそうに見えなくもない。

「ごほうび、なかったです」

「うむ」

頭を撫でてもらったり、おでこにチューのご褒美は恥ずかしいけれど嬉しい。

前世でも、男性から甘やかされるなんて経験は無かったからね。ふへへ。

「まずは食事だな。セバス」

「かしこまりました」

セバスさんが優雅な所作で、食事をのせた皿からたくさん置かれたスプーンに、ひとつひとつのせていく。

お父様はスープ皿から、ひとさじ私の口元に寄せる。

「ユリアーナ、あーん」

「ふぇ?」

「セバスの教本に、親は子に食事をこうやって与えることがあると書かれていた。しっかりと実践せねばならん」

「じっせん……」

救いを求めるようにセバスさんを見ると、すごく良い笑顔を返された。

いや、そうじゃない。

「む、熱いか」

戸惑う私に、お父様はスープが熱いからだと思ったようで、ふぅーっと息を吹きかけて冷ましてくれている。

ちょっと待ってください。

無表情な美形お父様が、幼女に食べさせるために、フーフーしてくれるとか。

そんなん、そんなん無理や。わい、萌え殺されるんちゃうん。（謎の方言）

「ほら、あーん」

「あ、あーん」

中にいるアラサーを封印し、幼女ユリアーナは決死の覚悟でスプーンをくわえる。

「どうだ？」

「おいしいれしゅ」

さすがに噛んだ。そしてお父様がひと口大にちぎってくれたパンも、勢いよくパクリと食べる。

ほんのりバターが付いてて美味しい！　もうひと口！

「……付いている」

「むぐ？」

お父様は私の口元に付いているパンくずを取ると、その指を自分の口元へと持っていく。

その一部始終を見守る私の顔は、きっと真っ赤になっているだろう。

「私も食べないとな、ユリアーナ」

「……あい」

すかさずセバスさんが、スクランブルエッグと小さくカットされたベーコンをのせたスプーンを私の手に持たせる。

こ、これは、まさか私も……？

救いを求めるようにセバスさんを見ると、さっきよりもさらに良い笑顔を返される。

いやだから、そうじゃないっつの。

「う、ベルとうしゃま、あーん？」

「あーん。……うむ、美味いな」

「よ、よかったれしゅ」

その後も、パンやスープ、ワンスプーンにされた朝食たちを食べさせ合いっこした私たち。ひと口食べると、都度ご褒美のデコチューをもらえるシステムになっていた。

もう、お父様の甘やかしが、しゅごい……。

屋敷の人たちから生暖かい目で見守られ、私たちは朝食を終えるのだった。

「なるほどな。久しぶりに父親との時間を過ごせたってわけか」

「あい、おししょ」

「なら魔法訓練にも身が入るってもんだよな」

「あい、おししょ」

虹色の髪を揺らしたイケオジ魔法使いは、ちょっとタレた目を細めて私の上の方を見る。

そう、私は未だ、お父様に膝抱っこされている状態なのだ！（デデーン！）

いつもの庭の東屋で、私たちは魔法のお勉強をしている。そう、なぜかお父様が授業参観しちゃってるけどね！

「おいランベルト、邪魔なんだけど」

「私が居ることに不都合が？」

「不都合が？　じゃねぇよ。王宮に行って仕事しろよ」

「今日は休みだ。私がどこにいようと構わないだろう」

「構うだろが」

私を離すまいと、ギュッと抱きしめるお父様。嬉しいけどちょっと苦しい。ぐぇ。

「ユリアーナはここしばらくの間、ヨハンや神官の娘を相手していたのだ。今日一日くらいはいいだろう」

「ごめんなしゃい、おししょ。ベルとうしゃまも、いっしょでいい？」

「はぁ、まぁいいだろう。今日は魔法理論をやるつもりだったし、この際ランベルトに教えてもらえ」

「ふぇ？　なんで？」

「俺よりも詳しいからだ」

上を見れば、お父様が私を見下ろして小さく頷いてくれる。

ふぉぉ、これは嬉しい。特別授業だ。

とはいえ、いかんせんお父様は言葉数が少ない。セバスさんあたりなら一言で百くらいを読み取ることができるんだろうけど。

そんなこんなで、お師匠様が解説をしてくれることになりました。

そう簡単に、さぼらせるわけにはいかないですからね。

「フェルザー家は代々、高い魔力を持つ家系だ。お前の兄ちゃんもそうだけど、感情の起伏で魔力を発動させてしまうことが多々ある。そこで物心つく前から、感情を殺す訓練をすると同時に、魔法の理論を学ぶらしいぞ」

「まなぶ？」

「ユリアーナは最近……魔力が増えたからな」

お父様の眉が八の字になっている。

そうか。元々ユリアーナの魔力は弱くて、あの魔力暴走で変わったんだっけ。

「ま、感情を殺す云々は、訓練しなくても出来てたみたいだけどなー」

学生時代も無表情の仮面をつけているみたいだったと、お師匠様は笑っているけれど……。

「ベルとうしゃま」

「……なんだ？」

なぜか胸がキュッと締め付けられるような気持ちになった私は、膝抱っこからよじよじと向かい合わせになって、お父様の首にしがみつく。

「ベルとうしゃま、いっぱいがんばってて、えらいの」

「……ユリアーナ」

後ろに撫でつけられた銀髪に手を伸ばして、よしよしと撫でる私。

実の子でもない私が、お父様に触れるなんておこがましいことだとは思う。それでも、少しずつ可愛がってもらっている身としては、なにかお返ししたかったんだ。

「あ、ランベルトばっかりズルイぞ。嬢ちゃん、師匠にはないのか？」

拗《す》ねるお師匠様は、器用にもアホ毛を矢印の形にして下へ向けている。

前から聞こうと思ってたけど、その魔法めちゃくちゃ便利そうだから教えてほしい。

毎朝、マーサたちにしっかりと髪を整えられているから、アホ毛がないのよね。ぐぬぬ。

「ペンドラゴン、これは私とユリアーナにのみ許されたものだ」

「親子だからか？」

「そうだ」

「んじゃ、嬢ちゃんが嫁にいったら終わるやつなんだな」

「な……んだと……!?」

突如《とつじょ》ドンガラガッシャーンと落ちた雷を、お師匠様は軽く指先で散らしたから私たちは大丈夫だけど、遠くにいた庭師のおっちゃんがびっくりしてた。ごめんよ。

「おい、感情を殺す訓練はどこいったんだ」

「ユリアーナは、やらん！」

「あん？」

「ユリアーナは、嫁にやらんと言ったのだ！」

「なんでだよ。可哀想だろうが」

「やらんと言ったら、やらん！」

「駄々っ児か」

ふむ、確かにこのままだと、ユリアーナはお嫁にいけないだろう。

なぜなら、私の書いた小説どおりだと、炊事洗濯苦手のキャラだったからね。そして前世の私も家事については特に語ることはないのである。

「あい。ユリアーナはベルとうしゃまと、ずっといっしょです」

「……ユリアーナ!!」

表情は見えなかったけど、やたら興奮したお父様に抱きしめられた私は、幼児体型あるあるのぽっこりお腹を潰されて「ぐぇ」っとなりましたとさ。

めでたしめでたし。ぐぇ。

22　幼女は会ってみたい

魔法理論について語られる、お父様の心地よいバリトンボイス。

そこに少し掠《かす》れた声のお師匠様が、難しい部分に都度注釈を入れてくれる。

「まだユリアーナに魔法理論は早いか？」

「いや、これくらいの時からやってた方が後々楽になる。意味は分からなくてもいいんだよ」

お父様の言葉に、珍しくお師匠様は師匠っぽいことを言っている。

「むむむー」

魔法というよりも、前世で習った数学の公式のようなものの解釈というか。答えがこうなる理由を細かく理解させていく感じがする。

つまり、前世の私が苦手オブ苦手だったやつだけど……。

「ちょっとずつ、わかるきがします」

「無理はするな。ゆっくりでいい」

「あい、ベルとうしゃま」

幼女という柔らかい脳のせいか、ユリアーナの体がハイスペックだからかは不明だけど、不思議と難しい言葉や理論が自然と頭に入ってくる。

もしかしたら、中身がアラサーというのもプラスになっているのかも。

「ところで、ユリアーナの護衛の件だが」

「ああ、俺が遠出する間のやつか？」

「おししょ、とおで？」

「おう、ちょっくら奥さんの故郷に行って報告しないとだからな。この前の希少種密売事件のこともあるし」

申し訳なさそうな顔をしたお師匠様は、私の頭をわしわし撫でてくれる。ふぉぉ揺れると思ったら、お師匠様の手を無言でお父様がペシッと払った。

「ユリアーナに触るな」

「いいじゃねぇか、これくらい」

ぶーぶー膨《ふく》れるお師匠様を冷たい視線で一瞥《いちべつ》したお父様は、その目をゆるりと柔らかくさせると私の髪を優しく撫でる。

「ペンドラゴンが不在の間、護衛をつける予定だ。面談をしてユリアーナが気に入れば採用しようと思う」

「めんだん、ですか？」

「私とペンドラゴンも一緒に、だ。騎士団長をつけようと思ったのだが、無理だと言われた」

「お前、そんな希望出したのか。どんだけ過保護なんだよ」

私もそう思う。

ていうか騎士団長って、護衛とか、そういう仕事しないよね普通。

「騎士団長は乗り気だったのだが、陛下が他国との演習が重なるから無理だと」

「え、ちょっと待って。演習が無かったら騎士団長は護衛やる気だったの？　アーサーも許可する流れで？」

「うむ」

「うむ、じゃないだろ！」

お師匠様に激しく同意するよ！　なに考えてるのお父様！

ところでお師匠様の代わりの護衛なのに、魔法使いじゃないのはなぜだろう？

「ペンドラゴンは物理攻撃にも対応できる便利な存在だが、普通の魔法使いには無理だ」

なるほど、心を読んでの回答ありがとうございますお父様。

便利グッズ扱いされたお師匠様は、苦笑しながらお父様に問いかける。

「んで？　代わりはどうやって選んだんだ？」

「騎士団長が推薦《すいせん》する冒険者だ」

「冒険者？」

この世界でいう冒険者というのは、冒険している人というわけではなく、要は「何でも屋」だ。

ゴミ拾いや失せ物探しから、魔獣退治や要人の護衛まで何でもやる人たちのことを言う。

そう、この世界には魔獣という、前世でいうヒグマのような人を襲う害獣が存在する。それらを国の騎士団や傭兵が駆除することもあるけれど、大体は冒険者が依頼を受けて討伐しているのだ。

どんな身分でも『ギルド』で登録すれば活動できるため、ならず者や荒くれ者が多いとされているんだけど……。

貴族、それも侯爵家のご令嬢であるユリアーナの護衛に、身元がよく分からない冒険者を騎士団長は推薦するものなのだろうか？

「身元は分かっている。王都にある商会の息子で、商人に向いていないからと早くから家を出ていたそうだ。実力は折り紙付きと言われた」

「それにしてもなぁ……」

「まだ若いが実力もあり、騎士団長曰く『彼の理想は大きい』とのことだ」

「……なるほどな。そういうことか」

いや、どういうことかさっぱり分からないんですけど。

「彼の名はオルフェウス。冒険者ギルド期待の新星だ」

おお、期待の新星とは……。

……。

え、ちょ……!?

オルフェウス!?

翌日、面談の日。

名前を聞いた私は一瞬意識が遠くなったりもしたけど、お父様が「やっぱりやめた」とか言い出す前に何とか復活することができた。

さすがに前世で書いていた小説の主人公と同じ名前の冒険者と、会わないわけにはいかないだろう。

いや、騎士団長が推薦してるんだから、彼に違いないよね。確定だよね。

だから正直に言おう。

ぶっちゃけ、会いたい。

だってさ！　商品化した時にイラストレーターさんが絵にしてはくれているけどさ！　自分の作品の主人公を三次元で見ることができるとか、普通は出来ないしさ！

それに、彼はスピンオフでどちゃくそ格好いいオジサマになるんですよ！

まだ若い彼が、いずれ世の女性垂涎《すいぜん》もののオジサマになるんですよ！

「……ユリアーナ、楽しみか？」

「あい！　たのしみでしゅ！」

「そんな顔をするなランベルト。見合いじゃねぇんだから」

「……当たり前だ。見合いなぞさせてたまるか」

「それもどうかと思うけどな」

お父様の問題発言が気になるけれど、今の私はそれどころじゃない。

主人公！　自作の主人公と会えるのですから！

護衛の話を聞いた翌日が面談になるとは驚きだ。

冒険者は常に仕事を入れているから、遠征依頼を受ける前に彼を確保したかったらしい。

「そもそも、騎士団に取り込みたいからといってユリアーナを利用するのが許せん」

「団長さんにも色々と事情があるんだろ」

なんと。オルフェウス君は騎士団長に（意味深ではないほうで）狙われていたのか。

さすが主人公、引く手数多《あまた》だね！

わちゃわちゃしていたお父様とお師匠様は、案内役のセバスさんが姿を見せたところで静かになった。

部屋に入ってきたのは、少年から青年に成り立てといった風貌の若者。

張りのある黒髪は短く整えられ、切れ長の目は澄んだ青空のよう。まだ幼さが残る整った顔をキリリとさせ、まったく隙の見えない所作には驚かされた。

商会の息子だとしても、貴族相手に礼儀良くできる人間はほとんどいない。

うーん、彼はもしかして……。

「どーも。俺はペンドラゴンの名を持つ魔法使いで、このユリアーナ嬢ちゃんの護衛兼魔法の教師をしている」

「私は雇い主となるランベルト・フェルザーだ」

「オルフェウスです」

よく響く声に思わずうっとりとする私だったけど、ちょっと冷たい視線を感じたから、慌てて背すじを伸ばして自己紹介をする。

「ユリアーナ・フェルザーでしゅ！」

そしてやっぱり噛んだ。

ククッと笑い声がしたほうを見れば、オルフェウス君が私を見てニヤニヤしている。ぐぬぬとなっていたら、お父様が慰めるように頭を撫でてくれた。

「オルフェウス君、話をしたいから座ってよ。ほら、ランベルトも殺気を抑えて」

「……うむ」

どこか楽しげなオルフェウスにホッとしながら、私も座る。

「ランベルト」

「構わん、進めろ」

構うよ!!

なんで私だけ、お父様のお膝抱っこなのさー!!

23　忘却の幼女

「見て分かるとは思うが、こんな感じだからよろしく、オルフェウス！」

「現状は見て分かりますが、何をどうよろしくすればいいのか分かりません。最低限の引き継ぎはしてください」

「お、さすが騎士団長殿ご推薦ってやつだな。若いのにしっかりしてる」

お師匠様の適当発言に対して、呆れ顔のオルフェウス君。

見て分かるって部分はアレですかね。私を膝抱っこするお父様が殺気を放っている件でしょうか。

あと、オルフェウス君がしっかりしているのは当たり前です。なにせ主人公ですからね！（どやぁ）

「……仕事の内容は我が娘ユリアーナの護衛だ。それ以上でも以下でもない」

「はぁ……」

「親バカのランベルトは放っておくとして。なぜ護衛が必要なのかっつーのは、嬢ちゃんが魔力暴走……しかも特大なやつの生き残りだからってのがあるな」

「特大……なるほど」

特大？　魔力暴走に大小なんてあったの？

「普通は家屋がどうにかなるような損害はないな。せいぜい暴走した本人が大怪我したり、魔力が中で爆発……まぁ、体の外に出ることはあまりないな」

ひぇ、それは怖い。

つまり私は、魔力が体の中も外もバンバン出てたから「特大」ってことになるのね。

「将来、強い魔法使いになり得るユリアーナお嬢様を、よからぬ輩から守るということですか」

「そそ。俺が帰って来るまで頼めるか？　十日くらいになると思う」

「了解です。騎士団長の頼みでもあるので、俺でよければ」

その整った顔をしっかりとお師匠様へ向けたオルフェウス君は、その黒髪を揺らし丁寧に一礼した。

お兄様よりも少し年上くらいなのに、とても大人っぽいなぁとか思っていたら、不意にお師匠様が私に問いかける。

「嬢ちゃんは？」

「ふぇ？」

「おい。『ふぇ？』じゃなくて。護衛はこいつでいいのかって話だ」

「えと、おりゅふぇしゅ……」

「オルでいい」

噛みまくる私に、笑顔を見せてくれるオルフェウス君。はぅぅ、顔が熱くなるぅ……。

「オルしゃま、よろしくおねがいしましゅ！」

やっぱり噛んだ。

ククッと楽しげに笑うオルフェウス君。そして後ろから感じる冷たい空気。

「こいつでいいよな？　ランベルト」

「……うむ」

お父様、全然「うむ」って感じじゃないなぁ。

「……不在の間はセバスもつける。それで何とかなるだろう」

あれ？

「ふざいって、おししょだけじゃない？」

「あれ？　嬢ちゃんは知らなかったっけか？　ランベルトも三日くらい不在にするんだ。騎士団の演習に参加することになって……おい、嬢ちゃん？」

お父様がいない？

遠くに行っちゃうの？

「……ユリアーナ？」

上を向けば、無表情ながらも瞳を揺らすお父様。

心配してくれているのが分かる。

「とおく、いっちゃう？」

あの人みたいに？

「かえって、くる？」

お父様も、あの人と同じなの？

また、私《ユリアーナ》のことを、捨ててしまうの？

お師匠様とオルフェウス君が慌てているのが分かるけど、今の私は「幼女のユリアーナ」に心が全部支配されている状態だ。

アラサーの由梨が大丈夫って言っても止まらない。周りを漂う魔力が、グルグルと集まってくるのが分かる。

これは、ヤバい。

するとその瞬間、私の体があたたかいものに包まれる。

お腹の奥に響くような低いバリトンの声が、何度も私の名前を呼ぶ。

「ユリアーナ、ユリアーナ」

「……ベル……とう……しゃま？」

「必ず帰ってくる。愛しいユリアーナ、私の命、私の永遠」

額や頬に、柔らかく温かいものが降ってくる。

それがもっと欲しくて、何度もねだってしまう。

「ベルとうしゃま、もっと、もっと……」

「ああ、私のすべてを捧げよう。愛しいユリアーナ」

気づけば、お父様に抱きしめられた私はキスの嵐を受けていて、お師匠様とオルフェウス君が生暖かい目でこちらを見ていた。

あれれー？　おっかしいぞー？

すんごく恥ずかしい状態になっているぞー？

「ランベルト、今度から遠征に行くなら、前もって話しておけよ」

「……うむ」

「嬢ちゃんは話せば分かるんだ」

「……うむ」

お師匠様に怒られているのに、なぜか機嫌良さそうなお父様。

私をぎゅっと抱きしめたまま、つむじをチュッチュするのは嬉しいけど恥ずかしいので、もうそろそろやめてほしい。

「侯爵様って、本当に氷の属性なんですか？　甘味属性とかじゃなくて？」

「そんな愉快な属性があってたまるかっての」

こうして、多くの危機？　を乗り越えて、オルフェウス君は私の護衛になったのでした。


「冒険者のオルフェウス様……ですか？」

「よろしく頼む。オルと呼んでくれ。あと俺は平民だから呼び捨てでいい」

「はい、オル様。私のことはティアと呼んでください」

「わかった」

そうは言われても、呼び捨てにしないところがティアっぽい。

神官見習いのクリスティア……ティアが遊びに来てくれたので、これ幸いとばかりにオルフェウス君を紹介することにした。

ふふふ、これで物語の流れが整った気がするよ。

ティアはピンクブロンドの髪をふんわりと揺らして、首を傾げる。

「オル様は強い人だとは思いますが、護衛は彼一人ですか？」

「セバシュもいるの」

お茶のお代わりを淹れてくれるセバスさんが、笑顔で一礼している。

そうなのよ。セバスさんはちょいちょい気配を消しているもんだから、きっと前世でいう「忍び」みたいなものだと思っている。

さっきも突然現れて、私とティアを驚かしたからね！

オルフェウス君は気づいていたみたいだけどね！

「俺は表向きの護衛だ。あの侯爵様のことだから、他にも護衛はいるだろうな」

お父様とお師匠様の前では丁寧な物言いだったオルフェウス君は、私とティアの前ではくだけた口調になっている。

それにしても、オルフェウス君が強いって、どうしてティアには分かったのかな？

「オル様は、たくさんの加護を受けているのですね」

「加護？」

「神様の加護ですよ」

おお、そうだった。

この世界にはたくさんの神様がいて、ごくまれに神様の加護を受ける人間がいるんだった。

オルフェウス君は主人公だ。神様の加護くらい受けているだろう。

そういう設定だった、と、思う。

「わすれてた……」

「ユリアーナ様？」

「お嬢サマ、どうした？」

なんか、すごく危険な感じがする。

元々忘れっぽい性質ではある。でも、前世で書いた物語を忘れているにしても、忘れすぎている気がするよ。

24　かぎわける幼女

前世の記憶について、抜け落ちている部分が多々あると気づいた私は、こういうことは都度メモにとっておこうと心に誓う。

うん。分かってる。

前世での記憶と現状を照らし合わせて齟齬《そご》をメモるとか、もっと早くやっておくべきだったということくらい私にだって分かっている。

でも、なぜか大丈夫だと思ってたのよねー。なんでだろう。

「……かしん、よくない」

「お嬢サマどうした？　腹でも減ったのか？　いや、腹がぽっこりしてるから、むしろ腹いっぱいとか？」

「オル様！　女の子に対して、なんてこと言うんですか！　ユリちゃん、今日のお菓子はチーズタルトですって。いただきましょう？」

ガックリとうな垂れていると、横で立っているオルフェウス君と正面に座っているティアが交互に話しかけてくれる……が、しかし。

ティアからチーズタルトを受け取りながら、オルフェウス君には乙女心というものを教えてやろうと、固く決意する私は魔力を練っていく。

「おい、なんで魔力を練ってるんだよ」

「オルしゃまの、おはなばたけのうみそに、おみずでうるおいを」

「オル様、ユリちゃんは魔力操作が得意なんですよ。小さいのにすごいですよね」

水色の綿菓子みたいな魔力のかたまりを、指の上でくるくると回してみせる。

「魔法が得意なのは知ってるって！　おい、それやめろって……冷たっ!?」

「ベルとうしゃま、じきでん、こおりのおみず」

「お見事です。ユリアーナお嬢様」

セバスさんに褒められて、ご満悦な私はチーズタルトを口いっぱいに頰ばる。

「うー、水を飛ばしても顔が冷たいんだけど……」

「じごうじとく……ん？　オルしゃま、まほうつかった？」

魔力が動いたことに気づかなかったけど、オルフェウス君の髪が乾いているのは魔法を使ったからなの？

セバスさんを見れば、コクリと頷いている。やはり気づいていたとは、さすセバ。

「俺の魔力はほとんどないけど、濡れたのを乾かすくらいなら出来るぞ」

「オル様、すごいですね！　私は魔力操作が下手で、ユリちゃんに教えてもらっているんですよ」

「でも、ティア、とてもじょうずになったよ。かいふくまほう」

「へぇ、すごいな。ティアは回復魔法を使えるのか」

そうなのよ。ティアはすごいのよ。

だから冒険者として活動するなら、彼女を仲間にするといいんじゃない？

まぁ、さっきのみたいに無神経な物言いをしないよう、教育的指導をしてからになるけどね!!

直らないようなら、セバスさんに頼んじゃおうかなぁ……。

チラッとセバスさんを見れば、素敵な笑顔で返してくれる。

「お嬢様、何かあれば何なりとお申し付けください」

「ありがと、セバシュ」

よし、お願いするとしよう。


オルフェウス君は、セバスさんからみっちり教育？　を受けることになった。

護衛の基本は騎士団長さんが教えてくれたそうで、礼儀作法もそれなりにマスターしていたみたいだけど、雇い主の娘に対してアレは無いよ。アレは。

レディに対する紳士の心得を、しっかりと学ぶといい。

「心得はともかくとして、お嬢サマがめちゃくちゃ周りに大事にされているのは理解した」

「ん、みんな、いっぱいやさしいの」

ティアが帰ってから、夕飯の時間までを部屋で過ごす私は、少し離れた場所に立っているオルフェウス君に座るように言うけど断られた。護衛中だから、だって。

「それで、お嬢サマは何を書いているんだ？」

「オルしゃまのことー」

「俺のこと？　面白いことなんてないだろ？」

「かみさまのかご、たくさんあるのすごいって」

「俺は神の加護よりも、もっとたくさんの魔力が欲しかった」

「そうなの？」

問いかけながらも、私は思い出していた。

主人公が多くの神から加護を受けて、それによって魔力が少ないことを悩んでいたと記憶している。でも、加護を持っていれば才能を得られるから、冒険者として名声を得ることができるはずなんだけど……。

「魔力があれば、もっと名をあげることができるだろう？」

「そうかな？」

メモを取る手を休めることなく、私は会話を続ける。

動かしているのはペンではない。指先に集めた魔力で、紙に文字を焼き付けている。

これは面倒くさがりのお師匠様がやっていたメモ書き方法なのだ
幼女の手はすぐに疲れるから、真似させてもらったんだよね。万能な魔力操作で異世界無双《むそう》しておりますれば。

「俺は黒を持っているから……」

ああ、そういえば黒髪って、この世界では強さを表す象徴みたいなものだったっけ。

たとえば私みたいに魔力暴走をして強くなったり、お父様みたいに血筋で魔力が強い人間もいる。

それ以外に、この世界では「黒色」を持つ者は強者という定説もあるのだ。

「なやんでるの？」

「ちょっとだけ、な」

「そっか」

この時の私は、この世界は本当に自分の作った物語の世界なのかということに、疑問を抱いていた。

そして、ぽろぽろと抜け落ちていく記憶は、私の作品との「齟齬」ではないか、と。

これは確定ではない。こういう事案をもっと集めないと確証を得られないから。


そして翌日、お父様とお師匠様は出立する。

「……ユリアーナ」

「ベルとうしゃま、おきをつけて。ユリアーナは、よいこでまっててましゅ」

「……ユリアーナ!!」

ただ私を見つめて、両手を広げるお父様。

その厚い胸板を目がけ、勢いよく飛び込んでゆく私。そんな私を危なげなく受け止めて、しっかりと抱きしめてくれるお父様の素敵筋肉よ。

「ベルとうしゃまぁー!!」

「うむ、私は残る」

「んなことできるか。おら、行くぞ」

お師匠様に首根っこつかまれて、馬車に放り込まれるお父様。

普段はキリリとしているのに、私に合わせてフニャフニャになってくれるなんて……。

「お嬢サマは、ほんと愛されてるよな」

「そかな？」

去っていく馬車を見送る私が余程さみしげに見えていたのか、オルフェウス君がやけに優しい。

騎士団の演習場所まで、お師匠様は一緒に行くそうだ。二人が一緒なら大丈夫だろうけど……。

「心配か？」

「ん、ちょっとだけ」

「あの二人なら大丈夫だろ。それよりも、お嬢サマのほうが危ないと思うぞ」

「オルしゃまと、セバシュがいるから、だいじょぶ」

「確かになぁ」

そして周りを見回す私は、ふにゃりと笑う。

「いっぱいいるから、よろしく、ね」

正確には分からないけど、なんか気配を感じるんだよね。

オルフェウス君が「え、この気配が分かるのか⁉」なんて驚いていたけど、分かるに決まってるし。

だっていい匂いがするって言ったら、なぜかすごく引かれた。

なんでよ？　匂いとか、大事じゃゃん ね？

25　大福を拾う幼女

「今日は学園が休みだから、ユリアーナの護衛に加わろうと思う」

「おにいしゃまが、ごえい？」

侯爵家の優雅な朝食のひと時、お兄様から驚きのご提案を受ける。

「父上が許したとはいえ、そこの者だけでは心もとない」

「セバシュも？」

「セバスがいれば……心強いが……」

ぐぬぬとなるお兄様に、セバスさんが優雅に一礼してみせた。

オルフェウス君は、なぜか楽しげな様子でニヤニヤしているのが気になる。

「ともかく！　今日は一日ユリアーナと共にいる！」

「うれしい、おにいしゃま」

力強く宣言するお兄様が、何だか可愛く見えてへらりと笑ってしまう。

顔を赤くしているお兄様を見たオルフェウス君が苦笑している。

「お嬢サマ、そういうところだと思うぞ」

「不本意だが、そこの者に同意する」

ん？　もしや二人は仲良しになった？

確か私の作品で、お兄様はユリアーナの敵として出てくる。そんな二人が仲良くなるのは嬉しいけれど……。

ちなみにオルフェウス君は、私の要望で口調は崩してもらっている。

「それで？　今日のお嬢サマの予定は？」

「ごよてい……」

はて、どうしようかと考える私。

お師匠様は不在だから魔法の勉強はしなくていいし、淑女《しゅくじょ》教育は「まだ早い！」とお父様が一刀両断していたし……。

あ、そうだ。

「ベルとうしゃまの、おしごと、したいの」

「父上の？」

セバスさんを見れば、笑顔で頷いてくれる。

「旦那様は数日に一度、森を管理する希少種の方々を訪問しておられます」

「もり！」

「森って、庭の向こうにあるやつか？」

「そうだ。庭から見える森は、すべてフェルザー侯爵家の管轄《かんかつ》だ」

「……すげぇな」

お兄様とオルフェウスが会話している横で、私は目をキラキラさせていた。

森で冒険！

希少種の獣人！

からの……モフモフパラダイス!!

……なんて、無理なのです。

獣人をモフモフすることができるのは家族とか恋人だ。赤の他人である私がやったらセクハラ案件でございますよ。

幼女だから知らなかったなんて、そんな卑怯《ひきょう》な手は使いません。

私が出来るのは、お師匠様の奥さんの抜け羽毛で作ったマントをモフるくらいですかね。ユリアーナは我慢が出来る幼女なのですよ。むふん。

「お嬢サマ、腹でもグハッ……体調でもお悪いので？」

「もりに、いってみたいの」

相変わらず無神経なことを言いそうになったオルフェウス君に、どこからか教育的指導攻撃？があったみたいだけど、気にせずに会話を続ける私。

痛そうに脇腹をさすりながら恨めしげにセバスさんを見ているのも、全部スルーです。ふふふ天罰《セバスさん》に感謝ですね。

「ユリアーナ、森は危険だ」

「だいじょうぶです。おにいしゃまがつよいので」

「よし、行こう」

「いやダメだろっ！」

ナイスなツッコミを入れるオルフェウス君だけど、最近のお兄様はユリアーナに甘い。残念ながら、決行する一択しかないのだ。

「なんで貴族の子なのに、おとなしく部屋にいないんだよ」

「ユリアーナが元気なのはいいことだ」

「あん？」

「ユリアーナはずっと閉じ込められていた。父も私も、この子が辛い思いをしていたと気づけなかった」

「おい、それはどういう……」

「だから、ユリアーナの希望はすべて叶える。絶対にだ」

お兄様の言葉に思わず目を潤ませてしまう私に、セバスさんがそっとハンカチを差し出してくれる。ふぇ。

「ありがと、おにいしゃま、だいしゅき」

「ん、ぐっ、兄もユリアーナを愛している」

しっかと抱きしめてくれるお兄様のいい匂いをくんかくんかしていると、呆れ顔のオルフェウス君がいる。

「おい坊っちゃま、鼻血……」

「気にするな」

え？　お兄様が鼻血？　と確認しようにも、しっかりと抱きしめられているから顔が動かせない。

まぁいいや。森に行くのは楽しみだ。

これは楽しいピクニックの予感がしますぞ。ワクテカですぞ。


楽しいピクニック……そう思っていた時が、私にもありました。

「オルしゃま、それは？」

「森に入る用の武器と防具だ。音が鳴らないような素材で揃えてある」

「おにいしゃま？」

「ユリアーナに必要な魔道具はセバスが揃えてくれる。あとは屋敷に残す人員を選定しないと」

「セバシュ？」

「ご安心くださいませ。ユリアーナお嬢様に指一本どころか近づくこともできぬよう、殲滅《せんめつ》する準備はできております」

ちょっと森に行くのに、なぜか緊迫した雰囲気に。

すっかりピクニック気分だった私は、大きな思い違いをしていたのではと震える。

「あの、おてつだいしましゅ……」

「大丈夫だ、ユリアーナは兄が守る」

「お嬢サマは、準備ができるまで待っててくれ」

いや、そうじゃなくて……。

セバスさんを見れば、笑顔で頷いてくれる。いや、だからそうじゃなくて。

「ユリアーナお嬢様もご準備を。マーサとエマに服を選ばせておりますから、お着替えしましょう」

「……あい」

そうはいっても、幼女の着替えなんて数分で終わってしまう。

まだお化粧とか必要ないし、髪型は森へ行くだけだから一箇所に結《ゆわ》えて、前髪をちょんちょこりんとまとめるくらいだ。

「おにわでまってよかな」

「お供いたします」

セバスさんと一緒にいる私を見て安心したのか、お兄様とオルフェウス君は準備に集中するみたい。

出発はお昼からになるとのこと。まだまだ時間はかかりそうだ。

ちょこっと落ち込みながら、いつもの東屋あたりまでテクテク歩いていると、芝生《しばふ》の真ん中に白い何かが落ちているのが見える。

「なんだろ?」

「お嬢様、いけません!」

セバスさんの制止する声よりも早く、芝生に落ちている白い大福みたいなものを、魔力でふわりと拾い上げる。

「だいふく、じゃない？」

「……ユリアーナお嬢様」

「セバシュ、ごめんなしゃい」

風の魔力で包んでいるから、動物に何かされることはないと思う。

それでも、ちゃんと調べないうちに触ったらダメだよね。ごめんなさい。

「小鳥ですね。どうやら寝ているようです」

「ことりしゃ」

どう調べたのか分からないけど、危害はないと判断して魔力に包まれた小鳥を私に手渡してくれるセバスさん。

幼女の両手サイズくらいの白い小鳥はもちもちの手触りで、大福みたいだ。

「あたたかいの。やーらかいの」

なぜ小鳥が芝生で寝ていたのか分からないし、セバスさんや私が触っても起きないのはおかしい。

飼われていたとしても、こんなに鈍感《どんかん》なわけがない……と思うのだけど。

すると、寝ているはずの小鳥が震えていることに気づいた。

「ことりしゃ、さむーい？　だいじょぶ、だいじょぶよー」

東屋に座った私は、膝の上に小鳥を乗せて優しく撫でてあげる。

何かに怯えているみたいにも見えるから、とにかく安心させないと。

そうだ。子守唄《うた》とかどうだろう。

「ねんねんー、ことりしゃー、いいこにー、ねんねんよー」

近くにいるセバスさんが「失礼いたします」と何かの魔道具を起動させている。

これなら安心だろうと膝の上を見たら、小鳥はパッチリと目を開けていた。

うむ。子守唄、効果なし。

26　森で真の何かを知る幼女

セバスさんお墨《すみ》付きの、安全な小鳥。

ぱっちりと目が開いているし、震えも止まっている。

「げんきになった？」

「きっと、ユリアーナお嬢様の子守唄（笑）が効いたのでしょう」

子守唄の後に何か付いたような気がするけれど、微笑みを絶やさないセバスさんは黙して語らずだ。

とりあえずへらりと笑顔を返した私は、ふたたび膝の上にいる大福……もとい、小鳥に目を向ける。

「ことりしゃ、げんきになったのねー」

「クル……ルルル……」

かわいらしい鳴き声？　をあげて、こくりと頷く小鳥さん。

あれ？　もしやこの小鳥、言葉が分かる？

「セバシュ！」

「なんでしょう、ユリアーナお嬢様」

「このことりしゃ、てんさいでは！」

「ぶほっ、ん、さ、さようでございますね」

なぜかセバスさんがそっぽ向いて震えているけれど、今はそれどころではないのです！

この白い小鳥さんは、珍しい小鳥さんである可能性が高いと思うのですよ！

「おにいしゃま！　オルしゃま！」

「どうしたユリアーナ！　……む？」

「お嬢サマ、その鳥は……」

ふたたび膝の上で震え出す白い小鳥。

もちもちの羽毛が膨らんで、ますます大福っぽく見えてしまう。

すると、つかつかと私の側にきたお兄様が、膝の上から大福……小鳥を取り上げてしまった。

「ことりしゃ！」

「だめだユリアーナ。これは小鳥ではない」

大福（仮名）は、お兄様の手の中で暴れることなく静かにしている。

これはもしや、お兄様の飼っている小鳥だったとか？

「落ち着け坊っちゃま、森で何かあったのかもしれないぞ」

「坊っちゃまと呼ぶな……そうだな、今は状況を把握する必要があるか」

お父様譲りの銀髪を揺らしたお兄様は、不敵に微笑んでみせた。

はう、かっこいいですよ！　でも今はそういう場合じゃない気がしますよ！

「森で、何かあったか？」

お兄様の問いかけに、こくりと頷く白い小鳥さん。

「お前が魔力不足になるまで……魔獣か？」

首を振る小鳥さん。

「しかし、お前が魔力不足で倒れるほどの存在か？」

こくりと頷く小鳥さん。

なるほど、森に魔獣じゃない強い何かが現れた……と。

あれ？　それってヤバくない？

お父様もお師匠様も不在の時に事件が起きるなんて……。まさか、二人の留守を狙ったとか？

「ユリアーナは屋敷に……」

「おにいしゃまと、いっしょにいきましゅ！」

「坊っちゃま、ここに残すほうが危険だ。俺が必ず守るから連れて行ったほうがいい」

「坊っちゃまじゃない、ヨハンと呼べ」

「了解、ヨハン様」

「それに、お前に言われなくても、ユリアーナは私が守る」

「了解」

あれ？　お留守番かと思ったら、違うのね？

「ユリアーナお嬢様は、隙あらばひとりで森に行ってしまうでしょうね」

ん？　おてんば認定されている？

そんなことないよ。ちょっと魔力を練ってちょちょいのちょいってやるだけだよ。

「セバスも来てくれ。ユリアーナを見ているように」

「かしこまりました。暴走しないようしっかりと見ておきます」

暴走なんてしないよ！　ちょっとだけだよ！


白い小鳥さんは、オルフェウス君の頭に乗っている。

確かに鳥の巣みたいに黒髪があっちこっちに跳ねているけれど、さっきみたいに膝の上に乗ってってくれてもいいのになぁ。

「ユリアーナ、疲れていないか？」

「あい」

「いつでも兄が背負ってやろう」

「あい」

そして私は、セバスさんに子ども抱っこしてもらっているのです。

疲れるわけがないよね！　ハハッ！

庭から入る森は、最初はまばらだった木々も徐々《じょじょ》に多くなって、緑も濃くなっていった。生えている草花も、シダのような日陰でも育つ植物へと変わっていき、樹木ひとつひとつが大きくなっていくのを感じる。

前世で旅行した、巨大な杉の木がポコポコある島を思い出すよ。森の精っぽいものがいても不思議じゃないよ。まぁ、確実に魔獣はいるけど。

「ここらへんは、まだ人の気配がするな」

「うちで雇っている獣人たちが、定期的に魔獣を駆除している」

「ああ、そういや大規模な人身売買組織が壊滅したとか聞いたな。なるほど」

「ユリアーナの功績だ」

ふぇっ!?

お兄様から突然お褒めの言葉をもらって、思わずアワアワ慌ててしまう。

いや、アレは私じゃなくて、前世の知識というか原作者チートというか……ともかく、褒められることではないのは確かだ。うむ、よきにはからえ。

「なるほど……それで、希少種の獣人が人族《ひとぞく》に従っているのか」

「ペンドラゴン殿の奥方もいる」

そう言ったお兄様の言葉に、オルフェウス君の頭にいる小鳥さんが「クルルル……」と鳴く。

「ことりしゃ、げんきになった？」

「んー、まだ自力じゃ飛べないっぽいぜ」

「……まったく、困ったものだ」

なぜか呆れ顔で小鳥さんを見ているお兄様に首を傾げていると、不意に視界が開けた。

「わぁ……すごい……」

木の高さは変わっていないけれど、地面がぐんと下がっている。崖《がけ》のようになった地形の下から生えている巨大な木々、大きく広がる枝を生かして作られたツリーハウスが至る所にある。

「森で仕事をしている、獣人たちの居住区だ」

「圧巻だなぁ」

お屋敷から見える森は広いけど平坦な感じだったのに、まさかこういう地形になっていたとは……。

崖の下は暗くて、覗いてみればお尻がゾゾッとする。

「ユリアーナお嬢様、ご安心くださいませ。我らがおりますから」

「ありがと、セバシュ」

ぶるった（死語）のがバレるのは恥ずかしいけれど、セバスさんの抱っこはお父様の次に安定感抜群なので怖くないですよ。

ほっこりしていると、遠くの木々の間を縫うように、白い塊《かたまり》が飛んで……こっちに向かってくるよ!?

なんだアレは！　鳥だ！　飛行機だ！

いや、やっぱり鳥だ！

だがしかし！　鳥だけどなんか変だぞ！

なんかすごく、めちゃくちゃでかい鳥がキタコレ！

「クルルルル！　クルッポー！」

でかくて真っ白な、鳩《はと》ぽっぽーっ!!

27　生命の輪と幼女

バッサバッサという羽音と共に、強い風が一気にぶわっと吹いて思わず目を閉じてしまう。

「ふぉっ!?」

「大丈夫ですよ、お嬢様」

背中を優しくポンポンと叩くセバスさんに、しがみついていた私は恐る恐る目を開くと……。

「ふわぁ！　びじんさん！」

「あら、嬉しい言葉をありがとう」

そこに居たのは、真っ白なドレスを身にまとった麗人《れいじん》だ。

ボンキュッボン（死語）の体にぴったり合わせたドレスは鳥の羽根で作られていて、マーメード風に裾《すそ》は長い羽根で広がるようになっている。

真っ白な髪と、同じ色の長い睫毛《まつげ》に縁取られた瞳は輝く琥珀色《こはくいろ》だ。

そして私は、ようやく気づく。

さっきまで飛んでいた、大きな白い鳩がいないことに。

「おっきぃとりしゃ、びじんさんだった？」

「そうよ。小さいのによく気づいたわね」

任せてください。中身はアラサーですから、ばっちこい？　なのです。

そしてその真っ白な羽根は、どこかで見たことがありますよ。

「おししょ、おくしゃ」

「正解よ。ふふふ」

なるほど。希少種と聞いていたけれど、あの大きな鳩だったとは……勝手に孔雀《くじゃく》みたいなのをイメージしていたので、申し訳ない気持ちになる。

「ペンドラゴン殿の奥方、お久しぶりです」

「フェルザー家の子ね。うちの息子が迷惑かけたみたいで……」

「いえ、森の異変を知らせてくれました。魔力不足のようですが……」

丁寧に一礼しながら会話するお兄様の格好よさに見惚れていると、鳥の奥さんはオルフェウス君の頭を呆れたように見る。

「修行不足ね」

「クル……」

美女の言葉に身を縮こませる小鳥さんは、さらにまんまるの大福状態になっている。

ふぉぉ、めっちゃさわりたい。もちもちしたい。

「黒髪君、息子の巣になってくれて感謝するわ」

「巣になったつもりはないし、黒髪じゃなくてオルフェウスだ。オルでいい」

「ありがとう、オル君」

息子!? あんなに大きな鳩さんが、小鳥さんのお母さんだったの!?


鳥の奥さんの案内で、お師匠様が施《ほどこ》したというフェルザー家専用の移動魔法陣から居住区へ入ることができた。崖を降りるイベントとか無くてよかったよ。

応接室として使っているツリーハウスの中で、ゆったりとティータイムする私たち。

鳥の奥さんが手のひらに息子さん（小鳥大福）をのせて、「クルクル、クルッポー」などと会話をしている姿はとても微笑ましい。

実際の彼らは真剣に会話しているのだろうけど……あ、大福が膨らんだ。

目をキュッとさせれば、魔力が移動しているのが見える。魔力をいったりきたりさせるのって結構難しいらしいけど、親子ならわりといけるってお師匠様が言ってたよ。

どんどん大きくなる大福。やがてそれは風船のようにポフンと弾けた。

「ありがとうございます。もう大丈夫です」

現れたのはお兄様と同年代の美少年だった。鳥の奥さんと同じく真っ白だけど、前髪だけ虹色になっている。

母親はドレッシーな感じだったけど、彼が身にまとうものはチュニックとズボンというシンプルなものだった。

息子はお母さんと違って、鳥になると小さくなるのかぁ。また抱っこさせてくれないかなぁ。

「ことりしゃ、いないの」

「おい、ユリアーナが寂しがっている。今すぐ鳥になれ」

「ヨハン、性格が変わりましたか？」

呆れ顔の元小鳥さんに、オルフェウス君は苦笑しながら二人の会話を遮る。

「それよりも、何があったのか説明が先だろ」

「ああ、そうです。精霊の森に王が生まれました」

「なんですって⁉」

大きな声を上げる鳥の奥さんに、思わずビクッとしてしまう私。セバスさんに背中をぽんぽんされて落ち着きました。すんません。

……あれ？　今気づいたんだけど、私ずっとセバスさんに抱っこされたままだった？

「お気になさらず」

腕とか疲れてないの？　と抱っこされている腕を撫でれば、ふむふむ、これはなかなか良き筋肉をお持ちですねと納得。さすセバ。

ところで精霊王が生まれるのは重要なことだとは思うけど、鳥の奥さんと息子さんの慌てっぷりを見ると、獣人さんたちにとって大事件なのかな？

そんな私の気持ちを代弁するかのように、お兄様が鳥の奥さんに問いかける。

「精霊王は、危険な存在ではないと書物にあったが？」

「森に住む者たちにとって、精霊王は何よりも尊《たっと》ばれる存在なのよ。でも、生まれるには色々な条件があって……」

うーん、うーん、ユリアーナの中にいる私、今すぐ設定を思い出すのだー。

精霊王は、その名の通り精霊の王。

精霊の生まれる場所の条件は人が少ないこと。

森とか山とか湖とか、分かりやすく言えば空気の綺麗な場所。

そんな綺麗な場所にいる精霊たちの王が生まれるには、めっちゃくちゃ綺麗な空気が広範囲にないとなんだけど……。

「ふむ、魔獣を狩り過ぎたか」

「んんーっ！　悔しい！　絶妙なバランスで魔獣を狩っていたのにっ！」

「新規で入った獣人たちが、張り切ってしまったようです。それを止めようとしたのですが、魔力が切れて……」

「新しい子たちって狼族《おおかみ》ね。アレは私と夫の二人じゃないと、止めるのは無理よ。あの子たちには説教（物理）するとして、さてどうしたものかしら……」

はぁ……と悩ましげに吐息を漏らす美女。

「せいれいおう、だめなの？」

「生まれてしまうと、大変なのよ。ほら、尊い存在だから、それなりにお世話しないといけないし」

「おせわ……」

なるほど。

東京の本社のお偉方が突然、地方の支店に「ご来訪！」みたいに来ちゃうと、急な接待でクソ面倒だなこちとら通常業務と並行でアンタの相手するんだマジで迷惑なんだけどってやつですね。すごくよくわかります。

おっといけない。急に会社勤めしてたころの記憶がフラッシュバックしちゃった。

「ユリアーナ、大丈夫か？」

「あい、おにいしゃま」

こくりと頷く。そして、セバスさんの腕をタップして、某獅子《しし》アニメ映画のように高く掲げてもらう。

「せいれいおう、あいにいきましゅ！」

ばばーん！　噛みました！

◇とある文官の諦《あきら》め

私の上司である、ランベルト・フェルザー。

彼は侯爵という爵位《しゃくい》を持ちながらも、平民に対して……いや、誰に対しても態度を変えることなく「全ての人間に対して平等」だ。

上司として、ひとりの人間として、私は彼を尊敬している。

しかし最近、上司の「全ての人間に対して平等」という姿勢について、崩れつつあるのを感じていた。

「マリク」

「はい」

「セバスから何か……」

「きておりません」

「……そうか」

目の前の平原で繰り広げられているのは、騎士団の演習である。

されど現在、上司であるランベルト・フェルザーが気にしていることといえば、自宅の執事からくる定期連絡だった。

「こちらから連絡を入れましょうか？」

「それは……しなくていい。留守番をしているユリアーナの邪魔をしたくはない」

「はぁ、さようで」

いつからだろう。

人形のように無表情だった上司が、まるで初恋に悩む少年のように「ユリアーナにだけは嫌われたくない」などと頬を染めて部下《わたし》に助言を求めるようになったのは。

そして、毎日のように「ユリアーナの愛らしさ百選」を語られるようになったのは。

ちなみに三日後に百を超えたため、実際の数は不明である。というよりも、元から選ぶつもりは無く全部だと言う気満々だったのだろう。うん知ってた。

「マリク」

「はい、演習は今日から三日間の予定となっておりますが」

「……そうか」

「我らは恐れ多くも国王陛下の代理人として、騎士団の演習を見届ける必要があります」

「……そうか」

この説明も何度したことだろうか。

明日から演習に加わるアズマ国との共同演習は、対魔獣戦において必要なものだ。定期的に魔獣を討伐することは騎士団の任務であり、それを怠《おこた》ると魔王と呼ばれる存在が生まれてしまう。

手の届かないところは冒険者《ハンター》と呼ばれるものたちに依頼するが、だからといって騎士団が不要になるわけではないのだ。

早く帰りたい気持ちは分かる。自分にも妻と子がいるし「パパ早く帰ってきてね」と涙目で見送られてここにいるのだ。むしろ上司が帰ると言えば激しく同意するだろう。

「この演習があるからこそ、将来の子どもたちの憂《うれ》いを払えるのです」

「……そうだな」

フェルザー様も理解はしているのだろう。

それでも、人形だった頃には無縁だった「感情」というものに、もしかしたら初めて振り回されているのかもしれない。

まぁ、これは私の想像でしかないのだけれど。


夜、野営《やえい》をする私たちの天幕《てんまく》に、一羽の連絡鳥が飛び込んできた。

これは鳥の形をしている魔道具で、手紙や小さな荷物を運んでくれる。

「マリク」

「はっ、問題ございません」

これは家族にも秘密にしている事だが、私は『悪意を感知する』という特技を持っている。

それは人だけではなく、手紙などの物にも反応するため、フェルザー様だけではなく、時には陛下からも重宝されるというありがたい能力だ。

秘密にしているのは悪人から身を守るためだが、私の家族のためでもある。この特技をそれとなく上司に伝えたところ、家族のためにも絶対に秘密にしろと言われ、公表しないという誓約書を自ら進んで書いてくださった時には、いたく感動したものだ。

連絡鳥をフェルザー様に渡すと、周囲を凍てつかせるような目が少し緩む。

どうやら待ちに待っていた執事さんからのものらしい。

正直ホッとした。これで明日から、同じやり取りをする必要はなくなる。

「マリク」

「なんですか？」

「映像だ」

「お留守番をされているという、お嬢様の映像ですか？」

「うむ。息子のもある」

「よかったですね」

連絡鳥のポケットから出てきた小石くらいの魔道具を持ったまま、動かなくなるフェルザー様に私は首を傾げる。

「映像を出す魔道具は持ってきてましたよね？　それを魔道具に入れれば見れるのでは？」

「うむ」

いや、うむじゃなくて、早く見ればいいじゃないか。

あ、そうか。

「すみません、私はお邪魔でしたね」

「いや、マリクはそこに居てくれ」

「ですが……」

「映像を確認したいのだが……不安がある」

「不安ですか？」

「うむ」

いつになく神妙《しんみょう》な様子のフェルザー様に、私は思わず背筋を伸ばす。

心なしか空気も冷んやりとしていて……？　ん？　もしやフェルザー様の魔力が漏れてる……？

「フェルザー様、連絡鳥にある手紙には緊急と書かれておりませんし、楽な気持ちで確認してはどうでしょう？」

「うむ」

なぜか緊張している上司の様子に笑ってしまいそうなのを堪えつつ、演習で使用するために持ってきていた映像用魔道具の準備をする。

映し出されるのは笑顔でお茶の時間を過ごす子どもたちだ。少年もいるようだが、立っているところを見ると護衛か侍従だろう。

私が見るのもどうかと思い、天幕に置いてある荷物を整理していると、妙な歌が聴こえてくる。

『ねんねんー、ことりしゃー、いいこにー、ねんねんよー』

なんだろう。このなんとも言えない、モヤモヤする感じの音階《おんかい》は。

子どもの声ではあるが、もしや映像の中で巧妙《こうみょう》に仕組まれた……呪歌《じゅか》か!?　ご息女の画に載せるとは卑劣《ひれつ》極まりない!!

「フェルザー様!?」

「ぐふっ……!!」

振り向けば、魔道具から映し出されたのは愛らしい幼女だ。白い小鳥を膝の上に乗せ、懸命に歌っているのだが……さっきから流れる微妙な歌は、この子なのか？

崩れ落ちるフェルザー様は、驚くことにハラハラと涙を流していた。

「なんと……愛らしいのか……天使の歌声……かくや……この場に居なかったとは……一生の不覚……!!」

なんということだ。上司の聴力について疑いを抱くことになってしまった。よい医者を探しておかねば。

確かにご息女は愛らしいが、この歌を聴いて天使とか言っている上司は正直どうかと思う。

そして、それとなく自分の身に変化はないのを確認し、呪歌ではないことに安堵《あんど》する私。

『父上、報告します。森で精霊王が生まれたとのことです。ペンドラゴンの奥方と話し合い、真偽《しんぎ》を確認いたします』

あ、やっとまともな息子さんが出てきた。

精霊王が生まれたのは、めでたいことなのかな？　フェルザー様の眉間に、いつもより多くシワが寄っているところを見ると良くないことかもしれない。

『ユリアーナの歌についてですが、愛らしさが天元突破《てんげんとっぱ》しております。たとえるなら天使か精霊かと迷ってまして、ぜひ父上と話し合いの場を設けたく存じます』
ダメだ。息子もダメなやつだった。しかもがっつり泣いているし。
フェルザー様も「うむうむ」じゃないし。仲のいい親子で何よりですけど。
はぁ……これはもしかすると、予定を大幅に変更することになりそうだ。
今回の遠征に平穏を求めるのは諦めるとしよう。

28　森の奥で生まれしモモ

精霊王に会いに行くという私の案は、すんなり許可された。

例のごとく「留守番させたら暴走して追いかけてくる」という、お兄様の的確？　な判断によるものだ。

だから暴走はしないって言ってるのに。口には出してないけど。

静かに粛々《しゅくしゅく》と追いかける所存《しょぞん》。つまり結果、追いかける感じになるが。

獣人さんたちから『精霊の森』と呼ばれている場所は、元々普通の森だったらしい。

特定の条件が重なり、精霊や精霊獣が集まるようになって、一種の神聖な地が出来上がってしまったと鳥の奥さんが教えてくれたよ。歯を食いしばりながらだけど。

「弱い魔獣まで狩ってしまったら、精霊王が生まれやが……お生まれになるのよ。でも、時期が早すぎるのが問題なの」

「じき？」

「悪しきものが集まって、生まれる魔王。同じ時期に精霊王が生まれて、勇者に聖剣を授ける……それが、世界の営《いとな》みというもの」

「まおう、まだ、いない？」

「ふふ、さすがフェルザー家の子ね。とても聡いわ」

いえいえ中身がアラサーなだけですから、おかまいなく。

そうそう、うっかり忘れていたけれど、この世界では「魔王」や「勇者」がいる。

彼らは役割としているだけで、私の作品では重要なポジションではないのだけど……。

「せいれいおう、でばん、まだだった、ざんねん」

「ぶほっ!!」

「んぐっ、ユリアーナ、さすがにその発言は不謹慎《ふきんしん》、だ」

オルフェウス君が吹き出す横で、不自然に喉を詰まらせるお兄様。はい、ごめんなさい。

私を子ども抱っこしているセバスさんの上腕二頭筋から微振動を感じますよ。何ですかそれは。

笑うなら思いきり笑ってくださいよ。

「ふふ、では、遠慮なく、ぷぷっ、くすくす、ぷすすーっ」

ぐぬぬセバスさんめ。私《ユリアーナ》のこと笑うなんて、さては馬鹿にしているのか？　許さん、許さんぞー。

精霊王の居る場所まで馬で半日と言われていたけど、なぜかあっという間に到着。森と森を繋ぐ近道が開いたのだ。

森に住む獣人と精霊が一丸になれば、造作ないことらしい。

「父さんなら魔法で移動を短縮させたりするでしょうね」

「おししょ、しゅごい」

「ユリアーナ、兄も移動を早めることくらいはできるぞ」

「ヨハン様、なにも国一番の魔法使いと張り合わんでも……」

そうだよ。魔法と向かい合う真面目さで比べたら、ダントツお兄様がトップだと思うよ。


獣人たちと精霊によって、開かれていた森が閉じる。

それまで薄く青みがかった森の景色が、色濃く緑を滲《にじ》ませていくのは圧巻だ。

「こうやって、森は開いたり閉じたりするのよ。あと、精霊のいない森は眠りについているから、精霊と仲良くなれば道を起こしてくれることもあるわ」

「もりが、おきると、どうなるの？」

「魔獣がいっぱい出てくるから、楽しいわよ」

それが楽しいのは貴女だけですから！　残念！

ちなみに今私たちのいる森は、とある獣人さんたちが魔獣を狩りまくったので、数ヶ月は魔獣が出てこないそうだ。

オルフェウス君が舌打ちしている。うんうん、そうだよね。冒険者から見れば、お仕事取られちやった感じだよね。

「きゅっ!!」

「むぎゅっ!!」

突然、薄茶色のかたまりが目の前に飛び込んできた。しかも、顔全体にフェイスパックのように貼り付いてきたので、息が、息がくるし……。

「ユリアーナお嬢様！」

「むぐぐ、むぐぅ」

セバス剥がして、と言ったつもりの私。

言葉は通じずとも息苦しさは伝わったのか、顔に貼りつく物体をベリッと剥がされる。やっと呼吸ができるよ。すぅーはぁーすぅーはぁー。くんかくんか。

「なんだろ、これ」

セバスさんの指で首根っこを摘ままれ、ぶらーんとぶら下がっている茶色の生き物。

クリッとした黒目と、ぴこぴこ動く鼻と口元に思わず顔が緩んでしまう。

さらに言えば、真っ白な毛に包まれたお腹と、手足についている……これはもしや、モモンガ？

モモンガなのか？

ちなみにムササビには尻尾にも飛膜《ひまく》がついていて、モモンガよりもデカい。

「かぁいい、このこ、かぁいいねぇ」

「精霊獣……で、ございますか……」

そう言いながら、持っていたモモンガを私に渡してくれるセバスさん。

私（幼女）の両手サイズのモモンガ、どうやら害はないようだ。モフモフ小さくてやわらかくて、ほんわりとあたたかい。

「なんだか悔しいです」

「ユリアーナの愛玩《あいがん》動物にはなれず、残念だったな」

「え、なにそれ？　愛玩されたかったのか？」

獣化《じゅうか》すれば小鳥になるお師匠様の息子さんがなぜか悔しそうに呟く。

そんな彼を慰める？　お兄様と、ドン引きするオルフェウス君。

「ちょっと息子、どこに精霊王がいるの？　ここで生まれた形跡はあるけど、気配を探っても見つからないのよ」

「おかしいですね。確かにここで生まれた精霊王が……」

精霊の好きそうな濃い森の空気に包まれながら、私も辺りを見回す。

森の中にポツンとある、開けたこの場所には綺麗な泉があって、水晶で出来た卵の殻《から》のようなカケラが、そこいらにたくさん散らばっている。

両手で包みこむように持っていた私は、手をペチペチと叩かれる。

はぅっ！　ペチペチ叩くモモンガちゃんカワユス！

「きゅ」

「ん？　なぁに？」

「きゅきゅ」

「え、せいれいおう、かえっちゃったの？」

「きゅー」

なんとなく頭に入ってくるモモンガちゃんの言葉。

言葉が話せなくても通じるこの感覚って、もしかしたらお父様が私の心を読むみたいなのと同じかしら？

いや、今はそれどころじゃないか。

「とりのおくしゃま、このこがおしえてくれまし」

「あら、小さくてかわいい精霊獣ね」

「えっと、いまはでるときじゃなかった、まちがえた、だからいったんかえった。……だって」

「間違えた、ね。確かに、精霊王ほどの強い存在が、順番を守らず出てしまうのは危険極まりないわね」

「きけん？」

「大きな力ほど、動かすのは危険なのよ。世界の理に背《そむ》くことになりかねないから」

世界の理に……背く!?

もしやそれって、私のしていることもヤバいのでは!?

「きゅ？（いや、そんな大きな力を持ってきてはいないぞ？）」

手の上にのっている毛玉から、急に明確な声が頭に入ってきた。さっきまで何となくしか伝わらなかったものが、今ではハッキリと分かる。なにゆえ？

「きゅきゅ（我の力と相性が良いのであろうな）」

しかも私が話さなくても伝わってる。精霊獣ってめちゃくちゃ高性能？

「きゅー。きゅきゅ（そんなわけがなかろう。我は精霊王であるから、この仮の体でも意思疎通《そつう》が可能なのだ）」

え？　精霊王？　出てきたの？

「きゅ……きゅきゅ（精霊界から力の一部が漏れた時、ちょうどよき毛玉もあり……ならば入っても構わんだろうと）」

いやいや構うでしょう。獣人さんたち、めっちゃ迷惑そうだったし。

それに世界の理に背いたら大変じゃない！

「きゅきゅ（そなたからは理を感じぬ。故に我が出てこれたのだ）」

え、ちょ、まって！

これって私のせいなのー!?

29　好奇心は幼女をも苛む

「きゅきゅーきゅきゅきゅっ！（いや、我も悪かったとは思う。でもな？　精霊界にいる我の前に突然清浄なる気が満ち溢れれば、出番がキター!!　と思うものだろう？　な？）」

「うん、でも、じきがちがうって」

「きゅきゅ……（だからそれは、間違えてしまったと言っておろう……）」

「だれにでも、うっかりはある」

「きゅ（うむ、反省はしておるが、後悔はしていない）」

私の膝の上で、お目々をくりくりさせているモモンガさんは、一生懸命言い訳をしている。

だがしかし、残念なことに彼？　の言葉は、私にしか通じていないようだ。

なぜ意思疎通が出来るのかというところについては、精霊獣と相性がいいのだろうということで納得されてしまった。いや、精霊獣に見せかけた精霊王なんだけどね……この毛玉……。

簡単なやり取りくらいならば、この世界の精霊獣あるあるらしい。知らんけど。作者なのに知らんけど。

「ユリアーナ、その小さな精霊獣は何を話している？」

「せいれいおうさまが、うっかりさんというおはなしです。おにいさま」

「そうか」

現在の私たちは、森の中で『精霊王が生まれて、すぐ消えてしまった場所』を調べている。問題がないようなら、獣人さんたちの居住地に戻ってお泊りの予定だ。

切り株《かぶ》に座っている私と、膝の上にいるモモンガさん。そして右側にはお兄様、左側にはセバスさんがしっかりとガードしてくれている。最強の布陣《ふじん》というやつだね。

ちなみに、オルフェウス君はお師匠様の奥さんと息子さんと共に行動している。

「それにしても、精霊王という存在は伝説だと思っておりました」

「勇者や魔王もいるという。ならば精霊王もいるだろう」

「きゅっ！（そのとおりだ！）」

いやモモンガさん、そんなキリッとしたお顔をされても、お兄様には通じてないですよ。

それにモモンガさんが「我が精霊王ということは言うな」って、私に口止めしたの、もしや忘れているとか……。

「き、きゅぅ……（わ、忘れてはおらぬ……）」

慌てて、私のポンチョのフード内に入り込むモモンガさん。雨が降っても大丈夫なように、フード付きなのが気に入ってる。今はモモンガさんの巣？　になっちゃってるけどね。

セバスさんが周囲を警戒しながら、話を続ける。

「伝説というものは、歴史上起こった出来事を象徴するためのものだと思っておりました。たとえば自然災害のようなものとか……」

「研究者たちの中では、その説が強かったようだ。しかし山や森の民たちの中には長く生きる種族もある。彼らはそれが何なのか知っているのだろうな」

「ああ、ヒト族至上主義の研究者のせいでしたか。まったく、アレらは害でしかありませんな」

ふむふむ、中の人がアラサーだから、ざっくりだけど分かってきたよ。

どの世界でも、差別っていうのは無くならないらしい。

幸いなことにフェルザー家は獣人さんとか差別をしないけれど、そうじゃない人たちもいるってことか。

「きゅきゅ（精霊界とは違い、ずいぶんと小さなことで争うものなのだな）」

「あらそいはダメ。かわいそうなの」

「ユリアーナは優しいな」

お兄様に頭を撫で撫でされて、顔がふにゃっと緩んだ私はハッとする。

「おにいしゃま、あたまをこっちに」

「む？　頭か？」

不思議そうにしながらも、屈んで私の前に頭を出してくれるお兄様。サラサラとしたお父様譲りの銀髪が、日の光でキラキラと輝いている。ふぉ、すごく綺麗。

「おにいしゃまも、がんばってるの、なでなでー」

「⁉」

私だけじゃない。お兄様も「あの女」の犠牲者だ。

ユリアーナにはアラサーの私が入ったから、寂しさには耐えられた。それにお父様とお兄様、たくさんの人が優しくしてくれている。

お兄様にも優しくしてくれる人はいるだろう。でも、家族はお父様と私しかいないし、あと数年で成人する男子の頭を撫でてくれる存在って、なかなか居ないと思うんだ。

「……ユリアーナ」

「あい？」

「……ありがとう。兄は、嬉しい」

「あい！」

撫でているとお兄様の耳が赤くなるけど、そこは見なかったふりをする。セバスさんも「ふむ、あの雲ですと夜半に雨が降るようですね」なんて知らんぷりしてくれている。

え、ちょっと待って、夜半に雨が降るの？　森の移動は大丈夫なの？

幼女特有の雑さで、お兄様の髪はクチャクチャになってしまったけど、本人はご満悦といった感じだから良しとしよう。髪を整えようとするセバスさんを止めてたくらいだし。

見回りから戻ってきたオルフェウス君に、しこたま笑われたお兄様が結構な攻撃を繰り出していたけれど、それは些末事《さまつごと》なのだろう。うむ。

「きゅきゅっ!!（というわけで、我はユリアーナについていくぞっ!!）」

「なぜ」

「きゅーきゅっ!!（いつも世界の危機にしか出てこれないのだし、平和な時期を満喫したいのだっ!!）」

「つまり、あそびにきちゃったやつ」

「きゅ！（そうとも言う！）」

「ばつとして、おなかをもふもふ」

「きゅっ!?（ちょ、それは!?）」

自称、精霊王のモモンガさん。ドヤ顔が鬱陶《うっとう》しいので、お腹の柔らかい部分をモフモフしてやることにしました。

え？　なに？　そこは弱い？　ふにゃふにゃになっちゃう？

ふははは聞こえんなぁ！　さぁ、幼女の容赦ない手技《しゅぎ》に酔いしれるがいい！

「ユリアーナ……それほどまでに精霊獣のことを……くっ!!」

「ぷっ、ヨハン様、そんなちっこい動物に妬《や》いてんのかよ」

「おにいしゃま、あとでいっぱいなでなでしましゅ！」

「ユリアーナ！　兄は嬉しいぞ！」

「ぶっはー!!」

「何やってんですか、アンタたちは……」

ひと通り森の中を調べ終えたお師匠様の息子さんは、呆れ顔でツッコミを入れている。

お兄様の言動がツボにハマッたオルフェウス君は、口の中に魔力の氷を突っ込まれていたけど、ガリゴリ噛み砕いてしまう。すごいね。歯が丈夫なんだね。

「ほらほら子どもたち！　雨が降りそうだから帰るわよ！」

いえす！　まむ！

鳥の奥さんのひと声で、私たちは背筋をピシッと伸ばしました。

「この場合、子どもたちの中に私も入るのでしょうか？」

ぽつりと呟くセバスさんに、同情を込めた視線を送る私、ユリアーナでしたとさ。

30　幼女と虚《うつろ》なる者たち

なぜ、この場所にいるのか分からなかった。

ただひとつ理解したことは、身ひとつで知らない部屋にいるということだった。

「まど、ない。どあ、あかない。ひとりだけ」

うう、どうしよう。

中身の由梨《アラサー》はともかくとして、この状況は幼女《ユリアーナ》にとってトラウマの再現でしかない。

閉じ込められて、孤独で、ひもじくて……。

「せめて、ごはんをたべていれば」

私たちは雨が降る前に到着しようと急いでいた。

獣人さんたちの居住区の手前で魔獣が現れたのを、手早く討伐するためにセバスさんも戦闘に加わったのだ。

でも雨が降ってきちゃって、私は木陰に入ろうと少しだけ動いたら……このザマだ。

木で作られた部屋。家具も何もない、ただの四角い箱のような空間。

どういう原理か分からないけれど、部屋の中は真っ暗ではなくて薄暗い状態になっている。それはそれで怖いけれど、真っ暗よりはマシかも。

「おなかすいた、だれもいない、ふぇ……」

うう、ダメだ。涙がブワッと盛り上がってきた。

「きゅっ！（我もいるぞっ！）」

「モモンガしゃん！」

しゅるんと引っ込む涙をそのまま飲み込んでいると、フードの中からモモンガさんが出てくる。

ああ、良かった。トラウマシリーズ「孤独」については排除完了だね。

「きゅきゅーきゅ！（すっかり寝ていて不覚をとったが、我がいれば大丈夫だ！）」

「モモンガしゃん、おねむ、つかえない？」

「きゅっ⁉　きゅきゅーっ‼（なっ⁉　そんなことはないぞ‼）」

慌てた様子で、モモンガさんは部屋中をシュタタタッと駆けまわる。なんだどうした？

「だいこうふん？」

「きゅっ！　きゅきゅっ！（違う！　この部屋は何か調べていたのだ！）」

「なにかって？」

「きゅきゅ（ここは普通の部屋ではない。どうやらまだ森の中にいるようだ）」

「もりから、うごいてない？」

「きゅ、きゅきゅ。きゅー。（うむ、我らは箱のようなものに入れられたようだな。特定の何かだけを入れるような陣が天井に描かれている）」

なるほど。部屋が真っ暗じゃないのは、天井に魔法陣があるせいか。

魔法陣については、お師匠様から習っている。

幼女だから描くことはできないけれど、どういう意味なのかは読めば分かる。精霊王のモモンガさんも分かるみたいで、暗い部屋の中でも夜目《よめ》を使って調べてくれた。

「きゅ、きゅ、きゅきゅ！（獣と、人と、高い魔力が同時にあった時に反応するようだな！）」

「けもの……」

どやぁとお腹の白い毛を見せびらかしているモモンガさんを見る。

「ひと、まりょく……」

ふむ。なるほど。

「とゆことは、これはモモンガしゃんのせいということでしゅ」

「きゅーっ⁉（なんですとーっ⁉）」

半分冗談だけど、半分は本気だ。

この魔法陣は、高い魔力を持つ獣人さんを捕まえる罠《わな》ってことだ。

今回の件の起因は、高魔力を持つ幼女がフード に獣（モモンガさん）を仕込んでいたという、条件が奇跡的に一致したことによるものだ。（ばばーん！）

「むぅ、まだあきらめていなかったのか、やちゅら」

シリアスに決めたいところだけど、早々に噛んだよちくしょう。

奴らというのはもちろん、希少種の獣人さんたちを捕まえて人身売買しようとする組織のことだ。

それと、実はさっきから気になっていることがある。

「まりょく、すわれてる？」

「きゅ……（えげつないのう。中に入った者から魔力を奪い、この状態を維持させるようになっているぞ……）」

やっぱりそうか。天井の魔法陣が細かすぎて、読み解いたけど自信がなかったんだよね。

モモンガさんと同じ答えだとすると、困ったものだと眉間にシワが寄ってしまう。

魔力を使いすぎると動けなくなる。それは多い少ない関係なく、残りの魔力の割合で決まるのだ。

やっかいな罠に、思わず「ぐぬぬ」となる。

「……どうしよう」

「きゅきゅ？（魔力の残りが少ないのか？）」

「ちがうの。このわな、たぶん、ほかにもあるの、こまるの」

「きゅきゅ！（魔法陣の臭いを記憶したから、我が探せるぞ！）」

「モモンガしゃん、しゅごいー!!」

「きゅ！　きゅきゅ！（うむ！　褒めよ讃《たた》えよ！）」

「モモンガしゃん、さすがー‼」

「きゅ！　きゅきゅ！（うむ！　これでフードで寝ていた件は許せ！）」

「それはべつでしゅ」

「きゅーっ⁉（なんですとーっ⁉）」


暗い部屋の中、ぼんやりとした淡い光が浮かびあがる。

蠢《うごめ》く影は二つ。

「かかった」

「何人だ？」

「一人」

「少ないな」

「あの森は難しい」

「回収は？」

「この時間なら、気づかれるのは夜明けだろう。すぐに行く」

部屋の中で会話するのは二人のはずだ。しかし、やり取りだけを聞いていれば、まるで一人の人間が話しているようにも聞こえる。

二つの特徴の無い声は会話を終わらせると、音もなく壁にかかっているフードを身につけた。

暗い部屋の中で蠢く二つの影。しかしその影が闇に溶け込むことはない。

彼らが身にまとうのは、闇の黒ではなく虚な灰色。

「あの方に捧げるために」

「すべてを捧げるために」

特徴のない声が消えると、体温のない部屋だけが残る。

まるで最初から誰もいないかのように、そこには何もなかった。

31　氷魔法の有効活用

『おいっ！　お嬢様はどこだっ！』

『ユリアーナお嬢様⁉』

『……近くにいるはずだ』

おお、さすがにお兄様は冷静だ。もしかしたら兄妹センサーみたいなのが働いているのかもしれない。今考えたやつだけど。

真っ先に気づいたのはオルフェウス君で、セバスさんは私が罠に捕まった場所を正確に捉《とら》えていた。

でも悲しいかな、こういう罠は、発動した瞬間に痕跡《こんせき》がなくなる作りになっているんだよね。ちくしょう。

精霊王であるモモンガさんの力を借りて、精霊さんたちに水鏡《すいきょう》を出してもらっている。

頑張れば私にもできそうなんだけど、今この場所で魔法を発動させようとしても魔力を動かすと吸われちゃうのよ。ぐぬぬ。

力がほとんどないモモンガさんでも、精霊さんたちと意思疎通はできるとのこと。魔力の後払いで精霊さんの助力を得られるよう、なんとか交渉してもらったのだ。

「きゅきゅー（本来の我であれば、このような罠など吹けば飛ぶようなものであるのに）」

「まりょく、いっぱいつかってもいいけど」

「きゅきゅきゅ（魔法陣を壊しても、この空間がどうなるかわからぬ。地中にあるゆえ、生き埋めになる恐れもあるぞ）」

「だよねー」

「きゅーきゅ（それよりも、ここにいることを外の輩に知らせるべきであろう。ここからは近いうちに出ることになるだろうからな）」

「そう？　なら、おにいしゃまたちにしらせないと！」

水鏡の中で必死な様子のお兄様たちに向けて、私はそっと指先をのばす。

「かぜのせいれいしゃん……おねがいしましゅ……」

「きゅーきゅきゅ（風の精霊よ、精霊王の名において我が庇護《ひご》する者の願いを聞き入れるのだ）」

え、私ってモモンガさんに庇護されてるの？　逆じゃない？

「きゅ！（逆ではない！）」

どっちでもいいけど。

「きゅ！（よくない！）」

きゅっきゅ怒るモモンガさんのお腹のモフモフを撫でて黙らせた私は、脳を高速で回転させている。

さてはて、どうやったらお兄様に伝わるか……だよね。

「お、おにいしゃま……きこえましゅか？」

今、あなたの心に直接呼びかけて……じゃない、風の精霊さんに音を届けてもらっている。うまく聞こえるといいのだけど。

『ユリアーナ？』

水鏡の中にいるお兄様が、オルフェウス君たちに静かにするようジェスチャーしている。鳥の奥さんと息子さんが見えないけど、どこにいるのかな？　私みたいに捕まっていないのなら良いのだけど。

「つちのなかに、じゅうじんさんつかまえる、わながいっぱいあるから、あぶないでしゅ」

うむ。幼女には無理だった。

モモンガさんが呆れたように私を見ている。やめて、そんな目で見ないで。

『ふむ……まだ人身売買の組織が動いていたのか。どうやらこの森に獣人を捕獲する罠がたくさんあるようだな』

『それは危険ね。居住区の獣人たちに、家から出ないよう連絡鳥を飛ばしておくわ』

『土の中に仕込まれているようだから、飛んでいれば大丈夫だろう』

すごい！　あの説明で、ちゃんと伝わっているとか！

そしてさりげなく、水鏡に鳥の奥さんと息子さんの姿が見切れていた！　ひと安心ですな！

「きゅ……きゅ……（馬鹿な……あの説明で……）」

モモンガさんがぷるぷる震えながら呟き鳴きしているけれど、今はそれどころじゃないので会話を続けさせていただく。

「おにいしゃま、わなをこわすと、あぶないのです」

『土の中にいると言っていたな。空気は通っているようだが、罠を解除するのは危険だ』

『おい、魔法でお嬢サマを助けることはできないのか？』

『ユリアーナの場所を感知したところ、かなり深い場所にいるようだ。生き埋めになる恐れがある』

『くそ……っ!!』

『ヨハン様、いかがなさいますか？』

『方法はいくつかあるが、安全をとるならば犯人を待つことだろうな』

『おい坊っちゃま！　お前何を言ってんだ！』

『坊っちゃまと呼ぶな。人身売買をする犯人ならば、売り物に傷をつけず地上に出すだろう』

『ふざけんな！』

『うるさい。方法はいくつかあると言ってるだろう。その内のひとつがもうすぐ来る』

『はぁ？　おま、ひ、ひぇっくしょい！　な、なんだ？　急に寒気が』

震えるオルフェウス君の横で、平然とした顔のお兄様がいる。

セバスさんが言ってた雨も降ってきたと思いきや、なぜか白いものがちらほらと水鏡に映し出される。

まさかこれ、雪？

「きゅきゅ？（なんだこの魔力は？）」


闇の中に交わらない灰色が二つの線を描く。

目的地に数人の気配を察知し、歩みを止めると灰色の線は点となった。

「まだ罠の周り、人が多い」

「排除？」

「あの強さ、短時間は無理」

「待機？」

「待機……ぐぅっ⁉」

灰色の二人は森に入らず、待機できる場所へ移動しようとしたその時、とてつもない強い力で体を地面に押し付けられる。

確認しようにも指一本動かせない彼らは、ならばと魔力を発動させようとしたが声も出せなくなる。

「むぐっ⁉」

「ぐぐっ‼」

かろうじて開いていた目には、己の手が氷に覆われていく様が見える。

彼らの無表情に、一瞬だけ変化が見えた。

それは恐怖だったのか、それとも……。

「マリク」

「了解です。これの処理はお任せください」

「うむ」

銀色の髪をなびかせ、氷の像から視線を外した男は白い息を吐く。

幸いにも、愛し子の待つ森は雨が降っている。

「お気をつけて」

「うむ」

魔力で氷のかけらを一つ出し、片足を軽く乗せる。

その瞬間、集まった冷気が森に向かって綺麗な稜線《りょうせん》を描いていく。

「相変わらず反則級の魔力と身体能力だな……。なんで文官やっているんだろう、あの人」

普通、氷の魔法をこんなふうに使う人間はいない。風の魔法に秀でていたとしても、人の身だけで空を飛ぶのは自殺行為だ。

それは愛ゆえに、なのだろう。たぶん。

「さてと、これ、生きていますよね……？」

ひとり残る文官は、氷像をぺちぺちと叩いた。

32　安心できる場所

一瞬だけ寒いと思ったけど、すぐに元の状態になる。

膝の上にいたモモンガさんは、慌ててフードの中に入ってきた。

「どしたの？」

「きゅっ！（マントは使用者が快適であるよう陣が組まれているのだ！）」

「おお、しゅごい」

裏をめくったら、小さな魔法陣とキラキラした石がくっついている。かわいい。

「きゅきゅー（魔法陣を布に描くとは、なかなかの魔法使いだな）」

「たぶん、おししょ」

過保護なお父様に頼まれたのだと思う。

急に冷えてきたから助かったよ。お師匠様ありがとう。

また水鏡を見ようとしたけど、凍ってしまって何も見えなくなっていた。

ど、どうしよう。

「みえない！」

「きゅー……（なぜかこの辺りの気温が一気に下がったのだ……）」

なんとなく原因に心当たりはあるけれど、箱状になっている室内がミシミシ音をたてている。まさか、壊れるとか？

ピシピシと音を立てて見上げれば、天井の魔法陣にヒビが入っていくのが分かった。

「こわい！」

「きゅきゅ！（いざとなれば精霊に守らせる！）」

ありがとうモモンガさん！　でも、怖いものは怖いのよー！

ピシピシからバリバリになっていく音に、とうとう我慢が限界に達した。

「やぁー!!　ベルとうしゃまぁー!!」

「……ユリアーナ」

大きくて、あたたかくて、安心できる大好きな匂い。

頭から爪先まで、私の全部がふんわりと包まれるのが分かった。

ああ、もう、大丈夫なんだね。

「ベル、とうしゃま？」

「……遅くなった」

「んーん、だいじょぶ」

「……そうか」

背中をぽんぽんと叩いてくれる優しいリズムに、危うく寝てしまいそう。

いやいや寝たらダメだ。まだ伝えることがあるんだからと一生懸命首を振る私に、お父様がお腹に響く素敵な声で「大丈夫だ」と教えてくれる。

「と、しゃま？」

「ペンドラゴンが森にある罠を全て見つけ出した。ユリアーナのお手柄だ」

「とりしゃ、だいじょぶ？」

「鳥……？　ああ、奥方と息子も無事だ」

「よかっ、たぁ……」

安心した私は、目の前にある厚い胸板に頭を預ける。

それを合図にしたのか、お父様は立ち上がって何やら魔力を練り上げていく。

「きゅ！（おお！　人間にしては、なかなかの練度よのう！）」

「……精霊王に褒められるとは、私の魔力も捨てたものではないな」

「きゅ⁉（お主、我の言葉が分かるのか⁉）」

フードの中で慌てるモモンガさんを無造作に押さえつけたお父様は、私を抱っこしたまま自分の足元に氷魔法を発動させた。

ぐっと内臓が持ち上がるこの感覚は、なんちゃらタワーの高速エレベーターに乗った時と同じやつだ。

え、なにこれ、すごい。（失われる語彙力）

「きゅ……きゅぅ……（我の声を拾う人間とは……むぎゅぅ……）」

モモンガさん、がんばってお父様に握りつぶされないようにね！

地上は真っ白だった。

正確には、私が捕まっていた場所、その周辺のすべてが凍っていた。

「まっしろ……」

「箱の中にいるユリアーナを助けるために、私と父上が凍らせた」

駆け寄ってきたお兄様は、私の頬を優しく撫でて教えてくれた。

なるほど！　確かに凍っていれば、箱を壊しても生き埋めにならないね！

「なんつー魔力量だよ……この親子は……」

「フェルザー家ですから」

呆れ顔のオルフェウス君に、セバスさんが達観したように返している。

ええ？　フェルザー家って、そういう扱いなの？

「ありがとう、ユリアーナちゃん。今うちのが罠を解除して回っているから、森は大丈夫よ」

「クルルルル！」

鳥の奥さんの肩で、白い小鳥さんがひと声鳴いた。

あれ？　息子さん、また小鳥になっちゃった？

「ふふ、気にしないで。息子も私も、ちょっと魔力を使いすぎちゃっただけだから」

いや気にするよ！　私が罠に捕まったから……。

「ユリアーナ、お前のおかげで森から犠牲者が出なかった」

「ベルとうしゃま……。あい」

こくりと頷く。

確かに、私が捕まったから罠があることが分かったんだもんね。うむ、結果オーライだ。

「ユリアーナお嬢様、申し訳ございません」

「セバシュ、だいじょぶ？」

「はっ……はい、お気づかいいただき、感謝いたします」

セバスさんの目に涙が浮かんでいたのを見なかったことにする。

そして、オルフェウス君に目を向けて「落ち込まないで！」と頷いてみせれば、苦笑で返された。

護衛だからって、自分を責めないでほしい気持ちは伝わったかな。

うん。今回のは誰も悪くない。私も悪くない。

悪いのは、罠を仕掛けた奴らだ。

「……ユリアーナ？」

お父様の声に、私は反応できない。

色々あったせいか眠気に襲われているのだ。

「旦那様、お嬢様をこちらへ……」

「……む？」

なぜだろう。

私《ユリアーナ》の小さな手は、お父様のジャケットの襟《えり》を掴んだままだ。

「かまわん」

どこか生暖かい空気が流れるのは気のせいでしょうか。

熱くなる顔を隠すように、お父様の胸元に顔をうずめる。くんかくんかいい匂い。(現実逃避)

獣人さんたちの居住区にある家の形は基本、木に巻き付くように建てているツリーハウスだ。

本当は、お屋敷に帰らないとダメなんだと思う。それでもお父様は「気にするな」と言ってくれた。

私がしっかりと掴んで離さないジャケットを脱がず、お父様はそのままベッドに入ってくれた。

もちろん私も外出着のままだ。

だって、もう、離れたくなかった。

「ベル、とうしゃま……」

「大丈夫だ。もう離れない」

「ずっと、いっしょ?」

「ああ、ずっと一緒だ」

ぎゅっと抱きしめられて、いっぱい匂いをかいで、やっと安心できた。

このままお父様と離れられなくなったらどうしようとか、いらん心配をしてしまう。

ちょっと危険かもだけど、それもいいかなとか思ったりした。

なんてね、冗談ですよ。ふへへ。

◇とある執事の後悔

私の名はセバス。

フェルザー家の執事として精一杯務めさせていただきましたが、とうとうこの役職から離れることになりそうです。

ユリアーナお嬢様から片時も離れるなという厳命があったにも拘わらず、私が離れてしまったことにより事件は起きました。

運が悪かった、とも言われました。

まさか獣人族用の罠が、人族であるユリアーナお嬢様に作動するとは予測できないことでございましたから。

それでも、私は自分を許すことができなかったのです。

お嬢様にいち早くお休みいただくために、屋敷ではなく森の中にある獣人族の居住区で一晩過ごすことになりました。

外套を身につけたままお嬢様の添い寝をしていた旦那様は、するりと上着を脱ぎながらベッドから抜け出してきます。

念のため、ベッドの周りに結界の魔道具を私が置きますと、消音機能がついているのを確認した旦那様は私をひと睨みして口を開きました。

「ならんぞ、セバス」

「ですが……」

「お前の心情などどうでもいい。ただ、執事を変更することでユリアーナに負担をかけるなと言っている」

「……かしこまりました」

渋々頷く私に向けて、おもむろに旦那様は茶色の毛玉を取り出しました。

毛玉……いや、これは森でお嬢様が見つけた精霊獣ですね。室内で飼うには旦那様の許可がいりますが、元々森に住むものですし、庭にいるなら害はないと思いましたが……。

「此度《こたび》の一件は『これ』のせいでもある。ユリアーナの魔力と『これ』の存在が罠を作動させることになった。仕置きなら『これ』にするように」

「はぁ」

無造作に放る旦那様から受け取った精霊獣は、小さくなって震えています。どうやら旦那様が何かしたのかもしれませんね。庇うことはしませんが同情はしますよ。

旦那様は何も仰いませんが、お嬢様が可愛がっていらっしゃるので連れ帰るのは許すが寝所《しんじょ》は別にしろということでしょう。

何も言わずとも理解したのか、コクコクと頷いている精霊獣をそっと撫でてやります。まぁ、この子も頑張ったと思いますよ、旦那様。

「マリクからは？」

「連絡鳥の伝言で『ハイイロ』とのことです」

「……そうか」

ハイイロ……つまり『灰色』という言葉は、国の暗部に関わっている者なら誰でも知っております。

灰色とは、魔王を崇拝する者たちの俗称です。

奴らは世間で『魔王教』という怪しげな宗教の信者だと認識されています。

「人身売買の組織は、灰色に繋がっていた……ということでございますか」

「奴らめ……根絶やしにしたはずだが」

「どこかしらに種があるのでしょう。セバスの一族も目を光らせているのですが……」

「増やしておけ」

「かしこまりました」

セバスの一族は、血で繋がってはおりません。

我らは孤児であったり、親から捨てられた子であったりする者たちです。

初代フェルザー家の当主が道楽で始めた『セバス育成計画』は、今や国内隠密《おんみつ》階級で上位の存在とされています。

その中でも『セバス』を名乗ることが許されているのは、フェルザー家の執事である私だけです。

だからこそ今回の失態は、私自身が許せないのですが……。

「今回のことで、私も学ぶことがあった」

「学ぶ、ですか？」

「ユリアーナは、私にとってかけがえのない存在だということだ」

「さようでございますか」

父親が娘のことを「かけがえのない存在」であると認識する……素晴らしいことです。

なぜか手の中にいる精霊獣の震えが強くなりました。なぜでしょう？

「あの子が望まないかぎり、我が家から出すことはない」

「さようでござ……いえ、旦那様、お嬢様を家から出さないとは？」

「無論、フェルザーの名を外さないということだが？」

いやいや、お待ち下さいませ！

名を外さないということは、お嬢様を嫁に出さないということになってしまいますから、それは少々難があると言いますか！

「ん、んんっ……旦那様、その件については早計《そうけい》かと……」

「ユリアーナに、ずっと離れないと約束した」

「それはよろしゅうございます。ですが……」

「ユリアーナが自ら望まなければ、動くことはない」

「旦那様……」

現在、侯爵家であるユリアーナお嬢様より格上のご婦人はおりません。

となれば現在、王太子のお相手としてユリアーナ様が最有力候補となっており、貴族の娘として最大級の幸せを得られる権利があるはずなのです。

私は、ひどく後悔しております。

今回のことがなければ、ユリアーナお嬢様は「普通の貴族女性の人生」を送ることができたのではないか、と。

「無論、ユリアーナが求めるならば全てを与える」

「……かしこまりました」

つまり政略結婚は考えないということですね、旦那様。

私の考えを読んだのか、満足げに頷いた旦那様は再びユリアーナお嬢様のお休みになられているベッドへと向かわれました。

いやいや、何やっているんですか旦那様。

「ずっと一緒にいると、約束した」

はい、それはさきほど聞きましたよ。

ユリアーナお嬢様が掴んだままの外套にするりと腕をとおし、音を立てずにふたたびベッドに潜り込む旦那様。いや、それで元どおりだとか、そういう問題ではないのですが。

「ユリアーナが起きた時に、ひとりでいるという状況だけは作りたくはない」

「はぁ、さようで」

「……何が言いたい？」

「いえ、特に何も」

言葉に出さなくても理解できることは多々あります。

たとえば、今の旦那様の心情など。

「……別に、嫁にやらないわけではない」

「さようでございますか」

両手の中で震えていた茶色の毛玉が、呆れたようにため息を吐いています。ふむ、なかなか見どころのある精霊獣ですね。

ベッドを見れば、旦那様が戻ってきたことにより、お嬢様が満足げな笑みを浮かべていらっしゃいます。それを見た旦那様が蕩けるような笑みを浮かべて……これは天変地異の前触れでしょうか。

「さて、私たちは退散しますよ」

「きゅ？」

「これ以上、愛し合う二人の仲を邪魔するわけにはいきませんからね」

「きゅー！」

旦那様の部下であるマリク様から、ふたたび連絡鳥の伝言がありました。

例の『灰色』が国の預かりになるとのことでしたが、これは明日に伝えれば良いことでしょう。

マリク様は遅くまでご苦労様ですと伝言しておくことにして。

「では、散れ」

集まっていた者たちに指示を送る。

フェルザー家の『セバス』は、今や旦那様の最愛であるユリアーナお嬢様のために存在しているようなものだ。

お嬢様の害になるような存在は、早々に消すべきかと。

「きゅ……」

おや、精霊獣が怯えてますね。うっかり殺気が漏れていたようです。

私もまだまだ精進せねば、ですね。ふふふ。

33　ちょっと休憩する幼女

あたたかい。いい匂い。

この絶対的な安心感。

まるで子どもになって、お母さんに抱っこされてるみたいな感じだ。

「んー?」

目を開くと、白いシャツからこぼれる大胸筋。

思わず息を止めて凝視する。

だめだめ、これ以上はいけない気がする。

なんとか視線を外して見上げれば、眠るお父様の麗《うるわ》しいご尊顔《そんがん》が目に飛び込んできた。

「んーっ」

呼吸が止まる。（継続中）

いつもある眉間のシワが無いせいか、ちょっと可愛く見えるお父様。

寝顔も美しいとかもう、本当にずるいと思う。

あ、やば、息が苦しい。どうしよう。

「……ユリアーナ、呼吸を」

「ぷはぁっ！」

すぅー、はぁー、死ぬかと思った！

お父様いつから起きていたんだろう？　ちょっとくんかくんかしてたのバレてないかな？

「昨日の服のままだからな」

「はっ！　ベルとうしゃまの、おようふくをつかんでたの。ごめんなさい」

「気にするな」

そして私も昨日の服のままだ。フードの中にいたモモンガさんはどこにいったんだろう？

「アレはセバスが世話をしている」

「そでしたか」

「屋敷で飼ってもいいが、寝室には入れないように」

「あい」

小さなモモンガさん、ああ見えて精霊王だから、飼うとかペット扱いしたら怒られるかもね。連れて帰るにしても、彼？　の意志を尊重するようにしよう。

そんなことを考えていたら、ふんわりと抱き寄せられる。ふぉ、やわらか。

「ユリアーナ、すまない」

「う？」

「離れるべきではなかった」

いやいや、お仕事でしたからね？　お父様が謝ることなんてないのですよ？

それにしても、こんなに早く会える予定じゃなかったような……。

「ベルとうしゃま、おしごとは？」

「終わらせた」

「おしごとは？」

「……終わり、ということにした」

なんということでしょう。

うっかり私が罠にハマったせいで（主にお父様の部下の人たちに）大変なご迷惑をかけてしまったようです。ぐぬぬ。

しょんぼりしている私を、お父様が優しく撫でてくれる。

「大丈夫だ。我が国の騎士団長は優秀な男だ」

「……あい」

つまり騎士団長さんにご迷惑おかけしたということですね。了解です。

「この近くに湯が湧く場所がある。居住区の共同浴場として開放しているのだが、行ってみるか？」

「ふぉ！　おふろ！」

お風呂好きな私が書いた小説だから、もちろんお風呂はあるし、トイレも水洗で清潔だ。

でも、温泉があるなんて設定はなかった気がするのだけど……。

ん？

この流れ、もしや、お父様と一緒にお風呂？


そんなラッキーホニャララは、ございませんことよ。

誰にとって、とか、口が裂けても言えませぬ。ほほほ。

「ユリアーナちゃん、お風呂のお作法を知ってるなんてえらいわねぇ」

「あい」

ふわふわな羽毛ドレスを脱いだ？　鳥の奥さんは、ナイスなバディをおしげもなく見せてくれる。

洗い場には他にも何人か女性がいて、小さな子の耳や尻尾を丁寧に洗っている様子にほのぼのとした気持ちになるね。

私もちゃんと体を洗って、綺麗にしてから乳白色のお湯にゆっくりと入る。

「ふぁぁぁ……」

「温泉はお肌もツルツルもちもちになるから、ユリアーナちゃんがもっと美人さんになっちゃうわねぇ」

「びじん！」

そうだ。ここは異世界。

温泉の効能にすごい何かがあってもおかしくはないのだ。

とはいえ私《ユリアーナ》は美幼女だし、これ以上美しくなっても……。

「意中の殿方をメロメロにできちゃうわねぇ」

「めろめろに⁉」

なんと、それなら話は別だ。ここに滞在中は温泉に入りまくらねば。

「あらあら、急にどうしたの？」

「おんせんいっぱい、おはだつるつる」

お湯をすくっては顔にパシャパシャしてたら、鳥の奥さんにクスクス笑われてしまった。

「そんなに急がなくても、ユリアーナちゃんはゆっくり大きくなったらいいわ。絶対に美人さんになるもの」

「すぐ、なりたいの」

「あら、意中の殿方がいるの？」

「あい！」

そう、忘れかけていたけれど、私はいつお父様から嫌われるか分からない。

今は甘やかしてくれるし嫌われてはいないようだけど、私のふわふわした設定から作られた小説の世界だ。どこにシリアス嫌われルートが隠れているか分からないからね。

拳を握りしめた私がふんすと気合を入れていると、隣の男湯から何か大きな物音が聞こえてきた。

どうしたんだろ？

「あらあら、分かりやすいこと」

「う？」

「なんでもないわ。のぼせちゃうからそろそろ上がりましょうか」

「もう？」

「この温泉から作った、お肌にいいクリームがあるのよ」

「おはだ、つるつるもちもち？」

「ええ」

「あがりましゅ！」

流れてくる冷んやりとした空気と、騒がしい男湯が気になるけれど、ツルツルもちもち肌になるクリームのほうが気になる。

お父様がいるし問題ないと思うけど、後で何があったか聞いてみようっと。

34　乳白色の温泉はアレだと気づく幼女

森の中にある共同浴場の外観は、大きなコテージといった感じだ。

着替えるスペースも広々としているし、同じ建物内にくつろぐスペースもちゃんと設けられている。

さすがに冷たい飲み物は置いてないけれど、果物と飲み水が置いてあって、皆が好きなように果実水を作っていた。

鳥の奥さんは、柑橘系の果物を片手で絞ってグラスに入れてくれた。ぜんぜん力を入れてない感じなのに、果汁がブシャーってなってたよ。

私も試しにやってみたけど、両手でやってもちょびっとしか出なかった。獣人さんの握力しゅごい。

「ユリアーナ、体調はどうだ？」

「おにいしゃま！　あい、げんきでしゅ！」

朝起きてから姿が見えなかったお兄様に会えて、テンション爆上がりの私。

あれ？　お兄様の頭の上にグッタリとした白い大福が見えるような……。

「ことりしゃ？　まだつかれてる？」

「ああ、気にしなくていい。風呂場で魔力を使っただけだ」

「なるほど？」

お風呂で魔力を使うって何をしていたんだろうと首を傾げていると、お兄様が「それよりも」と話を続ける。

「私たちは学園に戻ることになった。また次の休暇に会おう」

「おにいしゃま、いっちゃうの？」

我慢しようとしたけど、つい眉が八の字に下がってしまう。森の中で罠に捕まってから、感情の制御が上手くできていない。

いや、もしかすると、これが年相応の感情表現なのかな。

「……ぐっ、学園を休むと、総会の仕事が滞ってしまうのだ」

「おしごと……それは、だいじです」

なるほど。お兄様は優秀だから総会（生徒会みたいなもの？）の役員なのか。さもありなん。

たぶん王太子が会長で、お兄様は補佐の副会長といったところかな。ふふふ王道ね。

だけど寂しい。幼女だから、ものすごく寂しい。

しょんぼりうなだれる私の頭を、お兄様は優しく撫でてくれる。

お兄様の頭に乗っている白い大福……もとい、小鳥さんも「クルルークルルー」と慰めて？　くれているみたい。首を左右に振っているのが可愛らしい。

「すまないユリアーナ、私は帰るが父上がいる。しばらくここで、ゆっくりするといい」

「しばらく？」

「この居住区を拠点として父上の指揮のもと、森の大規模な探索をするそうだ。ユリアーナもここに滞在することになる」

「だいきぼ……」

「たくさん温泉に入れる」

「おんせん！　おふろ！」

単純な私は、パアッと顔を輝かせてしまう。

苦笑するお兄様には申し訳ないけれど、前世も今世も私は温泉が大好き娘なのだ。

特に前世ではボーナス（印税）が出た時、取材旅行と称し、高級な温泉旅館で美味しいお酒とお料理を堪能した思い出もある。

むむ、忘れていたけど、幼女の体ではお酒を堪能できないじゃないか。ちくしょう。

「では、私たちは行く。ここに滞在中、ユリアーナは父上の側にいるように」

「あい！」

お父様の側にいるのは、お任せあれ！

しっかりぴったりくっついて、離れませんぞ！

ふわりと鼻をくすぐる良い香りに反応した私は、光の速さでいい匂いのする人に抱きつく。

見上げれば、眉間のシワを緩めたお父様がいる。

「これなら心配する必要はないですね。父上、ユリアーナ、行ってまいります」

「うむ、学園で何かあれば、すぐに知らせるように」

「はい」

いつの間にやら、お父様に抱っこされている私。

手を振ってお兄様を見送れば、お父様が朝食に誘ってくれる。

「おにいしゃま、ごはん？」

「大丈夫だ。ヨハンたちは食事を終えている」

「ユリアーナちゃん、食事処にご案内するわ。侯爵家ほどではないけれど、ここにも腕が立つ料理人がいるのよぉ」

笑顔で私たちを見ていた鳥の奥さんが案内してくれた場所は、浴場から長い廊下を歩いて辿り着いたサンルームだった。

「食堂でもいいけれど、ユリアーナちゃんは疲れているでしょ？　ここは貸し切りだから、ゆっくりしていってね」

「ありあとでしゅ！」

「……感謝する」

「あら、まさか侯爵様からお礼を言われる日がくるなんて」

「……ユリアーナが、喜んでいる」

「あらあら、うちの人が言ってたのは本当なのねぇ。もちろん、感謝は受け取っておくわね。あの人の分まで」

「……うむ」

なんだろう？　鳥の奥さんはお父様と昔からの知り合いなのは分かる。

だけど、なんだか……胸の中が、モヤモヤする。脂《あぶら》っこいものを食べた次の日みたいな感じ。胃もたれっぽいやつ。ぐぬぬ。

「食事はここに運ぶよう伝えておくわね。ごゆっくり」

私に向かって意味深なウィンクをする鳥の奥さん。

違うよ？　私は別に、どうしてもお父様と二人っきりになりたいとか、そういうのじゃないんだからね？

屋根がガラスになっているサンルームの中は、とても明るくて暖かい。

森の中では見なかった、綺麗な花がたくさん咲いている。でも悲しいかな、私は花の名前に詳しくない。

「花は好きか？」

「あい。いいにおいで、あまいのがすきでしゅ」

「……ククッ、そうか、食用の花か」

あ、お父様が笑った。

そして、もれなく私《ユリアーナ》が食いしん坊だと認識しましたね？

そうです。正解です。私は食いしん坊です。

「屋敷には薔薇《ばら》園もある。帰ったら案内させよう」

「ばら！　だいしゅきでしゅ！」

薔薇の花は香りもいいし、ジャムにしてもお風呂に浮かべても良いものだ。

あれだけ広い庭があるのだもの。もっと早く聞いておけばよかったな。

サンルームの一角にあるソファー、そこに座るお父様の膝の上で私はたくさんお話をする。たわいない会話だけど、それはとても幸せな時間で。

朝食が運ばれてテーブルに並べられると、お父様はゆったりとした動作でナイフとフォークを手に取る。

卵料理とベーコンを一口大にして、私の口元に持ってくる。

「ユリアーナ、口を」

「う？」

「口を開けろ」

「くち？」

「ほら、あーん、しろ」

「あーん」

お腹に響くバリトンボイスで「あーん」とか言われてみ？

マジでヤバイと思う。

バリトンなイケボの「あーん」とか、これもう死人が出るやつじゃない？

「ユリアーナ、あーん、だ」

「あーん」

今度はパンがきたよ。その次はスープだよ。

味は分からないけど美味しい。

これはダメなやつだって知ってる。でも美味しいから許して。

「ヨハンも言っていたが、しばらくここで滞在することになる。森に残っているかもしれない罠を見つけることと『ハイイロ』の痕跡を探すためだ」

「はいいろ」

「覚えなくていい。貴族の中でも限られた人間しか知らないことだ」

「あい」

覚えるどころか、お父様の言う『ハイイロ』ってのは、十中八九『魔王教』の信者たちのことだろう。

私の考えた原作の世界では、魔王を信仰し、魔王を復活させるために存在する組織を『ハイイロ』と言う。

彼らは知っている。魔王を復活させるには、多くの「負の感情」が必要だということを。

確かにそういう設定だった。

だがしかし。この設定が生きるのは、主人公がオルフェウス君から別のキャラに変更されてからのはず。

今の時点で、魔王教が出てくることはない……と思っていたのだけど。

「きゅー!!（我が主《あるじ》ー!!）」

「モモンガしゃん？　もぐぅ？」

現れたのは執事のセバス、そして彼の肩に乗っているモモンガさんだ。

声を上げたところでお父様からの給餌《きゅうじ》があり、自然と口がもぐもぐすることになる。

「モモンガしゃんもぐもぐ、ぶじでもぐもぐ、よかったもぐもぐ」

「旦那様、ユリアーナお嬢様のお口が大変お忙しいことになっておりますので、手加減してくださいませ」

「邪魔をするな、セバス」

「成長期ですからね。お嬢様には、もっと広い視野を持っていただかないと」

「……そうか」

渋々ながら、私の給餌をやめるお父様。

うんうん。マナーを守れない「お貴族様」とかダメだと思うよ。

マナーって何だろうと考えたら負けだ。あーんとか、たぶんマナーの外側にあるやつだと思うし。

ふわっと飛んできたモモンガさんを受け取ると、私の手の平にすりすり体を茶色い毛玉が押し付けてくる。なんぞ？

「きゅー……（心配だったのだ。我は離されてしまったから、心配だったのだ……）」

「モモンガしゃん!!　……っくしゅ」

茶色の毛玉をギュッと抱きしめれば、冷たい空気が落ちてくる。

お膝抱っこのお父様は温かかったり、冷たかったりする。色々と謎だなぁ……っくしゅ。

35　幼女の覚悟と主人公

ところで、モモンガさんの言ってた「主」っていうのは何？

精霊王っていうくらいだから、普通の精霊よりも偉いのだろうし、私みたいな幼女が主と呼ばれるのは変だと思うのだけど。

「きゅきゅ（王といっても、名誉職みたいなものだからな）」

「めいよしょく」

「きゅー（精霊界にいた我の近くに、たまたまこの世界に渡れる扉が開いただけだ）」

「たまたま」

「きゅ、きゅきゅー。きゅきゅ（それに、我と話せるということは、我の主として素質があるということだ）」

お父様は森の探索隊の指揮をとるため、セバスさんを残して出て行った。

共同浴場から蜂の巣のようなツリーハウスへと移動すると、まだ疲れているだろうとベッドに戻されてしまった。眠くはないので、モモンガさんと会話をしている。

一見、小動物と話す不気味な幼女に見える私だけど、セバスさんは精霊獣だと分かっているから気にすることはない。でもさっき、ピクッと少しだけ反応していた。何か気になることでもあったのかしら？

「モモンガしゃん、いっしょにいる？」

「きゅ？　きゅきゅ！（いいのか？　ぜひ頼む！）」

ふわっと光るモモンガさんと私。

おや？　これは……。

「ユリアーナお嬢様、この精霊獣と契約をされたので？」

「う？」

さっきまで離れた場所でお茶の用意をしてくれていたセバスさんが、気づけばベッドの横でモモンガさんをつまみ上げている。

「きゅきゅー！（何をする離せー！）」

「このような弱小精霊獣ごときが、お嬢様と契約をしようなどと？」

「きゅ……？（弱小……だと？）」

セバスさんに首根っこをつままれたモモンガさんの雰囲気がガラリと変わる。

さっきまでのほのぼのとした口調から、小さい体ながらに毛を逆立て、まるで獰猛《どうもう》な肉食獣といった雰囲気に……。

……なるわけがなかった。

「きゅー!!　きゅー!!（しまった!!　本来の力は精霊界に置いてきていた!!）」

「まったく、油断も隙もないですね」

「セバシュ、ゆるしてあげて」

「お嬢様……」

「モモンガしゃんは、くらいなかでもいっしょにいてくれたの」

森に設置された罠にかかった時、もしモモンガさんが居なかったら私はどうなっていたか分からない。

体は大丈夫でも、あんなに私《ユリアーナ》のトラウマを刺激する状況に一人でいたら、きっと心は壊れてしまっただろう。

「よわくてもいい。わたしが、つよくなる」

「きゅ……！（主……！）」

「……さようでございますか。お嬢様にそれほどの覚悟があるのでしたら、私は何も言いますまい」

「ん。ありあと、セバシュ」

優しく微笑むセバスさんに、私はたくさん感謝をこめて礼を言う。

きっと、これはセバスさんの優しさだ。

ふわふわ生きている私が、強くなろうとする覚悟を持つ機会を与えてくれた。だから、今後の私はうっかり罠にハマったりするわけにはいかない。

モモンガさんのためにも、強くならないとね！

「ですが、それはそれとしてユリアーナお嬢様の契約する精霊獣が弱小とは、フェルザー家として見過ごすことはできません」

「きゅ⁉（なに⁉）」

「我一族に古《いにしえ》より伝わる『武宇闘喜屋武布《ぶうときゃんぷ》』を、この小動物に課しましょう。なに、数回ほど死の瀬戸際までいきますが、運がよければ強くなれますよ」

え、死ぬ思いしたら強くなれるかもしれないとか怖いんですけど。

セバスさんの鬼畜《きちく》発言に震えている私とは違い、なぜかモモンガさんは「我が強くなれるのか⁉」なんてつぶらな瞳を輝かせている。かわいいけど違う、そうじゃないのだよモモンガさん。

「セバシュ」

「大丈夫ですよ。お嬢様のご苦労に比べたら、これくらいなんてことないでしょう」

そうは言ってもセバスさんのことだから、私が悲しむようなことはしないはずだ。大丈夫だろう……たぶん。

とりあえず仮契約はしました。私から名前をもらえたら本契約になるんだってさ。

私も強くなれるように頑張ろうっと。


森へピクニックしよう企画から湯治《とうじ》旅行に変更となって一週間、私は毎日のように甘やかされ、温泉に入り、甘やかされ、魔法の訓練や勉強をしたりしている。

甘やかしを二回言った気がするけど、これでも控えているほうだ。本当はもっとたくさん甘やかされている。

森に設置されている罠や犯人の痕跡はいくつか見つかったようだけど、それが『ハイイロ』だという決定打にはならないようだ。奴らは巧妙に足取りを消しているみたい。当たり前のこととはいえ、ぐぬぬってなるね。

一週間過ぎて翌朝、恒例のお父様からの甘やかしの「あーん」攻撃を受けた私がサンルームでぐったりとしていると、セバスさんから来客があると告げられる。

「嬢ちゃん、無事でよかった！」

「おししょー！」

しゅたたたっと走った私が飛びついたのは、虹色の髪をしたイケオジなペンドラゴンお師匠様だ。

「おお、ちょっと重くなったか？」

「せいちょうき！」

「ははっ、そうだな、成長したんだな！」

お馴染みの真っ白な羽根をあしらったローブは、もふもふであたたかい。

お父様とは違うけど、安心する匂いがする。お久しぶりのくんかくんかタイムだ。

そんな私を見て満面の笑みを浮かべるお師匠様は、しがみつく私を抱っこして顔を向き合わせてくれる。

「嬢ちゃん、ありがとうな。俺の息子を助けてくれたんだって？」

「たすけ？」

「獣化してるところを拾ってくれたんだって？」

「じゅうか……ことりしゃ？」

「そうだ。魔力を失っている時の獣化は危険なんだ。森の獣に襲われていたかもしれない」

「ことりしゃ、きけんだった」

ただ拾っただけなのに感謝されて、ちょっとくすぐったいきもちになる。

私がしまりのない顔をしてエヘへと笑っていると、不意にお師匠様は真面目な表情になる。

「ところで、扉の外に嬢ちゃんの護衛がいるぞ？」

「ふぇ？」

「話しかけても無反応だけど、アレは大丈夫なのか？」

え？　どういうこと？

慌ててお師匠様の腕から抜け出し、しゅたたたっと走ってドアを開けると、そこに居たのは無表情のオルフェウス君だった。

36　愛という名の何かを知る幼女

オルフェウス君のことを忘れていたわけではない。いやホントに。

お兄様が学園に戻ることになって、それから姿を見ていなかったから一緒に行ったと思っていたのだ。

その時の私といえば、ひたすらお父様からのデロデロ甘やかしに浸っていたからね。思考能力も知能指数もゾウリムシ並みになっていたからね。こわいこわい。

「……」

「……」

沈黙が痛いっす。

オルフェウス君は無表情のまま、私のことをじっと見ているだけなので、とりあえず私から話し出そうと思う。

「ごめんしゃい。おにいしゃまといっしょだとおもってました」

「……ああ、侯爵サマから、お嬢サマにしばらく顔を見せるなと言われてたし、そこは気にしなくていい」

「そでしゅか」

噛み噛みの私。

いや、本当に忘れていたわけじゃないんだよ？　でも、よく考えたらオルフェウス君は私《ユリアーナ》の護衛だった。必ずしも、お兄様と一緒に行動するわけじゃない。

「必要はないと言われているが、けじめとして謝らせてくれ。危険な目にあわせて申し訳なかった」

「わかりました。うけとりましゅ」

「それで、これからのことだけどな……お嬢サマの護衛を続けさせてほしい」

「ふぇ？　ほかのおしごとは？」

「当分は断ることにした。幸い俺はソロで活動してるから、そこはわりと自由なんだ」

えー、それっていったいどういうことなのー？

ソロの冒険者として活動していると言うけど、オルフェウス君にはいつも一緒にいる元気系幼馴染みがいるはずなんだけど……。

「三食昼寝付きで、給料はいらないって言っといた」

「えー⁉」

「そのかわり、修行させてくれるって契約にした。強くなれるし、今なら侯爵サマ直々に稽古《けいこ》をつけてくれるし」

「えー!?」

オルフェウス君が納得しているならいいけど、修行や稽古するのがお賃金の代わりになるの？　それでいいの？

「侯爵サマ、ほんとすごいよな。あの人なんで文官なんてやってんだ？　俺、久しぶりに死にかけたよ」

「ベルとうしゃまは、やさしいのに？」

オルフェウス君が死にかけるなんて、いったい何があったのだろう？

お父様は強いけど文官だし、基本は後衛《こうえい》だろう。でもオルフェウス君は（私の設定で）前衛《ぜんえい》タイプの剣士のはず。

「ユリアーナお嬢様、お茶の準備ができましたよ」

「あい、セバシュ」

オルフェウス君とまたお話しようねって約束して、お師匠様の元へと戻る。

お父様からは聞いているだろうけれど、私がどういう罠に捕まったのかを説明しないとね。

うん。

私《ユリアーナ》の語彙力がアレなので、なんとか、こう、パッションみたいなやつで伝わるといいなって思う。

お師匠様にどう説明しようか悩んでいたけれど、思わぬ助力を得られた。

「きゅー！（これくらいなら我でもできる！）」

「モモンガしゃん、しゅごい！」

罠に使われていた魔法陣を再現してくれたのは、精霊王もといモモンガさんでした。

「へぇ、こんな小さな精霊獣が、ここまで細密な魔法陣の構築をできるなんてねぇ」

「どきーん」

「きゅーん」

モモンガさんが精霊王だなんて知られたら、なんだか面倒くさいことになる予感しかしない。

「まぁいいか。その精霊獣は『セバスの特訓』を受けるんだろう？　ここで強くなれば、精霊界に置いてある力に加算されるぞ」

「ふぇ⁉　なぜしょれを⁉」

「俺が研究していたのは、獣人と精霊の関係だ。なぜ彼らが親和性が高いのかとか……その特殊性ゆえに悪い奴らに狙われるもんだから、それを防ぐ方法を探しているんだ」

「きゅきゅ。きゅ。（だから精霊について詳しいのか。それに魔力も高い）」

「うーん、さすがに嬢ちゃんみたい会話はできねぇなぁ。俺の力量を見ている感じっつーのは分かるが」

「あたり！　さすがおししょ！」

「まだまだ研究が足りないけどなぁ」

たぶん、お師匠様は鳥の奥さんのために色々と手を尽くしているのだろう。

フェルザー家の敷地内にある森なら安全かと思ったけど、それもちょっと怪しくなってきたからね。

でもこの森は、他の場所と比べると圧倒的に安全なんだって。なにより温泉があるから、獣人さんたちにとって天国らしい。もちろん私にとっても天国だけど。

「そう、モモンガしゃんのことば、ベルとうしゃまもわかる」

「は？　ランベルトが？」

「わたしがねているとき、わなのこととか、ぜんぶしってたの」

「……そうかぁ、そうなのかぁ」

むむむと考え込んでしまうお師匠様。

その間、私はいつもの魔力操作の訓練をする。

緑と青と白の色をつかって、フワフワわたあめみたいな魔法を練りあげると、それはキラキラとはじけて虹になった。

「きゅ！　きゅきゅ！（ほう！　主は器用だな！）」

「げんりをしってたら、かんたんだよ」

水を風で霧状にして、光を使えばいいのだよ。

「まったく……。確かに魔力暴走した人間は、世界の理に触れるっつーけど、こういう原理を理解するとか大人でもいいねぇぞ」

「えへへー」

「ほめてねぇ。俺の前だけにして、他には隠しとけ」

「あいー」

おっと、そういえばお師匠様に聞こうと思っていたことがあったんだ。

「おししょ、じゅうじんしゃんのごあいさつは？」

「あん？　ああ、族長には森に引っ越したことを伝えてきた。本当は奥さんと一緒に行ければ良かったんだが、今は安静にしていないとなぁ」

「あんせい？」

「腹に子がいるからな」

なんと！　小鳥さんに弟さんか妹さんができるってことですか！

うわぁ、おめでたいですなぁ！

「おめでとーごじゃいましゅ！」

「おう！　ありがとな！」

興奮のあまり盛大に噛む私を、お師匠様はわしわしと撫でてくれる。頭がぐわんぐわんするけど嬉しい。うへへ。

きっと可愛いだろうなぁ。生まれたら見せてくれるかなぁ。

「あれ？　でも、とりのおくしゃ、とんでいたよ？」

「は？」

「ここにきたとき、おでむかえしてくれたの」

森の中をバッサバッサと、それはもう見事な羽ばたきでございました。

「ったく、ちょっと目を離すとこれだ!!」

「きっといまもとんでましゅ。おやしきに、おかしをとりにいくって……」

お屋敷にいる料理長のパウンドケーキが絶品だと話したら、食べたいから作ってもらうことになったんだよね。

お父様も私が好きなお菓子ならばと、鳥の奥さんが屋敷に入ることを秒で許可していたっけ。

……セバスさんが頭を抱えていたけど。

「説教してくる」

「おししょ、いってらっさい」

動かないのも良くないとはいうけれど、明らかに動きすぎていた鳥の奥さん。

お師匠様の愛《せっきょう》くらいは甘んじて受けてもらわないとね。

37　弱い幼女ほどよく熱を出す

というわけで、現在の私はひとりです！

正確にはモモンガさんとセバスさんも居るけど、ランチまでは自由に行動できるという意味での「ひとり」です！

「なにしようかなー」

蜂の巣のようなツリーハウス内は、外から見るよりも広くて探検した時は楽しかったけど、さすがにもう飽きてしまった。

ていうか、中身が大人なのにツリーハウス探検ではしゃぐとか、どうかと思うだろうけど、なんだかすごく楽しかったの。

童心に返るってやつかな？　今の私は幼女だから返るっていうのもおかしいか……。

「そうだ、ベルとうしゃまのところにいこう」

「旦那様のところに、ですか？」

「きゅー？（あの氷の男は夕食には帰ってくるのだろう？）」

それはそうだけど、そうじゃない。

お仕事をしているお父様にランチの差し入れをして、あわよくば褒められたり甘やかされたりしたいという野望があるのだ。

ふふふ名付けて『ユリアーナ愛され計画』。

お父様やお兄様の、常にあらゆる角度を狙って？　いくのですよふふふ。

「ベルとうしゃまに、さしいれしたいのでしゅ」

「差し入れ、でございますか。軽食などでよろしければ、パンに具材を挟んだものなどいかがでしょう？」

「それにしましゅ」

「かしこまりました。ではここの調理場が使えるかどうか確認して参ります。何かあればドアの前にいる護衛にお伝えください」

「あい！」

サンドイッチなら幼女でも簡単だし、手作り感が出るよね！

セバスさんが部屋から出て行ったところで、モモンガさんが私に問いかける。

「きゅきゅー？（なぜ、そこまで氷に好かれようとする？）」

「まりょくぼうそうしたとき、ベルとうしゃまにきらわれる、みらいがみえたの」

「きゅ……（世界の理か……）」

納得したのかコクリと頷くモモンガさん。そのモフモフした毛並みを堪能していると、セバスさんが調理場を使う許可をもらってきてくれた。

さて移動だと立ち上がると、肩によじ登ってきたモモンガさんが耳許で囁く。

「きゅきゅ（もうこれ以上好かれることはないと思うが）」

「えー？　ならもっとがんばらないと」

「きゅ……（そういう意味ではないのだが……）」

よし！　がんばって作るぞサンドイッチ！

そう思った時期が、私にもありました。

「お嬢サマ、元気出せよ」

「うー」

「ユリアーナお嬢様が初めてのお料理をされたのですから、きっと旦那様も喜ばれますよ」

「うー」

「きゅ！（なかなか趣《おもむき》のある形よの！）」

「うー!!」

なぜだ。なぜパンに具をはさむだけという簡単なお仕事なのに、こんなぐっちゃんぐっちゃんになってしまうのだ。

外はパリッと中はもちもちのパンには、幼女《わたし》の指の跡がしっかりと残っている。

彩り豊かな具材はパンにギュッと押し込まれ、トマトは潰れているしソースは外に漏れている。

使っている食材は全部美味しそうなのに、なぜか合わせたものはどちゃくそ不味そう。

お父様がいるのは、森の居住区から少し離れた広場だ。

そこは獣人さんたちが森のすみずみまで探索をするための、作戦をたてる場所らしい。

もう少しで到着というところで、私の足は止まってしまう。

「さしいれ、やめる」

「それはなりません」

「ふぇ？」

「すでに旦那様にお知らせして、予定を空けていただいておりますので」

えー!?　差し入れはサプライズにしようと思っていたのにー!!

……とはいえ、お父様のお仕事や私の護衛を鑑《かんが》みると、アポなしでサプライズなんて無理な話なのだろう。

がっくりと肩を落とす私に、セバスさんがいたずらっ子のような笑みを浮かべる。

「予定は空けていただきましたが、お嬢様が何をされるのか、旦那様はご存じないのですよ」

「ありがとうセバシュ！」

一気にテンション上がった私がセバスさんにお礼を言っていると、呆れ顔のオルフェウス君が盛大にため息を吐いてみせた。

「その何をするかってやつはいいのか？　渡すのか？」

「あうー……」

ダメだ。こんな異形《いぎょう》な食べ物を、愛するお父様に食べさせるわけにはいかない。

「ふういん、しないと」

「どこにだよ」

「おしょなら、いいところしってましゅ」

「お嬢様、諦めてください」

「やー」

「……ユリアーナ、私のために食事を作ってくれたとは本当か？」

「!?」

気づけば目の前にお父様が立っている。

手に持っている異形の食べ物？　を見たお父様は、ものすごく眉間にシワを寄せた。

「……これを、ユリアーナが？」

「べ、べルとうしゃま、これはしっぱいしちゃって……」

「侯爵サマ、お嬢サマも一生懸命やったから……」

「……」

無言で私の手から異形（サンドイッチ）を取り上げたお父様は、そのまま口に運ぶ。

うわあああああ食べちゃったあああああ（心の悲鳴）。

「か、かたちが、わるくて」

「ユリアーナの愛らしい指のあとがついているな」

「ぐとか、はみでて」

「私を思って、たくさん詰めてくれたのだな」

「う、うう……」

不器用な自分が悔しくて、目にブワッと涙が浮かんでボロボロと床に落ちていく。

そんな私を優しく抱き上げてくれたお父様は、濡れている頬に何度もキスをしてくれた。

「また、作ってほしい」

「……あいー、ごめしゃいー」

「謝ることはない。ユリアーナの初めてをもらえたのだからな」

そう言って壮絶な色香を放ちながら口元を緩ませたお父様。ギルティです!!

あと鼻血が出そうなので、ほっぺにちゅーを止めてもらってもいいですか？　あ、まだダメですか。そうですか。

「おい侯爵サマ、その言い方」

オルフェウス君がさすがにツッコミを入れてくれる。いつもすみません。

「この調子でいけば、旦那様のお仕事が早く終わりそうですね」

お料理？　は失敗したけど、あと一週間かかると言われた森の作業が、二日で終わりましたとさ。

私の体温は上がりっぱなしだったから、お屋敷に戻ったのは結局一週間後になっちゃったけどね！　お父様のお色気魔王め！

おぼえてろよー！（幼女の遠吠《とおぼ》え）

38　お茶会に挑む幼女

トライアンドエラーを重ねていくどころか、お父様がエラーを起こしている感が否めない今日この頃、皆様いかがお過ごしでしょうか。

気づけば私ことユリアーナは、ひとつ年を重ねておりました。

「おたんじょうびかい？」

「さようでございます。旦那様がお嬢様に同じ年頃のオトモダチを作れるよう、茶会を開いたらどうかとおっしゃっております」

「ちゃかい……」

考え込む私の膝に、かいがいしくブランケットをかけてくれるマーサ。

お屋敷に帰る予定が大幅にずれたのは、私が熱を出したのが原因だと聞いたマーサは、帰宅すると同時に過保護モードになってしまった。

あたたかいミルクティーを用意してくれたのはマーサの娘、エマだ。

「お嬢様、蜂蜜は入れますか？」

「あい！」

由梨の時はそんなに好きじゃなかった甘いものだけど、今の私《ユリアーナ》は幼女舌のせいか好みが変わってしまったみたい。

まだ平均よりも痩せている感じだから、甘いものでもなんでも食べてグングン成長しないとって思う。

お兄様なんて、すくすくと成長しているのに……なぜこの体は成長しないのか。

「魔力暴走の後遺症《こういしょう》かもなぁ」

「こういしょう？」

「普通は少しずつ育つはずの魔力が、お前みたいな小さな体に急に入ってきたんだ。一時的なのかは分からないが、強い魔力で成長がとまっている可能性はあるだろうなぁ」

私と同じく甘いミルクティーを美味しそうにすすっているお師匠様は、つらつらと考えを語ってくれる。「甘味には脳を動かす力がある」とはお師匠様の言だ。

前世の知識がある私からすれば間違ってはいないけれど、話している内容が内容なので、つい不機嫌な顔になってしまう。

「いやなの。もっとおおきくなりたいの」

「そうは言ってもなぁ……嬢ちゃんがちっこいまんまでも、ランベルトなら喜びそうだし問題ないだろ？」

「ありありでしゅ！」

幼女だからといって許される年齢にはタイムリミットがある。

そこを越えてもなお、愛されるとは到底思えない。

「はやくベルとうしゃまに、みとめてもらわないと！」

「認めてもらう？　何をだ？」

「ぜんぶ、でしゅ！」

私の作戦は、こうだ。

つらかった幼女時代を過ごしたユリアーナは、美しく成長していく。

ペンドラゴンという、国でも五本の指に入る魔法使いの弟子として、多くの功績をあげていくユリアーナ。

彼女は美貌だけではなく、魔法の才まであるということは有名であり、貴族社会でも多くの人に認知されていた。

「そしたら、いっぱい、もうしこみされるでしょ？」

「申し込み？」

「けっこんの、もうしこみ」

「はぁ？」

お父様は、フェルザー家のために生きているといっても過言ではない。だって、そういう設定だったし。

ならば、お家のために良き縁をゲットしないとね！

「できれば、ベルとうしゃまみたいなひとがよいです！」

「無理だろ（色々な意味で）」

呆れ顔で言うお師匠様を、私は鼻で笑う。

「ユリアーナは、せかいいちのびじんだと、ベルとうしゃまがおっしゃってますし！」

「そうか！　よかったな世界一！」

「あい！」

「だがしかし！　それはただの親バカ発言だ！」

「えー！」

がくりと膝をつく私。

ううん、わかっていたの。世界一だなんて言い過ぎだって。

せいぜい国一番くらいじゃないかって、わかっていたの。

「まーだ分かってないだろ。嬢ちゃん？」

「わ、わかってましゅよ！」

まだまだ幼女だもの。伸びしろ、伸びしろがあるはず！

それを加味して将来良き縁を結べるよう、今からしっかりとフェルザー家の娘として「ご令嬢」していかないとって思うわけですよ！

「おちゃかい、よいきかいでしゅね」

「そりゃいいけど、嬢ちゃんは令嬢教育とか受けたことあるのか？」

「う？」

「う、じゃないだろ。茶会といえば、マナーもちゃんとしないとだろ？」

そう言ってお師匠様は、私の後ろにいるマーサとエマに視線を向ける。

「確かにそうですが……」

「旦那様は必要ないと……」

「はぁ？　どういうことだ？」

いや、私に聞かれても……。

確かに侯爵家のご令嬢（笑）のユリアーナに、お作法のレッスンがないのはおかしい。勉強ならお師匠様が見てくれているけど、おもに魔法理論や歴史が中心だ。

そう考えると、世間一般でいう「ご令嬢」とは程遠い教育を受けているような気がする。

「今回はお嬢様の誕生祝いですので、作法はそこまで気にせずとも……」

「だめ、ちゃんとしたいの。おねがい」

「困りましたね、今から外部の人を入れることはできませんし……。基本だけでもよろしければ、マーサがお教えいたしましょうか？」

「ありあと、マーサ！」

そういえば、マーサは元奥様《あのおんな》の侍女だった。

アレでも貴族女性として生きていたんだし、基本の作法くらいはマスターしてただろう。

「ランベルトには俺からも言っておく。何にせよ、貴族としての教育は必要だろうってな」

「ありあと、おししょ！」

降って湧いたようなイベント？　だけど、お父様にユリアーナの良いところを見せるぞ！

がんばろーっ！　おーっ!!


あれ？　モモンガさん、どこいった？

◇とある小動物は見た

我は精霊王である。名前はまだない。仮名でモモンガさんと呼ばれておる。

主として選んだユリアーナが、我にまだ名前をくれないのだ。悲しい。

その理由は、我が弱いからである。

いや、我は弱いわけではない。

仮の姿である小動物の外見を有しているとはいえ、我は精霊王である。本来の力は精霊界に置いてあるのだ。我は強いのだ。

……精霊界に戻れば、だが。

いやいや、まだ精霊界に戻るわけにはいかぬ。

この世界に繋がる扉が、次はいつ開くか分からぬのだ。主と一緒なら開け閉めできるだろうが、それは氷が許さないだろう。

とにかく、我は魔王に蹂躙《じゅうりん》される前の平和な世界を謳歌《おうか》したいのだ。

「さーて、休憩時間は何をすっかなぁー」

む、黒髪発見。

こやつは主の護衛をしているが、強者の気配がムンムンと漂っている。まだ開花しておらぬようだが、こやつの成長は楽しみではあるな。(上から目線)

「ん？　なんでお前ここにいるんだ？　さてはお嬢サマの勉強の邪魔したな？」

「きゅ！（ちがう！）」

「なに言ってるか分からねぇけど、不満そうだな」

我の言葉は今のところ、主であるユリアーナと、その父親である氷の男のみが理解できている。

黒髪は勘が鋭く、我の感情がなんとなく分かるようだ。

「よし、お前に付き合ってやるよ。魔法の勉強しているときはペンドラゴン様が護衛してっから、俺は暇になるんだよなぁ」

「きゅきゅー？（暇などと言っとらんで、訓練でもしたらどうなのだ？）」

「なんだよ。こうやってる時間は、一応屋敷の周辺を見回りしてんだぜ？」

「きゅっ！（ならばよし！）」

「ククッ、お前、偉そうだな」

黒髪よ、我は「偉そう」ではなく「偉い」のだ。間違えるな。

不満げに鼻をピスピスさせていると、黒髪は我をふわりと持ち上げ頭にのせた。

うむ、大儀《たいぎ》である。

「んじゃ、どこにいく？」

「きゅ！（屋敷を案内せい！）」

「え？　屋敷の中か？」

うむ。少々気になることがある。

屋敷の中に、ごくわずかではあるが妙な気配を感じるのだ。

「お前にとって面白いもんなんて、なさそうだけどなぁ」

黒髪よ、我を普通のモフモフ愛らしいモモンガだと思うなよ？

未だ弱小の身なれど、主を守る心は強くあるのだ。お前と同じようにな。

首を傾げながらも（我は落ちそうになったが）黒髪は我を頭にのせたまま屋敷に入る。

主と共にいると、なかなか見ることはない使用人の部屋や、調理場などを通っていく。

ちなみに我は普通の獣ではないから、毛が落ちたり不衛生《ふえいせい》ではない。調理場の中に入ることができるし、つまみ食いをしたとしても許されてしかるべきなのだ。許されなかった。解せぬ。

「んで？　何が気になってるんだ？」

「きゅ！（あっちに妙な気配がするのだ！）」

「いてて、髪を引っ張るなって、ハゲるだろ」

「きゅきゅ！　きゅきゅ！（まだ若いから平気だ！　ハゲるのはもっと先だ！）」

「何言ってるか分からねぇけど、なんか聞き捨てならないこと言われた気がするな……」

「きゅー！（早く行くのだー！）」

「はいはい」

屋敷の二階に上がると、そこは主や氷の男がいる場所になる。

もっと奥を示す我の体を、黒髪がやんわりと押さえた。

「きゅ！（何をする！）」

「これ以上は、俺が入るのを許されていない。侯爵サマの執務室があるだけだ」

「きゅきゅ……（この奥が怪しいのだが……）」

いや、この場所でもいい。

我は風と水と光の精霊に働きかけ、あの時のように水鏡を作り出す。

「ん？　何だこれ、変な鏡が出てきたな」

「きゅ、きゅきゅ（魔法ではなく、自然の力が動いたからな）」

「へぇ、多才なんだな、お前」

多才とは失礼な。我は全知全能の精霊王であるぞ。

しかしながら、黒髪の頭は安定感があり居心地良い。少々の無礼は許してやろう。

水鏡に映ったのは氷の男と、我の苦手なシツジと呼ばれている男だ。

なぜかこのシツジという男に我は逆らえない。我の動物的な本能の部分で、命の危険を感じているようなのだ。ぶるぶる。

そんな我を黒髪は優しく撫でてくれる。うむ、苦しゅうない。

『このローブに、呪が入っていると？』

『はい。城の研究所で分析をかけたところ、身に付けた者を魔王教に洗脳、命令の厳守、失敗すれば自死させる呪であると』

『身につけなければ発動はしない？』

『さようでございます。念のため呪を封じる魔道具をつけておりますが、保管は王城でするとのことです』

『……そうか。これを元に虫をおびき寄せ、一気に殲滅しようと思ったが』

『旦那様』

『わかっている。ユリアーナのいる所ではやらない』

『そうではございません』

呆れ顔のシツジが、氷の男の手から灰色のローブを取り上げている。良い判断だ。この男は娘のことになると、知能や思考というものが消滅するようだからな。

「お前、俺にこれを見せたかったのか？」

「きゅ？（何のことだ？）」

「いや、何でもない」

何だかよく分からんが、まぁいい。我を撫でる黒髪の手が止まっているのが不満ではあるが、妙な気配の謎が解けたからな。

さて、移動しようとしたその時、シツジが口を開く。

『ところで旦那様、ユリアーナお嬢様のお茶会についてですが……』

『うむ。王都全体で祝う、ユリアーナ生誕祭の計画は進んでいるか？』

『落ち着いてください旦那様。お嬢様のために小規模のお茶会にしようと昨日仰っていたではありませんか』

『……チッ、そうだったな。進んでいるのか？』

氷の男が小さく舌打ちしている。黒髪が「王都で祝うって、国の王族かよ」と呆れているところを見ると、かなりの親バカ発言をしていたと予想できる。

……人族のことはよく分からんが、この男は親として大丈夫なのか？

シツジがいれば何とかなるかもしれんが、主の親としてとてつもなく不安だ。不安しかない。

我は苦手だが、主のためにシツジを労《ねぎら》ってやろうと思う。

『お茶会の招待客の選別、食事などのお品書きを後でお持ちします。それと……ユリアーナお嬢様の淑女教育についてですが』

『いらん。何度も言わせるな』

『なぜです？』

『必要ないからだ』

『ですが、貴族として傷つくのはお嬢様です』

『……マーサから基本を学ぶよう伝えておけ』

『かしこまりました』

やはり人族のことは分からないが、黒髪がホッとしているから主の危機は去ったのだろう。うむうむ。

さて、そろそろ主の勉強は終わるだろう。行くぞ黒髪。

「戻るのか？　はぁ、何やらとんでもない話を聞いたような……」

「おや、とんでもない話とは？」

「そりゃ、お嬢サマが……って⁉」

我はしばらく前から体が固まって動けなくなっている。

いつから居たのか、黒髪の背後にシツジが立っていたのだ。屋敷の奥にある執務室で、つい先ほどまで氷の男と会話をしていたはずなのに……。

「今の話は、ご内密に」

そっと指を一本、口元に寄せて微笑みを浮かべているシツジに、我らはただ頷くことしかできなかった。
恐怖のあまり膨らんだ毛並みはしばらく戻らず、言い訳を考えるのに苦労した。
これから屋敷内の探検をする時は、主と共にしようと決意する我であった。
ぶるぶる。

39　お茶会という名のお披露目会《ひろめ》

デデドン！（ティンパニ音）
薄い紫のドレスを身にまとった私は、まさに今、本番を迎えようとしている。
付け焼き刃ながらマーサに教わった貴族のお作法は、緊張のあまり頭からするすると抜けていっている状態だ。
つまり、「詰み」である。
デデドン！（ティンパニ音、二回目）
幼女だから多少は許されるとしても、フェルザー家といえば貴族の中でも名門中の名門だ。招待客に対し、無礼があってはならないのだ。

だがしかし、今日のお茶会はマーサもエマも近くにいてもらえない。執事として会の指揮をとっているセバスさんも、だ。

「……ちゅらいん」

肩にいるモモンガさんが、私を心配してモフモフをほっぺに寄せてくれる。

「きゅ？（どうした主？）」

その気持ちよさに現実逃避をしていると、キラキラした銀色の物体が近づいてきた。

「ユリアーナ、準備は？」

「おにいしゃま！」

やたらキラキラしていると思ったら、お兄様でした。

お父様譲りの銀髪と美しく整った顔に、着ている服は青を基調とした礼服。金糸で刺繍されたり、ポイント部分に小さな宝石が使われてキラキラがさらにマシマシになっている。

「おにいしゃま、うつくしいでしゅ！　きらきら、まぶしいでしゅ！」

「ん、そ、そうか」

「よかったなぁ、坊っちゃま」

「坊っちゃまと言うな」

「はいはい、ヨハン様」

スッと姿を現したオルフェウス君は、これまたピシッと黒で統一された礼服を着ている。

これはフェルザー家の使用人と同じものだけど、体を防護するために服の内側が皮で強化されているとのこと。

セバスさんに鍛えられているからか、以前に比べて彼の動きはこう……するりぬるり？　としてきたよね。

「まーた変なこと考えてるだろ」

「そんなことごじゃーませんことよ！　ほーほほほ！」

「……なんだその言葉づかいは」

「ごれいじょうっぽくしました」

「やめとけ。変なこと考えなくていいから、教わったことをしっかりとやれよ」

いつになく真剣な表情のオルフェウス君に、私は気圧《けお》される。

そうだよね。変に飾るより、子どもらしくするほうがいいよね。

「マーサとれんしゅうしたの、やる」

「そうしとけ。せっかく可愛いんだから、そのままのお嬢サマでいたほうがいい。どっかの誰かみたいになるなよ」

「あい！」

えへへ、可愛いって言ってもらっちゃった。

ところで「どっかの誰か」って、誰だろう？

モモンガさんはオルフェウス君がポケットに入れてくれた。お留守番はかわいそうだと言ったら、お父様はポケット待機を許してくれたのだ。

「ユリアーナ」

「う？」

お兄様がそっと手を差し出してくれる。

そうだ。エスコートをお兄様がしてくれるって、マーサが言ってたっけ。

緊張は抜けたけど流れを忘れるなんて本末転倒ってやつだ。あぶないあぶない。

「フッ、父上が悔しがっていた」

「ベルとうしゃま？」

「ユリアーナの付き添い役を取られた……とな」

「ふぇ？」

冷え冷えなお父様が、私のことを？

もちろん日々遂行されている『ユリアーナ溺愛《できあい》大作戦』で、だいぶお父様の愛情パラメータは上がってきていると思うけれども。

お父様にエスコートしてもらうなんて……エスコートしてもらう……あ、鼻血出そう。

「私も早く、父上の代行ができるくらいの力をつける。次は期待しておくといい」

「あい！」

すんっと鼻をすすった私は、扉の前に立つ。

さぁ、まずはお客様たちに挨拶だ。

フェルザー家といえば名門中の名門であり、うちのような「たまたま近所にいる低い爵位の一般国民」とは大きく違う。

以前は常に氷のような覇気《はき》？　をまとっていたランベルト・フェルザー侯爵。

最近は王立学園一位の成績という優秀な息子さんと、かの有名なペンドラゴンの名を冠する魔法使いを師とする娘さんを可愛がっているという噂だ。

なぜ詳しいのかというと、娘がどこからか噂を仕入れてくるのだ。騎士の嫁になるため立派な淑女になるのだと、連日妙な会合に通っている。

息子たちは成人して家を出ているし、妻も私も忙しくしているため、あまり構ってやることができなかった。懇意にしている商会の息子と仲良くしているようだから、安心していたのだが……。

「ホーホホホ！　お父様！　わたくしのオルは、いずこにいらっしゃるのかしら！」

「イザベラ、静かにしなさい。おとなしくしているという約束だろう」

「ホホホわたくし、じゅうぶん可憐で美しくてよ！」

「だからおとなしくしろと……まぁいい。問題だけは起こすなよ。さもないと二度と呼ばれなくなるぞ」

「ホーホホホ！　おまかせあれ、ですわ！」

まったく分かっていない娘の様子に、来た早々後悔する私。

そこはかとなく只者ではない雰囲気の執事に案内され会場に入ると、ダンスホールには色とりどりの花々が美しく飾りつけされ、テーブルに並べられているのは小さな女の子が喜びそうな甘味で埋め尽くされている。

ああそうだ。今日はご息女ユリアーナ様のお誕生会であり、お披露目会なのだ。

「本日は我が娘、ユリアーナのためにお集まりいただき感謝する。これを機会にぜひ、ユリアーナの愛らしさをご堪能いただきたい。私を見れば微笑み、抱き上げれば恥ずかしそうに俯《うつむ》き、そして……」

「では、ご息女ユリアーナ様にご登場いただきます！　付き添いはご子息のヨハン様です！」

口上を述べるフェルザー侯爵を遮るように、執事が会を進めていく。

早口でよく聞こえなかったが、どうやら噂通り子煩悩《こぼんのう》のようだ。

そして、父親そっくりの美貌を持つ少年に手をひかれ、静々《しずしず》と歩いてきたのは……。

「これは……侯爵様が溺愛されるのも無理はない」

幼いながらも、美しく整った顔立ちは多くの人の目を引いている。

蜂蜜色の髪は背中でふわりと揺れ、煌《きら》めく紫の瞳はまるで宝石だ。

瞳の色にも合っている薄紫色のドレスは、まるで彼女のためにあるかのようで。

「これは愛らしい。まるで伝説の天使様のようだな、イザベラ。……イザベラ？」

いつのまにか姿が見えなくなっている。おおかた商会の息子を探しに行ったのだろう。

まったく、うちの娘はいくつになっても落ち着きがない。困ったものだ。

40　スイーツを食べたい幼女

「ユリアーナ・フェルザーです。ほんじつは、おいわいにきていただき、ありがとうございましゅ。ごゆっくりおたのしみくだしゃい」

ドレスの裾をつまみ、なんとかよろけずにカーテシーをすると、集まったお客様たちから拍手がもらえた。緊張で噛んじゃったけどね。うへへ。

それでも、横に立っているお父様の口元を緩ませるほどの出来映えだったし、マーサの突貫《とっかん》淑女教育も上手いことといったんじゃないかな。はぁ、危なかった。ギリギリだった。

開会の挨拶が終わったら、次は招待客皆さん一人一人にご挨拶だ。

「ことりしゃー！」

「お誕生日おめでとうございます。ユリアーナ姫」

真っ白な騎士服を着た笑顔の美少年は、気取った様子で私の手を取ると指先にキスをしてくれた。きゃっ、王子様みたい。

真っ白な髪に、ひとふさだけ虹色の彼。まるで王子様のような外見に周りの女性たちは黄色い声をあげている。

確かに無精髭《ぶしょうひげ》モサモサのお師匠様もよく見ればイケメンだし、鳥の奥さんも美女だ。そんな二

人の息子なら、それは約束された遺伝子の勝利ってやつだろう。

ちなみになぜ私が姫呼びされているのかというと、獣人さんたちが恩人だと思っているから……だそうな。

森で滞在していた時は彼だけじゃなく、獣人さん全員から「姫」と呼ばれていたんだよ。いやはや、お恥ずかしいことです。

「ひめ、じゃないでしゅ」

「いえいえ何を仰いますか。姫は獣人族にとって救いの女神ですから、女神様とお呼びしたいくらいなのですよ」

「……ひめで、おねがいしましゅ」

「ふふ、かしこまりました。姫」

ふむ。

白い小鳥さん、黒いオルフェウス君、そして青いキラキラお兄様。

イケメン三人が並んでいると、まるでアイドル三人組みたいでいいね。配色も決まっているし、あそこできゃあきゃあ騒いでいるお嬢様たちに「推《お》し色」の概念とか教えたら、なんだか面白いことになりそうだよ。

「ユリアーナ、何を考えている?」

「ふぇっ、おにいしゃま、な、なんでもないでしゅよ?」

前世のペンライトとか振っているのを想像してニヨニヨしていたら、秒でお兄様に気づかれた。

ほんの出来心だったんです。許してください。

そんなこんなで招待客全員との挨拶を終えたところ、私はふと気づく。

いつから居たのだろうか。ものすごく派手な赤いドレス（似合っていない）を着ている女の子が、
私の目の前で仁王立《におうだ》ちしている。

「え、こわい」

「こわくありませんわ！　ホーホホホッ！」

「ふぇぇ、こわいぃ」

何が面白いのか知らないけど、いきなり目の前で高笑いされても恐怖しか感じない。

……いや、こんなんじゃダメだ。

今日、私は何を成し遂げたかったのか、それを思い出す。

けっして楽な道ではないだろう。だがしかし、目の前にある恐怖くらいは克服しなければならない。

キリッと顔をあげて、やるぞ！

「ほんじつは、ありがとうございましゅ！」

秘義、幼女の全開スマイル!!

「クッ、なんと可憐なのか、うちのユリアーナは……！」

離れた場所にいるはずのお父様が落ちた!?

「な、なかなかやりますわね……！」

時間差で赤いドレスの少女にも!?

「なにやってんだ、イザベラ」

「オル!!」

なんだ、オルフェウス君の知り合いか……って、主人公の彼に近い女の子？

無口魔法使いの私と神官見習いのクリスティア、それにオルフェウス君とは幼馴染みの元気系美少女が「イザベラ」だったはず。

「お前、その格好……」

「ホーホホホッ！　わたくしの美しさに言葉も出ないようね！」

確かに美人さんだけど、私のイメージしたイザベラはこんなんじゃない。

趣味の悪い真っ赤なドレスと厚化粧で、彼女が本来持っている美しさが行方不明になっている。

むしろどうやったら、ここまで酷いコーディネートできるのか教えて欲しいくらいだよ。

イザベラちゃんの物言いに、唖然《あぜん》とした様子のオルフェウス君。深いため息を吐くと、私の前に立つ。

あれー？　ちょっと前が見えないのですがー？

「さてユリアーナ、私の姫君、そろそろエスコートさせてもらってても？」

「ふぁっ、ベルとうしゃま！　あい！」

いつの間にいたのか、お父様が後ろからふわっと抱き上げてくれる。

なんだかお久しぶりにも感じる「お父様抱っこ」ですよ。ふへへ。

「最近のユリアーナは勉強や準備で忙しかっただろう。今日は楽しむといい」

「あい！」

　さてさて、スイーツゾーンへと向かいましょうかというところで、目の前に赤いものが飛び込んでくる。

　それを数回ターンしてかわすお父様、めちゃくちゃ格好いい。めちゃくちゃイケパパ。

「イザベラ!!」

「ホーホホホッ！　つかまえてごらんなさぁーい！」

「ふざけている場合か！」

　最近動きが良くなったオルフェウス君から、素晴らしい身体能力で逃げるイザベラちゃん。

　そうだった。設定のイザベラは、主人公と共に前衛で戦う格闘美少女だ。これくらいの動きは朝飯前ってやつだろう。

　さらにハイヒールとドレスを着てこの動きができるとか、実はめちゃくちゃ身体能力高いんじゃないかイザベラちゃん。

「ホーホホホッ！　未来の旦那様に捕まるのも一興ですけれど、今はこちらの方に御用がございますのよ！」

　そう言って私の目の前に再び現れたイザベラちゃん。

　今度は怖くない。だってお父様に抱っこされているからね！

「な、なんでしゅか？」

　でも腰が引けているけどね！

「お誕生日会だと聞きましたわ！　おめでとうございますですことよ！」

「ありがと、ございましゅ」

「ですが、それはそれ！　これはこれ！　ですのよ！」

「ふぇ？」

「わたくしのオルは返していただきますわ！　ホーホホホッ！」

赤いドレスにハイヒールの美少女は、腰に手を当てて言い放つ。

そして会場中に響き渡るくらいに、高らかに笑っている。

「お前のじゃねーよ!!」

「ホーホホホッ！　照れ屋さんですわー！」

当人の叫び（ツッコミ）は、彼女にまったく響いていないようだ。

がんばれオルフェウス君！

なんだか面倒くさそうだから、私はスイーツでも……あ、ダメですかそうですか。

41　幼女は誰《た》がために成るのかを問う

「オルしゃまは、ものじゃないの」

「あら……言いますわね！」

先ほどまで高らかに笑っていた少女は、静かに私と向かい合う。

彼女から漏れ出る覇気に私の何かが漏れそうになったけれど、お父様の抱っこに包まれている状態なら安心だし粗相《そそう》はできない。色々な意味で耐えろ、私。

「お前、冒険者として活動していたんじゃないのか？」

「何をおっしゃっているのかしら！　オルが騎士になるというから、わたくしも淑女への道に入りましたのよ！」

オルフェウス君が騎士に？　そんなこと言ってたっけ？

「は？　騎士？　俺は侯爵家の依頼を受けただけだ」

「冒険者が貴族に囲われているのは、騎士になるからでしょう！」

「あー、確かにそういう話は良く聞くが、俺は違う」

「な、なんですって⁉　ひどいわオル‼」

がくりと膝をつくイザベラちゃん。なるほど、盛大に勘違いした彼女が猪突猛進《ちょとつもうしん》した結果の「コレ」なのね。

やれやれといった様子で、ため息をつくお父様。同じタイミングで鼻ため息が出ちゃう私。プピプピ。

それにしても。

「なんで、オルしゃまのせいにするの？」

「え……？」

「ぼうけんしゃも、しゅくじょきょういくも、やりたいからやってるんでしょ？」

「でも、わたくしは、オルのために……」

「だれかのために、なにかをやってもいい。でも、それを、だれかのせいにしたらだめ」

涙で厚化粧がドロドロに落ちているイザベラちゃんの顔を、私はしっかりと見据えて言う。

「じぶんできめて、でたけっかを、だれかのせいにするのは、ひきょうもののすること」

イザベラちゃんは心が幼いのかもしれない。

だからといって、彼女を甘やかすことはできない。

「だれかといっしょにいたいなら、ちゃんとじぶんでたちなしゃい！」

「……うう、うわああああああん！」

さっきまでの高飛車《たかびしゃ》な態度はどこへやら、慌てて出てきた父親らしき人に抱えられて下がるイザベラちゃん。

でも、あの大泣きしている感じを見ると、分かってくれたと思いたい。

「ははっ、『自分で立ちなさい』か。言うなぁ、お嬢サマ」

「ふぇぇ、おはじゅかしいぃ……」

やばい！　めちゃくちゃ恥ずかしい！

お父様にしっかり抱っこされた状態の私が言うセリフじゃなかったよね！

「しっかりしているのに、こうやって恥じらうさまも愛らしい。さすがは私のユリアーナだ」

「侯爵サマ、お嬢サマは物じゃないっすよ」

「ふぇぇ……」

親子そろって、何を言ってるんだか……。

お父様、恥ずかし発言は禁止ですよ！


色々あったけれど、お茶会はまぁまぁ成功といったところ。

お師匠様は出産間近の奥さんの見張り……付き添いをしていて、お祝いと参加できなかったことを謝るお手紙をくれた。獣人さんたちは丈夫だから臨月《りんげつ》でもガンガン動けるらしいのだけど、さすがに陣痛《じんつう》がある状態では動くのは危険とのことだった。

プレゼントは今度の授業で手渡ししてくれるって。楽しみだなぁ。

「はぁ、ましゃか、ヒロインがあんなことになっていたとは」

「きゅきゅ？（ひろいん？）」

あ、言葉に出しちゃってた。

最近気づいたのだけど、身近な人たちに心を読まれる内容は、私にとって「伝わっても大丈夫な部分」だけなんだよね。

前世のことや世界の理について考えても、どうやら伝わっていない模様。

「えっと……せかいのことわりと、ちがうことになっているのでしゅ」

「きゅーきゅきゅ（ああ、なるほどな。我がここにいるのも世界の理から外れているようだからな）」

「え⁉　そうなの⁉」

「きゅ。きゅきゅ（うむ。それは我が主と関わったからだと見ている）」

「ふぉぉ、しゅごいはっけん」

夜寝る前、ベッドの中でモモンガさんと話している私。

本当はペット？　を寝室に入れるのは禁止なんだけど、今日だけは特別だとお父様が言ってくれたのだ。

なぜなら……。

「ティア、これなかったの」

「きゅ……きゅ（主の友と聞いた……残念だったな）」

「きゅうに、いそがしくなったって」

「きゅ？（何があったのだ？）」

「わかんにゃい」

モモンガさんの柔らかなモフモフを撫でながら、私はちょっと落ち込んでいる。

夕方、お客様全員をお見送りしたところで、急きょお父様は王宮へと向かった。そして神官見習いのクリスティアまでも忙しくなるようなことが起こっているらしい。一体何があったのだろう。

「きゅきゅ？（精霊に情報を集めさせようか？）」

「おねがいしましゅ」

「きゅ！（うむ、任せておけ！）」

きっとお父様がなんとかするだろうけど、こういう情報を知っておくことは大事だよね。情報を制するものは世界を制するって言うもんね。

「きゅ？　きゅ？（世界を制する？　世界征服でもするのか？）」

「しないでしゅ！」

なぜそこだけ読み取るのか。

心の声伝達仕様に少々悪意を感じる、今日この頃でござる。

42　醍醐味《だいごみ》を知る幼女

はっぴーばーすでー、たまごさーん♪

とゆわけで、無事に鳥の奥さんはご出産されたそうな。

もちろん鳥さん（でっかい鳩）なので、産んだのは「卵」ですけどね。

「息子は奥さんの血が濃いけど、次は俺に似てるかもなぁ」

「おとこのこ、おんなのこ？」

「娘だ」

「ほぇー」

卵の状態でも、どっちか分かるのはすごい。

まぁ、お師匠様のことだから、きっと魔法でうんちゃらかんちゃらしてるんだろうね。

「卵が赤っぽかったからな」

「え、そういうやつなの？　おとこのこは、あお？」

「よく知ってるなぁ、嬢ちゃん」

いやいや知りませんって。

でもわかりやすくていいね。この世界に「ひよこ鑑定士」は必要なさそう。

さすがに卵は奥さんが鳩……羽毛でしっかりとあたためているそうだ。お師匠様とは一日交代なんだって。大変そうだけど、生まれてくるお子様はきっと可愛いんだろうなぁ。

「この前は息子しか行けなくて悪かったな。おかげで母子ともに健康だ」

「おしょは、なまえ、かんがえているの？」

「ん？　そうか。嬢ちゃんは知らなかったか。獣人は自分の名を自分で考えるんだ。そして伴侶《はんりょ》に出会った時にお互い名乗り合う」

「はんりょ？」

「結婚相手のことだ」

おおう。小鳥さんに「名を名乗れ！」とか言わなくて良かったよ。

獣人さんは名乗らないのが普通で、小鳥さんの場合「白鳩の息子」か「虹髪ペンドラゴンの息子」と名乗るらしい。

「ふぉぉ、かっこいい！」

「ん、そういうわけで、今日もやるぞ」

「きょうも……」

声に魔力をのせて早口言葉を何度もくり返すやつ、結構キツイんだよね。

以前からやってはいるのだけど、淑女教育のこともあり、訓練時間を増やすことになったのだ。

「ランベルトは、そのままで良いと言っているけどなぁ。嬢ちゃんは立派な淑女になりたいんだろ？」

「はい」

「それと体力作りも必要だ。筋力をつける訓練も増やしていこう」

「……はい」

実は、この前のお披露目会では五歳から十歳の子どもが数人いたのだ。

だけど、その子たちと同年代であるはずの私は、招待客のほとんどに三歳くらいだと思われていたという衝撃的な事実が。

侯爵であるお父様が溺愛する「やんごとなき赤ちゃん」と遊ばせて、うっかり怪我でもさせてはと親たちが子どもたちを私に近づけなかったとのこと。

ぐぬぬ、せっかくのオトモダチ作ろう作戦が……。

でも、猪突猛進なイザベラちゃんの件もあったし、会の後半はほぼお父様抱っこだったからしょうがないよね。

次の機会ではしっかりと対応できるように、嫌いな運動も頑張ろう。

「魔力暴走の影響とはいえ、今からちゃんと体を作っていけば大きくなれる。諦めるなよ」

「はい！」

口を大きく開けて、噛まないように返事をする。

このままだと、お父様に恥をかかせてしまう。

早く大きくなって、鳥の奥さんのような『ボンッキュッボンッ』スタイル抜群の立派なレディになるのよ！　ユリアーナ！

「……おい、無理はするな無理は」

どういう意味ですか、お師匠様。

ちなみに誕生日プレゼントは、お師匠様特製フード付きマフラーでした。市場では高値で取引されるという奥様の羽毛を使ったふわふわのマフラー。

いつもお師匠様のマントで癒されているのバレてたみたい。うへへ。


そんな忙しい日々を過ごす中、私はモモンガさんと、そして護衛のオルフェウス君を引き連れ、とある場所に来ている。

「なぁ、お嬢サマ。ここに何の用があるんだ？」

「しょくざいあつめ」

「きゅ？（食材ならば、調理場にあろう？）」

「みちの、しょくざいをさがす」

嘘です。

私の作品の世界ならば、未知の食材なんて面倒なものは設定にないからね。

てこないし。

「きゅ（なるほど。気分転換か）」

「そうともいう」

お父様は忙しいらしく、王宮で寝泊りをしている状態だ。お兄様も学園が休みにならないと帰ってこないし。

そんなこんなで寂しい気持ちを誤魔化すために、私は町へ繰り出すことにしたのだ。

「毎日訓練ばかりだもんな。お嬢サマも息が詰まるってもんだ」

「ごめんなさい。ちょっとだけだから」

「いいって。俺もちょうど息抜きしたかったんだ。あの執事、俺を殺そうとしてんのかってくらい、急所スレスレを狙ってくんだぜ？」

「だ、だいじょぶ？」

「強くなるためだから、死なないように頑張るだけだ」

あははと笑っているけど、セバスさんったら一体どんな訓練をしているのだ。怖いよ。

ちなみに護衛はオルフェウス君だけじゃない。森の時にもいたけど、セバスさんの手の者たちがいてくれる。姿は見えなくても、なんかいい匂いするから分かるんだよね。

「よろしくねー」

特に良い匂いがする方向に手を振って、いざ、町の市場へレッツラゴー!!

屋敷から町までは馬車で、お昼過ぎに迎えに来てもらうことになっている。

歩きづらい石だたみの道に四苦八苦しながら、私はオルフェウス君と手をつないで歩いている。

だって、つい周りを見ちゃうんだよ。そんで転びそうになるんだよ。

「こんなところを侯爵サマに見られたら、俺、殺されるんじゃねぇかな」

「あはは、まさかー」

「きゅきゅ！（ははは、さもありなん！）」

え、モモンガさんまで？　まさかそんなことないよね？　お父様？

立ち並ぶ家やお店は、石造りが多い。木造もあるにはあるけど、基本の建材は石みたい。そこら辺は詳しくないし、詳しい設定をした記憶もない。

オルフェウス君は、キョロキョロしている私にすかさず声をかけてくる。

「朝市には間に合いそうだが、人が多くなってきたら抱き上げるぞ」

「う、おねがい、します」

この世界の人たちは体が大きい。

ただでさえ平均よりも小さい私なんて、人混みに入った瞬間ボールのようにぽんぽん蹴られてどこかいってしまいそうだ。

「あ、あれは……」

「肉の串焼《くしや》きが気になるのか？」

「くしやき……！」

市場の入り口に屋台がいくつかあり、その中のひとつから焼いた肉とタレが焦げた、なんとも食欲をそそる匂いがする。

炭火で熱いのだろう、ムキムキマッチョのお兄さんが汗だくで焼いているのがいいね。

もしや、あれが異世界ラノベによくある「屋台で売られている肉の串焼き」ってやつか！

なんの肉だかよく分からないという、あのお約束のやつか！

「あれは豚バラと鳥肉の串焼きだな。食うか？」

「……たべましゅ」

43　作戦の準備をする幼女

異世界飯に敗北。

そう、確実とは言えないまでも、ここは前世で書いていた私の小説を元にした世界だった。各食材の名称変更なんてするわけがなかった。

「たべもののことまで、かんがえてなかった」

「ん？　どうした？」

「なんでもない、です」

「きゅ！（なかなか美味であるな！）」

どうやら雑食らしい精霊王《モモンガ》は、頬嚢《ほおぶくろ》いっぱいに串焼肉を詰め込んでらっしゃる。どんだけ食べるのやら。

ちなみに私は前世も今世も塩派ではあるけれど、屋台の串焼きに関してはタレも辞《じ》さない所存。

ほどよく弾力のあるお肉をモグモグしていると、次は甘い匂いが。

ん？　まさかこの香りは。

「豆を甘く煮たのを、小麦粉の生地で包んだ菓子だ。食うか？」

「たべるます！」

おかしな言葉づかいになってしまったけれど、さすがにこれはしょうがない！

豆の種類は分からないけれど、餡《あん》こみたいなのがあるってことでしょ？　もしやこれは大判焼き……回転焼き……ええと、なんて言うんだっけ、これ。

「これは甘焼きというんだ。庶民《しょみん》の菓子ってとこか」

「あまやき……」

どこかで聞いたような名前だけど、ふんわり漂う甘い香りにワクワクが止まらない。

屋台のおっちゃんから二つ買ったオルフェウス君は、私にひとつ手渡してくれる。

「きゅ！（我の甘焼きはないのか！）」

「そのままで食ったらお嬢サマが汚れるだろ。バスケットの中で食べておけ」

「きゅ！（心得た！）」

モモンガさん用に持ってきたバスケット。外が見れないから嫌だと入りたがらなかったのに、オルフェウス君が甘焼きを置いたら即行入っている。こやつ、さては食いしん坊か。

もらった甘焼きは、カリッともちっとした生地の中に小豆によく似た甘い餡が入っている、前世でもよく食べていたものに似ていた。

「おいしー。これ、チーズやハムいれても、おいしいとおもう」

「確かに、甘いもんだけじゃなくてもいいよなぁ」

ふむふむと頷くオルフェウス君は、屋台のおっちゃんにそっと耳打ちする。

これは甘焼きにバリエーションが増える予感がしますぞ。また来よう。

屋台ゾーンを抜けると、様々な食材の置いてある「市場」へと入っていく。

屋根と柱だけで壁のないこの場所には、各々決められた場所で店を構えている。事前に申請が必要だけど、何を売ってもいいとされている自由市場だ。

その中でも「お貴族オーラ」を出している私だけど、なぜか驚くほど視線を感じない。

影のようについてきているオルフェウス君に視線がこないのは、セバスさんの修行のおかげだと思うんだけど、なぜ私まで？

「……驚くほど、視線がこっちに来ないな」

「きゅ！（視線がうるさいから精霊に頼んだのだ！）」

なるほど。精霊さんのおかげか。

よく見れば、光と水と風の魔力が私たちを取り巻いている。ふむふむ、モモンガさんが作ってくれた水鏡の構成と似ているなぁ。

オルフェウス君が「俺、いらなくない？」って言ってるけど、そうでもないよ？

「ふぉ!?」

「おっと、危ないなお嬢サマ」

転びそうになった私をふんわり支えてくれるオルフェウス君。咄嗟《とっさ》の事故は魔法じゃ防げないので、とても助かります。

「そういや侯爵サマは、ほとんどお嬢サマを歩かせてなかったか。そろそろおぶってやろうか？」

「あるきます！」

これ以上、運動不足になりたくないので！　筋肉つけないと大きくなれないので！

「……お嬢サマに怪我させたら、俺、殺されるんじゃねぇ？」

「たしかに！」

「いやいや止めてくれよ？」

がんばれオルフェウス君と心の中でエールを送りながら、私は市場のあちこちを観察している。

正確には匂いを嗅いでいるのだけど。くんかくんか。

あ、見つけた。

「おばちゃん、これとこれと、これください！」

「あいよー」

うん。いい香り。

お目当てのラベンダーに似た花の他にも、いい香りがする花をいくつか選び両手で受け取る私。

すかさずオルフェウス君がお金を払ってくれる。

「ありがと、オルしゃま」

「それをどうするんだ？」

「ポプリにする。おへやで、いいにおいするの」

「へぇ」

本当は瓶《びん》とかも欲しいけれど、今回はお試しだからね。

それにあまり長くいられないし。（幼女の体力的に）

「お嬢サマは匂いに敏感だからなぁ。よく侯爵サマのことも……」

「オルしゃま、おくちとじて」

「はいはい」

オルフェウス君を静かにさせた私は、その他にも色々花を買ってもらう。そしていざ、お屋敷に戻ろうと歩き出せば、オルフェウス君が首を傾げて問いかけてきた。

「なぁ、お嬢サマ。なんで市場で花を買うんだ？」

「ん？　どゆこと？」

「庭師に育てさせればいいんじゃねぇか？　あんな広い庭があるんだから」

「ふぉ、それいいやつ」

「おばさん、買ったやつの種もくれよ」

「あいよー」

いい香りのするものと言ったら、今の季節に咲いていない草花の種を追加で出してくれた。やさしいおばちゃんだ。

「庭師なら知ってるだろうし、任せておけばいいと思うぞ」

「ありがと、オルしゃま」

この男、脳筋に見えて意外と繊細《せんさい》なのだ。

ふふふさすが私の作ったキャラ（仮）ですな。ふふふ。

よし！　これで『癒しのポプリ大作戦』を決行できるぞ！

「おーい、お嬢サマ、悪い顔になってるぞー。可愛い顔に戻しておけよー」

もう！　外野うるさいなぁ！

44　幼女の準備は万端です

オルフェウス君と私とモモンガさんは、屋敷に着くやいなや庭へと向かう。

「え？　今日やるのか？」

「ぜんはいそげ！」

「きゅ！（言葉の意味は分からぬが、すごい気合だ！）」

ポテポテ歩いていると、ぬるりとセバスさんが現れた。

「おかえりなさいませ、ユリアーナお嬢様」

「セバシュ！　にわしたちはどこですか！」

なぜか未だにセバスさんの名前を噛み続けている私。

呼ぶたびに噛んでしまって落ち込んでいたところ「ご安心を、『セバシュ』に改名いたしますから」と言われてしまった。それからは、なるべく気にしないようにしている。色々な意味で。

「庭師、でございますか？」

「あのね、ポプリ、つくりたいの」

「お嬢サマは庭で育てて欲しい植物があるって、市場で種を買ってきたんだ」

すかさずオルフェウス君がフォローしてくれる。

そんなにまでして、また市場に行きたくないのだろうか。ちょっと凹《へこ》む。

「なるほど……本日の護衛は反省点が多いようですね。訓練を追加いたしましょう」

「ええ⁉」

「雇い主である旦那様は、お嬢様を第一に考えているのです。それが出来ずして何が護衛ですか」

「……すんません」

わぁ、セバスさん笑顔だけど怒ってるっぽい？

ごめんよオルフェウス君。私がちょっとだけ落ち込んだのを、有能すぎるセバスさんが察知しちゃったんだね。

「では、お嬢様こちらを向いていただけますか？」

「ふぉ？　げんかん？」

屋敷に入ってきた時のドアが目に入ると思っていたら、ふわんといい匂いがする。

気がつくと、目の前に作業着姿の男性が数人ほど立っていた。

あれ？　いつのまに？

「我が手の者たちです。普段は庭師として屋敷の警護をしております」

息ぴったりの動作で跪《ひざまず》く庭師のお兄さんたち。

おお、いつも影ながら見守ってくれている人たちは、庭師さんだったのね。

「いつも、ありがとう。きょうもいちばで、いっしょだったね」

「!!」

ピクリと肩を震わせた端っこのお兄さんに、セバスさんはくすりと笑う。

「ほら、だから言ったでしょう？　ユリアーナお嬢様はお気づきだと」

「ん！　いいにおいだからね！」

今度は全員の体がちょっとだけ動く。セバスさんを見上げれば、笑顔で頷いてくれた。

「お嬢様には、人間の悪意や敵意などがお分かりになるのかもしれませんね。得難い能力だと思いますよ」

「におい、のうりょくだった？」

市場では人がたくさんいたけど、庭師のお兄さんたち以外は普通だった気がするぞ。

あ、一番いい匂いはお父様だよ。次がお兄様とお師匠様かな。

「彼らであれば、どのような植物でも育てることができますよ。温室もありますから、季節外れの花も育てられます」

「おんしつ、あるの？」

「ええ、ご案内いたしますか？」

「はい！」

オルフェウス君が庭師さんたちに種を渡すと、さっそく植えてくれるって。

仕事早いね！　さすセバ関係の人たち！

お父様への許可が必要かと思ったけど、後からでも大丈夫だし、却下されることは絶対にないと言われた。お、おう。

「きゅきゅ？（なぜ主はポプリとやらを作るのだ？）」

「いいにおいがすると、いいきもちになるから」

「きゅ（なるほど）」

「おいそがしい、ベルとうさまとティアにあげたい」

「きゅー……きゅ、きゅきゅ（なるほど……む、風の精霊たちが情報を集め終えたようだ）」

「あとで、おへやね」

「きゅ！（心得た！）」


森の居住区にあった施設のサンルームも綺麗だったけど、フェルザー家の温室もすごい。

土台から途中までは煉瓦《れんが》になってて、木と鉄の支柱でガラスを支えてある。

ちゃんと風が通るように、ドアが向こう側にもついていて、所々の屋根も開くようになっていた。

「この一枚ガラスを、職人が作るのに試行錯誤《しこうさくご》したと聞いております。先代様が建てられたものです」

「ふぇー、すごい」

「植物には触れないようになさってください」

「はい！」

大事なお花とかあるかもだから、力加減のできない幼女がさわったらダメだよね！

「毒性のあるものもございますので」

ちがってた！　普通にさわったらダメなやつだった！

「失礼いたします、お嬢様」

そっと抱き上げてくれるセバスさん。

ごめん、さすがに今日は市場で普段よりたくさん歩いたから疲れてるや。

「ありがと」

「この奥を見ていただいたら戻りましょう」

温室の奥には木製の可愛らしいティーテーブルと椅子が置かれていて、何も植わっていない区画があった。

「ここは？」

「お嬢様のために旦那様がご用意されたものです」

お父様が!?

「森の居住区で、お嬢様はサンルームをお気に召したとか。ならばこの温室を改造しようと動かれていたのですが……」

そっか、今お父様は忙しいからね。

ん？　とすると、つまり？

「ここ、すきにつかっていいの？」

「さようでございます」

やった！　前世で憧れていた「お洒落《しゃれ》ガーデニング」ができるぞ！

でも私にセンスはないから、庭師兄さんズに手伝ってもらうことにしよう。そうしよう。

「ここでポプリをつくるの、いいかも」

「お嬢様、旦那様にお渡しになるので？」

「うん。あと、ティアにも」

「それはよろしゅうございますね。旦那様もさぞかし喜ばれることでしょう」

もう育っている草花も買ってきたから、すぐにでも作れる。

それに、チラッと思い出したんだよね。前世で「ポプリは魔除けになる」ってやつを。

書庫で調べてみようかな。うっすらとした知識しかないから。

「きゅきゅ！（主、植物のことなら我も詳しいぞ！）」

あ、そうだった。専門家《モモンガさん》がいた。

よしよし、これならイケる気がする！

ならば、明日から作ろう！

今日はもう、無理!!　寝る!!（幼女の体力不足ゆえに）

◇氷の侯爵様は再確認する

よりによって、ユリアーナの記念すべき日に呼び出すとは……。

事と次第によっては辞職してやると思いながら王宮へ向かった、あの日から数週間たった今日。

「マリク」

「諦めてください。私も同じく家に帰って妻と子に癒されたいのです」

「……報告を」

「はい。北の山脈方面で発見された魔獣の群れはスケルトン型と見られております。王宮騎士団は教会と連携をとり、王都手前で押さえ込むことに成功したとのことですが……」

魔獣の群れが発生するのは、よくあることだ。

しかし複数の群れが同時に発生し、なぜかそのすべてが王都に向かってきたというからには、人《じん》為的《いてき》な要因によるものではないのだろうか。

報告を続けるマリクの言葉を、軽く手をあげて遮る。

「それではない。今日の報告のほうだ」

「ああ、そちらでしたか。ええと、本日のお嬢様は市場へ出られたとのことです」

「市場に⁉　なぜそのような場所に‼」

「外出許可を出されたのは室長ですよ。先日の報告の時に、執事の方に許可を出してましたよね？」

確かにセバスから、ユリアーナの外出を許可してよいのかという問い合わせがあった。

セバス一門の者たちを必ず護衛につけるならばよろしいと、許可を出した記憶はあるのだがしかし。

「そのような危険な場所に行くとは思わなかったのだ」

「市場が危険、ですか？」

「馬車で町を移動するくらいだと思っていた」

「それ、外出じゃないですよね？　それと、お嬢様から温室の使用許可が欲しいと追記されております」

「許可する。ただし、必ず人をつけるように」

「かしこまりました」

続いてヨハンの報告を聞いたところ、学園で過ごす息子はフェルザー家の者として優秀な成績をおさめているということだった。

これまで子どもたちの報告は必ず受けていたが、ユリアーナを本邸に移してから劇的に変わったことがある。

「ユリアーナは……どうだ？」

「どうだ、とは？」

「他には何か書かれていないのか？」

「はい。報告書にはこれしか……ああ、魔道具が入っておりました。こちらをお渡しいたします」

マリクが手渡してきた魔道具は、映像と音声が映し出されるものだ。

これはセバスだなと思いながら魔道具を起動させる。

『ことりしゃ、さむーい？　だいじょぶ、だいじょぶよー』

場所は屋敷の庭だ。

東屋にいるユリアーナが、膝の上に何かをのせている。

小さな小さなユリアーナ。

甘く艶めく蜂蜜色の髪、神秘的な紫の瞳、それらの色はユリアーナだけのものだ。

ああ、薄紅色に染まる頬を撫でてやりたい。柔らかな髪を優しくすいてやりたい。

初めて目と目を合わせた時から、ユリアーナを思うと胸が締めつけられるような痛みに囚われている。

不思議とそれを嫌だとは思わない。むしろ喜びすら感じている自分は、どこかおかしいのかもしれない。

つらつらと考えながら映像を見ていると、真剣な表情のユリアーナが膝の上にのせたものに向かって歌い出した。

『ねんねんー、ことりしゃー、いいこにー、ねんねんよー』

……やはり、これは!!

離れた席で書類整理をしていたマリクが、慌てたように立ち上がるのが見える。

「し、室長⁉　何をされているので⁉」

問われた私は声を発することが出来ない。なぜなら気づいてしまったのだ。

これは、ユリアーナのこの歌は、まさか……。

「室長、またあの時の魔道具を起動させたのですか⁉　まさか呪……」

「そうか！　伝説にある、天からの御使が奏でるという、天上の歌声と同じなのか！」

「え、えぇ……？　いくらなんでもそれは……」

マリクが何かを言っているが、今の私の耳には入らない。

なぜなら私の最愛である天使が歌っているのだから。

「この素晴らしい歌を魔道具に残しておくとは、さすがはセバスだ。うむ、さっそく陛下《アーサー》にも聴かせてやろう。ここのところ激務で疲れているだろうからな」

「し、室長、それはやめたほうが……」

「なぜだ？」

「あの、ほら、お嬢様の愛らしい映像は、室長だけのものにしておく……みたいな？」

「……ふむ、確かに」

どうやら私は浮かれていたらしい。常に冷静であれという、フェルザー家『氷の掟《おきて》』を忘れるところだった。

ユリアーナが天使だというのは事実であっても、それを周知させることは危険でもある。どこかの良からぬ輩に目を付けられても困るからな。

冷静になれ。

それよりも重要なのは、いかに早く事態を収束させるかだ。

魔道具に付いていた手紙には、報告の追記として「お嬢様は寂しがってらっしゃいます」と書かれていた。となれば、可及的速やかにユリアーナを抱きしめてやらねば。

不思議なことに、天使の歌を聴いたせいか頭が冴え、思考能力が凄まじく上がったような気がする。

やはりユリアーナは天使だったのか。知っている。改めて再確認しただけだ。

「マリク」

「はい」

「少しの間、王都を出る。そのまま屋敷に戻るから、お前はそれをまとめたら帰っていい」

「はい？」

口を開けたままのマリクの顎をそっと戻してやり、私は窓を開けて魔法を展開させる。

魔獣が大地を汚し、浄化が間に合わないのであれば……。

「汚れたものすべてを凍らせてしまえば良いだけだ」

氷の魔法で空を駆けながら、屋敷で待つユリアーナを想う。

自然と自分の口元が緩むのが分かる。

この感情はまるで……。

「ふっ、まさかな」

45　幼女は固まる

お父様が帰ってきた。

温室でマーサたちに見守られながら土いじりをしていた私は、危うくそのままお父様の元へと向かうところだった。

「落ち着いてくださいい、まずはお着替えをいたしましょう」

「はい！」

淑女教育をしているはずなのに、お父様という言葉を聞いただけで脊髄《せきずい》反射的に動いてしまった。

むむむ、気をつけねば。

「お嬢様は、本当に旦那様のことをお好きなのですねぇ」

「はい！　ベルとうさま、だいすきです！」

ドアの向こうで何やらすごい物音がしたけれど、マーサが反応していないので気のせいかな。

着替えを終え、髪を整えてもらいながら、つらつらと考える。

美形でスタイルもイケてるお父様は、前世でも今世でも私の好みど真ん中の男性だ。小説を書いていた時も、悪役ではあるが自分好みのキャラにした自覚はある。

喜びの感情が溢れ出てしまうのは、いたしかたなし！　なのだ。

「さぁ、可愛らしく仕上がりましたよ」

「ありがと、マーサ」

おめかししたせいか、モモンガさんはおとなしくオルフェウス君の頭にいる。

なぜだろう。おとなしすぎるモモンガさんが気になるけど……。

「ユリアーナお嬢様、旦那様は食堂でお待ちです」

「ありがと、セバシュ」

うむ。安定の噛みっぷり。

心にすり傷を負いつつ食堂へ小走りで向かえば、両扉をセバスさんとオルフェウス君が同時に開いてくれる。

「ユリアーナ！」

「ベル、とぉしゃまあああああ!!」

おすまし淑女はどこへやら。

べしょっと崩れた顔のまま私はお父様へ突撃してしまう。

ああ！　いつも無表情なのに、泣きそうな笑顔を見せてくれるお父様！

燃え……いや、萌えあがってしまう！　ふおおおお!!

安定のしっかりとした体幹《たいかん》と胸板の厚みに、しっかりぴったりくっつく私。

はぁ、落ち着くぅ……。

「これほどまで泣くとは、すまない、寂しい思いをさせた」

「だい、じょうぶ、です」

思わず感情が昂って泣いてしまったけれど、お父様の香りと筋肉でなんとか落ち着くことができた。すぅー、はぁー、くんかくんか。

するとスッと出てきたセバスさんが、お試しで作ったポプリを私の手に持たせてくれる。

本当は王宮へ持っていってもらおうと思ったのだけど、帰ってきたから直接お父様に渡せるね！　やったね！

「これは……」

「おまもり、です」

使ってあるのはシナモンや唐辛子《とうがらし》だ。

両方とも調理場にあったから、料理長から譲ってもらった。

「魔力が感じられるな。ユリアーナか？」

「はい」

刺激的な香りのするものには、火の魔力と相性がいい。これは悪いものを近づかせないように作ったものだ。それと、もうひとつ。

「この神聖な気は……まさか」

「ホワイトセージです」

これは庭師さんたちがお薬に使うとかで育てていたものを、いくつか分けてもらって作ったホワイトセージのポプリだ。

このままでもいいけれど、太陽の光で乾燥させたらもっと効能が高くなると思う。

「そうか。教会の手が回らないところも、これがあれば……」

「やくにたちますか？」

神官見習いであるティアも忙しいと聞いていたから、こういう補助的なアイテムはあっても邪魔にならないと思ったのだけど。

「うむ、さすがだ。ユリアーナは愛らしいだけではなく、このような素晴らしいものまで作れるとは。お前こそ聖女だと私は思う」

「ベルとうさま、いいすぎです」

えへへ、でもずっと頭を撫でてくれるから嬉しいな。うへへ。

楽しいお食事タイムを終えて部屋に戻ると、モモンガさんが風の精霊に集めてもらった情報、魔獣発生の話を思い出す。

お父様が王宮で働きづめだったのは、王都周辺でスケルトン型の魔獣が大量発生したからだという内容。

魔除けのポプリを作ろうと思い至ったのは、その情報を得たからなんだけど、何かが引っかかるんだよねぇ。

「スケルトン、たいりょうはっせい。……むむっ⁉」

なんで忘れていたんだろう。

オルフェウス君が冒険者として活躍していた、私の書いた小説の内容を。

慌てて部屋の外に出た私は、お茶を持っているセバスさんとかち合う。

「お嬢様？　お休みになるのでは……」

「オルさま、どこ⁉」

「これから鍛錬の時間ですが、御用でしたら連れてきますのでお部屋でお待ちください」

「いそぐの！」

そのまま走っていこうとした私は、ふとセバスさんの手元を見て気づく。

二人分のティーセット？

「セバシュ、おきゃくさま？」

「はい。急なご来客でして、取り急ぎお飲み物だけでもと」

もしかして、魔獣が大量発生したとか？

それはいかんと、まずはお父様のいる応接室へと向かうことにする。

「お嬢様、いけません」

「ちょっとだけだから！」

私が……いや、フェルザー家が護衛依頼をしたことによって、オルフェウス君は冒険者として活躍できなかった期間。

小説では、その間にスケルトン型の魔獣が大量発生する兆候《ちょうこう》を見つけ、教会に所属しているティアと一緒に駆除と浄化に駆け回る、という筋書きだった。

応接室にたどり着き、ドアをノックしようとした私は、中から発された大きな声に驚いて体が固まってしまう。

「王から直々のお達しですよ⁉」

「だから、いらんと言っている。それは燃やしておけ」

「ダメですって！　王の直筆で印が入っているんですから！」

「マリク、興奮しすぎると疲れないか？」

「疲れさせているのは、室長です‼」

防音処理されていない応接室は、外にいる私とセバスさんに丸聞こえだ。

隠すような情報じゃないのだろうと思うけど、なんとなくお父様の部下は心労が絶えないのだろうと思い、そっと血圧低下を祈っておく。

「私には必要ないものだと、陛下に言っておけ」

「一介の文官が言えるわけないでしょう！　室長から言ってください！」

「私からは直接言ってある」

「ですから！　それでも尚、お話を進めて欲しいから、私に渡すよう託されているのですよ！」

「まったく陛下にも困ったものだ」

「陛下というよりも、室長のほうが困った人だと思いますが」

そろそろおさまったかなと思い、ドアをノックしようとした手が再び止まってしまう。

「お相手は末端とはいえ王家の血筋。室長の再婚相手として、文句なしのご令嬢に不満でもあるので？」

へ？

お父様が、再婚？

46　巻かれる幼女

「ユリアーナお嬢様、これはあくまでも……」

「セバシュ、おきゃくさまがいるので、おへやにもどります」

「さようでございますか。今、護衛を呼びます」

「だいじょうぶです。セバシュは、おきゃくさまのところへ」

「……かしこまりました」

気遣わしげな様子のセバスさんだけど、私の言葉でお客様への対応を優先させることにしたようだ。

そして、フラフラとした足どりで部屋に戻った私は、そのままぽふころりんとベッドの上に寝転がる。

「おとうさま、さいこん」

再婚。

そうか。そうだよね。

自慢でしかないけれど、お父様……ランベルト・フェルザーはモテる。

『フェルザー家の氷魔』なんて呼ばれているけれど、この国のトップである国王陛下のおぼえもめでたく、役職は文官ではあるが実際は「宰相《さいしょう》っぽい」立ち位置にいる。

なぜ「宰相っぽい」かというと、そういう役職名が無いからだ。一人の文官に権力を集中させないというシステムみたい。たぶん。

話を戻そう。

お父様はモテる。だから、再婚の話も今回だけではないと思う。

そこは納得している。しているがしかし。

「おーいお嬢サマ、寝る前の挨拶……って、どうした⁉」

「きゅ……（主……）」

ベッドのうえでコロコロと転がっていた私は、毛布を巻き込んだまま床に落ち、そのまま思考の海へと沈んだままだった。

そして現在の精神状態も、ユリアーナ人生最大級の落ち込みの記録を更新している。

「モモンガさん、しってたのね」

「きゅ、きゅ。きゅきゅきゅきゅ（すまぬ、主。氷のが断っていたし、大事ないと思っていたのだ）」

風の精霊たちから情報を集めていたモモンガさんが、この件を知らないわけがない。

事情が分からないだろうオルフェウス君は、ただならぬ空気の中で静かに私を見ている。

「オルさま」

「なんだ？」

「いつ、ここをでるの？」

「俺に出て行って欲しいのか？」

「ちがう。でも、ゆうのうなぼうけんしゃには、まじゅうをたくさんたいじしてほしい」

「……なるほどな。お嬢サマは、良くも悪くも貴族だ」

「ごめん」

「謝る必要はねぇよ。セバス師匠から、侯爵サマが王宮に泊まり込んでたのは、魔獣が大発生したせいだと聞いたからな。お嬢様がそう考えるのも無理はない」

「ちがうの。そうじゃ、ないの」

毛布に包まり簀巻《すま》き状態の私を、抱き上げてくれるオルフェウス君。そのまま優しくベッドに戻してくれる。

ありがとう、オルフェウス君。

あ、簀巻きはそのままにしておいてください。なんかこれ、落ち着くので。

「貴族的な考えとは違うのか？」

「うん。これは、わたしのわがままなの」

「わがままねぇ……。ま、いいけどよ。俺の修行は今月いっぱいで終わるぜ。あとは自力で頑張るしかないって、セバス師匠が言ってたからな」

「りょうかいです」

悩みがあるなら相談にのるぞって言い残し、オルフェウス君は部屋を出た。

すると、私の頬にモフモフしたものが寄り添ってくれる。

「きゅ、きゅ？（主、どうする？）」

「なにも」

そう、まだ何も決まっていないのだから。

私が動く理由はない……はず。


「父上が茶会を開く、ですか？」

「そうだ」

眉間にシワをこれでもかとばかりに深くしているお父様。

鳩が豆鉄砲を食ったような様子のお兄様。

そして、チーズタルトの固い部分と格闘する私《ユリアーナ》。

スッと横から現れたセバスさんが、タルトを一口大に切り分けて再び姿を消す。ありがとう、さすセバ。

「理由をお聞きしても？」

「バルツァー家のご令嬢をお招きする」

「あの家にご令嬢が？」

銀色の髪をさらりと揺らし首を傾げるお兄様に、お父様はさらに眉間のシワを深くする。

またさらに深くなる……だと？

「西の……ビアン国に嫁いでいたアデリナ様だ。あそこは少し前に王が交代している」

「後宮《ハレム》の解放ですか」

「そうだ」

顔色を変えることなく、ハレムという言葉を口にするお兄様はそのまま難しい顔をしている。

私は「再婚相手の話なんだろうな」と呑気《のんき》に考えながら、食べやすくなったチーズタルトを頬張る。もぐもぐ。

「父上まさかアデリナ様を……いや、父上ならば断っているはず。それでも茶会を開くとなると……これは陛下からのお達しですか」

「さすが我が息子だ。どう転ぶにせよ、私はアデリナ様に会う必要がある」

「わかりました。私とユリアーナは？」

「同席せよ、とのことだ」

「……そうですか」

ふむ。お茶会は事実上のお見合いになるってことですか。

私とお兄様が同席を許可されたってことは、お父様が子煩悩という噂を受けてのことかしら？

そんなことを考えながら無心でチーズタルトを頬張っていると、お兄様が心配そうな顔で私をじっと見ていた。

「ユリアーナ、大丈夫か？」

「はい、おにいさま」

「アデリナ様はお優しい。きっと楽しい茶会になる」

国の貴族について、しっかりと勉強をしているお兄様によると。

アデリナ・バルツァーは、バルツァー公爵《こうしゃく》家の次女として生まれる。

王家の姫だった母の血をひく彼女は、生まれたその日に婚約者を決められたという。

婚約者は従兄弟《いとこ》だった。物静かで優しい彼とアデリナは、仲睦《なかむつ》まじく過ごしていたとのことだ。

しかしある日、西の国の王からアデリナの妹に婚姻《こんいん》の打診があった。

年の差があろうと、王が後宮に多くの姫を囲おうとも、貴族であれば政略結婚は仕方のないことだ。

四方を国で囲まれた自国は、常に国同士の繋がりを重要視している。一夫多妻《いっぷたさい》を推奨している国の、それも王家からの打診であれば喜ぶべきことである。

しかし当時、妹はまだ十にも満たない幼子《おさなご》だった。そこでアデリナは「自分ならば来年には成人するから」と。自ら婚約の取り消しを申し出て、西の国に嫁いだのであった。

「めちゃくちゃ、いいひとだ！」

「きゅきゅー（風の精霊からも悪い噂は聞かぬ）」

「おうは、ひどいやつだ！」

「きゅきゅー（だから交代になったのだろう）」

そうだった。交代になったからこそ、アデリナ様は後宮から解放され、実家に戻ることができたのだ。

ちなみに後宮を出た姫は、西の国で有力者と婚姻するという選択肢もある。

ただ、かの国は「有力者＝金持ち」であり、個々に作ったハレムの主でもある。つまり中年男性がほとんどで、仮に婚姻相手を探すとしても若いイケメンと結ばれる可能性は低い。うちの国に戻ったほうが、まだマシだと思われる。

お昼寝をすると言って、部屋に戻った私。

ベッドにぽふころりんと寝返り、そのまま毛布を巻き込み転がり続ける。

うーん、やっぱり私は動く必要があるかも。

「じゅんび、しないと」

「きゅきゅ！　きゅー！（我もいる！　安心せよ！）」

お茶会は三日後。

毛布簀巻きになっている場合ではない。動かねば。

はぁ、毛布、あたたかぁーいぃ……ぐぅ……。

47　夜色を見る幼女

制限時間は三日。

いや、昨日は毛布簀巻きに囚われ、うっかり寝てしまったので三日もない。

そういや前世の私は、締め切り守る系作家だった。毎回ギリギリだったけど、だからこそ素晴らしい……そこそこなクオリティを出していたのだ。

創作とは、締め切りが出来てからが勝負なのだよ！

「そして、スパイだい◯くせん、だよ！」

「きゅ？（なんだそれは？）」

「みっしょんいん◯っしぶる、だよ！」

「きゅきゅ？（だからなんなのだ？）」

脳内に流れるテーマ曲をそのままにノリノリで家を出ようとしたところ、玄関でふわりと抱き上げられる。

「ユリアーナお嬢様、どちらへ？」

「ちょっと、スパイ……おんみつこうどうをしてきます！」

「さようでございますか」

そっと床に立たせてくれるセバスさん。

屈んで私と目を合わせると、にこりと微笑む。ふぉぉ！　ロマンスグレーの色香がふぉぉ！

「ならばまずは、気配を消さないとなりませんね。お嬢様なら魔法の使用をおすすめします」

「まほうで、けはいをけす。……おししょは？」

「ペンドラゴン様は育児休暇中ですよ」

「ぐぬぬ」

おっと、つい幼女らしからぬ唸り声が漏れてしまった。

するとセバスさん、微笑みはそのままに指をパチンと鳴らす。現れたのは、作業着を着た男性。

あ、いつも温室で色々教えてくれる庭師さんだ。こんにちはー。

「お呼びで？」

「お嬢様に、影の初歩を」

「承知」

影の初歩、とは？

あの、あまり時間がかかると困ると言いますか……。

「少々お時間がかかりますが、魔力のない人間でも使える技ですよ。学んでおいて損はないかと」

問答無用で影の訓練を受けることになった私。結局この日は屋敷で過ごすことになってしまった。

風の囁きやら語りかけやらに耳を傾けたり、木や草花と一体化したりという謎の訓練だった。周りからは、庭で幼女が寝転がっているようにしか見えないやつ。なぞい、なぞすぎる。

「きゅ、きゅきゅ？（主よ、気配を消したいなら我がやろうか？）」

もっと早く言ってよモモンガさん！

うっかりセバス流派の初歩まで、技を会得しちゃったよ！

庭師さんたちから「お嬢様は天才だ！」と褒められてご満悦だったよ！

セバスさんから隠密行動の許可をもらえた私は、同じくセバス流派の中級まで学んだオルフェウス君と一緒に隠密行動をすることに。

え？　モモンガさんがいれば、何でもできたんだろうって？

何を言っているのかね君たち。人生で学んだことに不要なものなんて、ひとつとしてないのだよ。

もちろん、毛布で簀巻きになって惰眠《だみん》を貪《むさぼ》ることも人生……特に幼女にとっては必要不可欠なのだ。異論は認める。ごめんなさい。

『それで？　お嬢サマは何をしたいんだ？』

『おとうさまの、さいこんあいてに、あいにいく』

『三日後に会うんだろう？』

『そのまえに、あいたいの』

お互いに読唇術《どくしんじゅつ》で会話しながら、バルツァー家の裏門近くに到着する私たち。

オルフェウス君の肩にいるモモンガさんは不満げだ。

「きゅきゅ……（なぜ我に頼らない……）」

ちょっと静かにしてモモンガさん。

今の私たちは忍んでいるの。隠密行動中なのよ。

まぁ、モモンガさんの鳴き声くらいは、森の小動物がいる程度の認識にしかならないだろうけど。

『いきます！』

バルツァー家は代々騎士を輩出していて、お屋敷も魔法の結界などではなく物理で守られている。

壁は高く、柵《さく》も鉄の槍《やり》が並んだようなデザインだ。

『確かこれ、本物の槍だぞ。有事の際に武器として使うこともあるんだろうな』

『ふぉぉ、ぶつりとっかがた』

　ということは、門にある盾《たて》のようなデザインは……あれ？

『開いているな』

『ぶようじん！』

　これはいかんですよ。

　フェルザー家に嫁がれるならば、常に鍵をかけるのは当たり前だ。しかも何重にも組まれた結界や、セバスさんと庭師さんたちという万能セキュリティも取り扱う必要がある。

『どうする？　罠かもしれねぇぜ？』

『わな、それはこうつごう』

「きゅ！（守りは任せておけ！）」

『この茶毛玉が何を言ってるか分からねぇけど、ま、何とかなるだろう』

　裏門から入った私たちは、門番がいないことに疑問を持ちながらも屋敷の周りを歩く。

　どこを見ても灰色しか見えない。岩を切り出して建てたものらしく、王宮よりも堅牢《けんろう》に見える屋敷だ。すごい迫力。

　すると、遠くのほうから話し声が聞こえてくる。

『言い争っているみたいだな』

『だれが？』

残念ながら私は「影」の初歩しか学んでいないため、遠くの音を集める耳の技は未習だ。

『アデリナって呼ばれているな』

『むー』

「きゅきゅ……（だから我を頼れと……）」

結局、モモンガさんにお願いして水鏡を出してもらう。

これ、覗き見るのに便利だけど、対象が近くにいないと発動しないという欠点がある。

だから隠密モードは継続中だよ。ふふふ。

画面に映ったのは夜のような紺色の長い髪の女性と、同じ色を持つ壮年の男性だ。

「だから、フェルザー家からは断られているのだ！　茶会だけでもなどと、お前は……」

「一度だけで良いのです。直接お会いできる機会が欲しいのです」

「しかし……」

「妹の代わりと自ら望んだこととはいえ、私はずっと耐えてきました。この願いだけで良いのです。

今後はお父様の言うことを聞きますから」

「そう言ってお前は、また無茶をするのだろう？」

「もう若くはありません。おとなしくしますわ」

「どうだか」

やれやれといった様子のアデリナ様の父親……バルツァー公爵は、タイミング良く出されたカップに手をつけている。

一見、儚げな美人さんに見えるけれど、芯《しん》の強い女性なのかな。

『お嬢サマ、どうする？』

どうするも、こうするもない。私がすることは、ひとつだ。

『おなかすいたので、かえります！』

『……は？』

次回の隠密行動では、お弁当を持参せねば！

48　戦略的に撤退する幼女

お茶会の前日。

もはやお馴染みとなった毛布簀巻き状態の私は、コロコロ転がって自由を取り戻す。

「お嬢様、おはようございます」

「おはよう、マーサ」

ふわふわ猫っ毛の髪を整えてもらいながら、私は昨日のことを思い返す。

モモンガさんにお願いして、可能な限りアデリナ様の様子を見ていたけれど、あれから彼女はずっと読書をしていただけだった。収穫なしである。

「マーサ、ベルとうさまの、ごきげんは？」

「そうですね……お嬢様がお話しされれば、きっとご機嫌になられますよ」

お茶会が決まってから、お父様の機嫌はすこぶる悪い。

魔獣騒動の後処理のせいで朝の食事しか一緒にいられないのだけど、眉間のシワは深いままだ。

いってらっしゃいのハグをする一瞬だけシワがとれるとは、セバスさんの言だ。

お兄様にどう思うか聞いたけれど「父上がお決めになることだ」って言われちゃうし、お師匠様に相談したかったけど育児休暇中だし……。

今日中に何か分かればいいのだけど。

「お嬢様、今日もやるのか？」

「ヤるよ」

「きゅ……（主の言葉に不穏なものを感じる……）」

セバスさんから渡されたお弁当をオルフェウス君に任せた私は、意気揚々《いきようよう》と屋敷を出る。

昨日と同じく私たちは気配を消し、バルツァーの屋敷にするりと潜り込む。

「アデリナ、悪い知らせがある」

「明日のお茶会ですか？」

「いや、先日の大量発生した魔獣の騒ぎで、フェルザー殿が活躍したことは聞いているな？」

「はい。その流れで叔父上……陛下におねだりしましたから」

屋敷の庭に潜む私たちは、モモンガさんに水鏡を出してもらっている。

昨日は強い口調だったバルツァー公爵だけど、今日は冷静みたいだね。

アデリナ様は昨日と同じだから、きっと元々穏やかな性格なのだろう。美人さんだし何だか大人の女性って感じでずるい。

ん？　ずるい？

「うむ、そうだったな。悪い知らせというのは、フェルザー殿の活躍を聞いた他の貴族たちが、ぜひ娘を嫁がせたいという申し出が殺到しているらしい」

「まぁ！　さすが、ペンドラゴン殿と同列の力を持つフェルザー様ですわ！」

「無邪気に喜んでいる場合か。明日の茶会でうまくやらねば、お前にもう機会は無いと思え」

やれやれといった様子で部屋を出て行くバルツァー公爵。

ひとり残されたアデリナ様は小さな声で呟く。

「わかっておりますわ。あの御方にとって世の女たちは、落ちている石のようなもの……」

え、そうなの？

お披露目会の時にチラッと見たけど、確かに若い女性には塩対応だったような気もする。

それよりもあの時は、オルフェウス君の幼なじみちゃんの印象が強すぎたからなぁ。

水鏡に映るアデリナ様は、切なげに金色の瞳を潤ませて窓の外を見る。

「もう一度、もう一度だけでいいの。あの氷のような瞳で見てほしい」

頬を上気させて、うっとりとした表情をするアデリナ様。

まさか、彼女は……。

「ランベルト・フェルザー様、どうかもう一度だけ、そこらに落ちている石……いえ、虫でもいい。あの氷のような目で、私のことを冷たく蔑《さげす》み、なんでしたら罵倒《ばとう》も……ああ、それは望みすぎね。いけないいわアデリナ！　明日はしっかりと石や虫になりきるのよ！」

まさかの変態だったー!!

さりげなく私の耳をふさぐオルフェウス君。まだまだアデリナ様のひとりごとは続いているのだけど、これはもう聞かなくてもいいよね。

そのまま素早く抱き抱えられた私は、戦略的撤退（通算二回）をすることになった。

「きゅきゅ？（どうしたのだ、主？）」

「へんたいをめのまえに、われらはむりょくだった」

オルフェウス君は「貴族には変わり者が多いからなぁ」と苦笑していたけれど、私にとっては死活問題だ。

お父様の再婚相手が意地悪な継母《ままはは》になるのは避けたかったけれど、変態は対処のしようがない。だって変態だから。

「おとうさまは、おことわりできるのかしら」

「きゅきゅきゅー（風の精霊からすべて断っていると報告がきておるが）」

「でも、もしかしたら、おいろけで……」

アデリナ様は美人だった。しかもお胸がたゆんたゆんしていた。

神官見習いのティアちゃんもたゆんとしていたけれど、しっかりとした大人のたゆんは、攻撃力高いと思うんだよね。

ぐるぐる考えていたら、またもや毛布簀巻きになっていたみたい。

ええいそのまま寝てしまえ。ふて寝だ、ふて寝。

「ユリアーナ、寝てしまったのか」

「……ベルとうさま？」

ベッドに近づく気配とお父様のいい匂いに、ふにゃっと顔が笑ってしまう。

毛布から出ようとしたら、お父様にそのまま抱っこされてしまった。

「どうした。何かあったのか」

「すこし、きんちょうしています」

まさか明日来るご令嬢が変態だ、なんて言えるわけがない。

しょんぼりうな垂れた私のおでこに柔らかいものが触れる。

「大丈夫だ。何も心配することはない」

「あい、ベルとうしゃまぁ……」

おやすみのキスだと認識した私は、もうダメだ。ふにゃふにゃになってしまう。

眉間のシワがとれて、少しだけ口元を緩ませたお父様の「大人の色香」は、幼女に対してのこうかはばつぐんだ!!

簀巻きのままベッドに戻された私は、すっかり安心して眠りにつくのだった。

私が目を閉じた後、険しい顔をしたお父様に気づかないままに。

49　もやもやする幼女

お茶会の当日。

とうとうこの日が来てしまったと、がっくり肩を落とす私。

「ああ、どうしよう……」

「大丈夫ですよ。お嬢様はお可愛らしいですから、きっと先方のご令嬢もお気に召されるでしょう」

「そうじゃなくて……」

いや、マーサの言っていることは間違ってはいない。

こういう「お見合い」のような場では、よほどの事がない限り相手に好印象を与えることが重要なのだ。

アデリナ様は公爵令嬢であり、他国の後宮に入るはずだった妹に自分の婚約者を譲って、自らが代わりを務めたという気高き女性だ。

まぁ、妙な性癖を持っているけど悪い人ではない。……と、思う。たぶん。

「もし、旦那様がアデリナ様を娶《めと》られるのでしたら、とても良いことだと思いますよ」

「むぅ……」

胸の中がもやもやする。

ちょっとバターのききすぎたパンをたくさん食べた時みたいな、何ともいえない気持ちになる。

これはもしや……胃もたれか？

「ユリアーナ、準備は？」

「おにいさまー」

もやもやしている中、ちょうどいいタイミングで迎えに来たお兄様に、ぽてぽてと走っていってしがみついた。

お父様譲りの無表情美少年なお兄様だけど、優しく私を抱きしめて背中をぽんぽんと軽くたたいてくれる。

「どうした？」

「おにいさま、おとうさまは、けっこんするの？」

「それは父上の御心次第だ……しかし、今は……」

難しい顔をして黙り込むお兄様に、さらに問いかけようとしたところ、セバスさんから声をかけられる。

「お客様が来られました。出迎えるようにと、旦那様が」

「わかった。……ユリアーナ」

「あい」

気が進まないのを察したのか、お兄様は私を抱き上げて玄関へと向かう。

すらりとした夜色の髪を持つ女性と話していたお父様が、こちらを振り向いて優しげに目を細める。

今日の私の身につけている空色のワンピースとエメラルドグリーンのリボンは、お父様とお兄様の色だ。これは二人からのプレゼントだったりする。

「ふたりとも、挨拶を」

「はじめまして。ヨハン・フェルザーです」

「ユリアーナ・フェルザーです」

お兄様が優雅に一礼する横で、少しぐらつきながらカーテシーをする私。

まだお子様だから頭が重いので、ぐらつくのは許してほしい。ぐらぐら。

「はじめまして。アデリナ・バルツァーと申します。本日はお茶会へのご招待……無理を聞いていただき感謝いたしますわ」

淑女とは、きっとこういう女性なのだろう。

紺色のドレスに白のレースがよく映えていて、シンプルに見えるけどデザインはとても可愛らしい。センスいいなぁ、ぐぬぬ。

でも、隠密行動の時は、もっとふんわりした素材のドレスを着ていたよね。

シンプルなデザインにしたのは、やっぱり「出戻り」を意識してるから？

そう考えると同情しちゃう。中身変態だけど。

少し靴のかかとが高いせいか、ぐらぐら歩いていたらお父様に抱っこされてしまった。

アデリナ様は微笑みを浮かべているから失礼にはならない……と思いたい。

お茶会の場所は、フェルザー家自慢の庭園だ。

石畳みのデコボコした小道を歩くから、お父様抱っこのおかげで転ばずにすんだよ。

庭師さん（セバス一門の隠密さん）たちが丹精込めて世話をしている庭園だ。季節の花が咲き乱れていて、とても美しい。

「さすがフェルザー侯爵家ですわね。このお茶もとても美味しゅうございます」

アデリナ様の言葉に、一礼するセバスさん。

「これも、甘すぎず果物がたくさんのっていて、女性に嬉しいタルトですわね」

アデリナ様の言葉に、一礼するマーサと料理長。

「ところで……」

うん。分かるよ。

さっきから無言でお茶を飲んでいる、お父様とお兄様のことだよね。

私も何がどうなっているのか分からないんだ。正直、すまん。

「あの、ユリアーナ様は、いつもこうですの？」

優雅に小首を傾げるアデリナ様に、私もこてりと首を傾げてみせる。

うん。だって、私にも分からないからね。

「ほらユリアーナ、お前の好きな果物だ」

「ユリアーナ、ほら、ケーキも」

お父様のしっかりと鍛えられた筋肉を感じる太股、そこにちょこんと座っている私は、口を大きくあけて左右からやってくる果物やケーキを頬張っている。

アデリナ様に返事ができなかったのは、口をもぐもぐさせるのに忙しいからだ。無視をしているわけではないよ。

「ユリアーナ、口にクリームがついている」

そう言ってクリームを拭ったその指を、ペロリと舐《な》めるお父様。

頬にかかる髪を、そっと耳にかけてくれるお兄様。

氷の侯爵親子がやたら私に構ってくると思うでしょう？

ごめんなさいアデリナ様。これ、通常モードです。

「まさか、今日もこれをやるとはなぁ……」

「きゅきゅきゅ（今日も主《オルフェウス》は愛されておる）」

ちょっと後ろの護衛と小動物《モモンガさん》!!

聞こえてますよ!!

「まぁ、これは想定外でしたが、よろしいですわ。そろそろ本題に入りましょうか」

目の前でここまでイチャイチャされながらも、微笑みを絶やさないアデリナ様はすごいな。

そして、本題ってなんぞ？

「今回、叔父様……陛下に無理を言ってまで、この場を設けていただいたのには理由がございます」

「……ふむ。聞こうか」

あ、やっとお父様がアデリナ様に反応した。

「現在、王宮でのフェルザー侯爵様は、とても動きづらそうだと父から聞いております。違う意味での国の重石《おもし》となっている、貴族たちのせいだと」

「……それが？」

「形だけの婚姻でも良いのです。バルツァー公爵家との繋がりがあれば、フェルザー侯爵様の大きな助けになると思いますのよ」

「……ほう、それで？　貴女に何の益があると？」

お父様が興味を持つ話題を提供できたからか、アデリナ様は艶やかに笑む。

それは女の私から見ても、思わず見惚れてしまう魅力的な笑顔だ。

「もちろん。氷の侯爵様に嫁ぐ権利をいただける、それだけですわ」

真っすぐなアデリナ様の言葉に、私の中のもやもやが一気に大きくなる。


やばい。

なんかもう、逃げたい。

50　幼女は少女へ

そこから先は、よく覚えていない。

幼女の私が会話に参加しないことは普通だし、お兄様は心配そうに見ていたけれど「大丈夫」と笑顔で返すことができたと思う。たぶん。

「きゅ……（主……）」

「だいじょうぶだよ、モモンガさん。ちょっと、おどろいただけ」

アデリナ様の話に興味を抱いたのか、お父様は私の変化に気づいていなかった。

しょうがないと思う。だって、すごくお父様にとって有意義な時間だったから。

政治や経済の話で場は盛り上がり、女性でありながら多くの知識を持つアデリナ様の独壇場と化したのだ。

さらに彼女は他国の情報も多く持っていた。後宮での生活を情報収集に費やしたとのこと。

「お嬢サマ、ちょっといいか？」

「……どうぞ」

「おお、すんげーことになってんな」

お気づきだろうか。

今の私は毛布だけではない。布という布に巻かれている状態なのだ。

「おきになさらず」

「いや気にするだろ。まぁ、原因は侯爵サマなんだろうけど」

「ぐぬぬ」

かろうじて出ている頭を優しく撫でてくれるオルフェウス君。

やめて。優しくされたら泣いちゃうから。

「泣くなよ」

「ないてない」

「大好きなお父様の再婚に、微妙な気持ちになるのはわかるけどよ」

「わかるわけがない」

「そうだな、俺には分かんねーよ」

「ごめんなさい。やつあたり」

「子どもなんだから気にすんな。それより、こんな時に悪いんだけど、そろそろ冒険者に戻ることになった」

「え?」

簀巻き状態の私はコロコロ転がり、慌てて脱出する。

「神官見習いのティアが旅に出て武者修行するって話でさ。ちょうどいいから、パーティー組んで旅に出ることになった」

「ふたりきりで!?」

「いや、あと何人か加える予定だ」

あらら、小説ではイザベラちゃんが前衛で入っていたはずだけど、名前が出ないってことは外されたのかな？　お披露目会のこともあったからね。

なるほど。それならば……。

「おやしきは、いつでるの？」

「急だけど明日には出る。準備もあるし、信用できる人材を確保しないとだからな」

「ふむふむ」

頭の中で、あれこれ組み立てていく私。

さっきまでモヤモヤしていたけれど、それはそれとして置いておこう。

それよりも今は、これからを考えることに集中だ。

「長くはかからないと思う。帰ってきたらまた遊びにきてやるよ」

「わかった。オルさま、ごえいのおしごと、おつかれさまでした」

「おう。こっちも世話になった。ありがとうな、お嬢サマ」

オルフェウス君が護衛から外れるということは、お師匠様が来てくれるのだろう。

よし、動くのは明日以降だ。

「きゅきゅ……（主、よからぬことを……）」

「ねるよ！　モモンガさん！」

そう。そうだよ。

ここは私の小説とよく似た世界なのだから、多少違っていても「物語の大筋」を変えるべきではないのだ。


翌日、予想どおりお師匠様がきてくれた。

それでも鳥の奥さんから長く離れられないとのことで、昼間だけお屋敷で勉強を教えてくれるとのことだ。

「おししょ、おひさしぶりです」

「嬢ちゃん大丈夫か？　ランベルトが嬢ちゃんの元気がないから、急いで来いって言うからさぁ」

「だいじょうぶです」

そう言いながらも、私の顔色は悪い。

マーサとエマに心配されながら朝の支度を終えて、朝食も少ししかとれなかったからしょうがないよね。

お父様とお兄様は朝早くにお屋敷を出ていて、セバスさんから「お嬢様のことを逐一報告するように申し付けられております」とため息まじりに言われた。なんかすみません。

「おししょ、たいちょうがわるいので、へやでやすみます」

「そうだな。俺は屋敷内にいるから、ちゃんと休んでおけよ」

「はい」

書庫で数冊本を借りて、部屋に引きこもることにした私を、お師匠様は苦笑しながら見送ってくれた。

きっと、昨日のお茶会の話をセバスさんあたりから聞いたのだろう。

「ちょっと、はずかしい」

「きゅ？（何がだ？）」

「だだをこねてる、こどもみたい」

「きゅーきゅ？（主は子どもであろう？）」

「そりゃそうなんだけど」

具合が悪い……ということになっている私は、寝巻き姿のままベッドの上で座り込む。

書庫から持ってきた本の中から、一冊を開く。

「これ、できる？」

「きゅきゅ（精霊に関するものか）」

私の肩から本の上に降りたモモンガさんは、文字の上をくるくる回る。かわいい。

「わたしにも、できる？」

「きゅきゅ！（我の力をかせば、たやすいことよ！）」

モモンガさんの力強い言葉を受けて、外出用のポンチョを取り出すと、布に焼き付けるイメージで魔法陣を構築していく。

「モモンガさん、よろしくー」

「きゅ！（我に任せよ！）」

魔法陣を描いたり、モモンガさんが力を使うのは大きなものではない。

それでもお師匠様が変に思わないよう、動いた魔力をゆるゆる外へ流している。イメージは排気管だ。

「じかん、かかりそう？」

「きゅきゅ（我は大きな力を使えぬ。しばし待て）」

「わかった」

それならばと、私は他の準備にとりかかる。

ブーツやリュック、洋服などに魔法陣を描いて、使い勝手の良いものにしていく。簡単なものなら描けるのだ！

小一時間くらい作業をしていると、モモンガさんがフワッと浮いて私の肩に乗ってきた。

「きゅ！（できたぞ！）」

「ありがとう、モモンガさん！」

さっそく緑色のポンチョを身につけると、魔法陣が作動して私の体を変化させる。

周りの景色がぐいっと下になって、ゆったりとした寝巻きがきつくなるのを感じて慌てて脱ぐ。

「きゅきゅ！（主が幼女から少女に！）」

「え？　少女？」

モモンガさんの言葉に鏡を見れば、そこに居たのは蜂蜜色の髪とアメジストの瞳を持つ美……少女？

「あれ？　なんで？　美女になる予定だったのに？」

本にある魔法陣は、姿変えの魔法がかかるものだ。

二十年後の姿になるよう設定したはずなのに……。

「これが……私？」

「きゅきゅ（主は魔力が高い。成長が遅いのであろうな）」

中学生……いや、小学生と言われてもおかしくはない。

かわいいよ！　かわいいんだけど！

「これ以上は無理？」

「きゅー（主の体に負担がかかりすぎる）」

「ま、いっか。これはこれで可愛いし♪」

「きゅ♪（うむ♪）」

よし、これで準備万端だ。

ごめんなさい、お父様。

ユリアーナは逃げ……旅に出ることにします!!

◇とある執事と護衛の悩み

私の名はセバス。

フェルザー家の執事として、日々完璧に努めることを目標としております。

もちろん、ご当主であらせられるランベルト・フェルザー様の溺愛されているユリアーナお嬢様については、特に念入りに、しっかりと、セバスの名を持つ全員が一丸となってお世話をさせていただき……。

「セバス」

「はっ」

「ユリアーナはどうしている？」

「お部屋でお休みになられておりますが」

「……そうではなくて、だな」

珍しく旦那様の歯切れが悪い。

分かっておりますよ。

バルツァー家のご令嬢、アデリナ様とのお茶会にて、ユリアーナお嬢様は体調を崩されたとのことですからね。

「昨日まで隠密だなどと、元気そうだったではないか」

執務机に置いてある書類を放置し、がっくりとうな垂れる旦那様。

果たして隠密行動が「元気」の部類に入るのかは置いておくとして、確かにお嬢様が体調を崩されたのは旦那様もご心配でしょう。

ですが……。

「それはそうですよ。大好きなお父様が、他家のご令嬢と仲睦まじくされているのですから」

「仲睦まじいとは？　あれは仕事の話をしていただけだが」

「お嬢様から見れば、新しい母となる人ですからね。不安にもなられるでしょう」

「新しい母だと？　私に妻は不要だ。後継にはヨハンがいる」

まるで女性を子を産む道具のように言い放つ旦那様ですが、前の奥様がアレでしたから女性不信気味なのかもしれません。

旦那様は深いため息を吐き「おやすみのチューが無かった」などとブツブツ呟いていらっしゃいます。他に気にしなければならないことがあるでしょうに。

「先方には正式な断りを入れている。優秀な女性だとバルツァー公爵殿に伝えたところ、女公爵をたてるという話にまでなっていた。あの家は婿《むこ》をとることになるだろうな」

「さようでございますか。ところで、お嬢様はそれをご存じで？」

「……む？」

「ヨハン様と今回の件についてお話されているのは記憶しておりますが、お嬢様とは？」

「……ふむ、話す必要があったか？」

「お嬢様のご様子からしますと、必要だったかと」

考え込んでいらっしゃる旦那様。

はてさて、お嬢様に付けている影たちからの連絡内容を、今の旦那様に伝えてもいいものか悩ましいところですね。


俺の名はオルフェウス。

普段は冒険者として荒事などを担当している俺だったが、ひょんなことから侯爵家のご令嬢の護衛をすることになった。

最初の頃は、ぬるい仕事だと思っていたけど、なんつーか、とんでもない奴らと関わってしまったなぁというのが今の感想だ。

特に、使用人たちがヤバい。あれはもう触れてはいけない世界の人間達だと思う。よく侯爵サマはあれを制御できてるよな。

ていうか、あれを自分と血のつながらない子の側に置く意味が分からん。溺愛にも限度があるだろう。まぁ、いいけど。

とにかく、フェルザー家にいる奴らはとんでもないって話だ。

護衛の仕事が期間満了で終わった今でも、その気持ちは変わらない。

特に俺の護衛対象だったユリアーナ・フェルザーは、とんでもない幼女だ。

「ユーリです！　魔法が得意です！　よろしくお願いします！」

いや、今は少女か。

「なにやってんだ、ユリアーナお嬢サマ？」

「ゆゆゆりあーな、お、おおおおおじょうさまって、なんのことかしらぁ！　ほーほほほ！」

「誤魔化すにしても、それはひどすぎるだろう」

「なんでバレたの!!」

頭にモモンガをのせた、蜂蜜色の髪と紫の目を持つ、周りの目を引くほどの美少女。

まったく同じナリをした美幼女と、俺は最近までほぼ毎日一緒にいたんだ。バレないわけがないだろう。むしろなんでバレないと思ったんだ？

職業斡旋所《あっせんじょ》、通称「ギルド」と呼ばれるこの場所で、俺は旅の仲間を探していた。

前衛と後衛の二人は欲しいから、魔法使いである「ユーリ」の申し出はありがたいんだけどさ……。

「ギルドに登録できる年齢じゃねぇだろ」

「できたもん！　成人しているもん！」

「成人ねぇ……」

いつもはそのままにしてある蜂蜜色の長い髪を、今日は高い位置で結っている「少女」は、頬を膨らませてお怒りのようだ。

いやいや、ぜんぜん怖くねぇし。まずその子供みたいな怒り方をどうにかしろって感じだし。

お嬢……ユーリの頭に乗っている茶色い毛玉が「やれやれ」といった様子で尻尾を振っている。毛玉よ、お前も苦労するなぁ。

併設されている喫茶店に案内して、とりあえずベリーのジュースを手渡す。毛玉には木の実を皿に入れて出すと、テーブルの上で嬉しそうに食べている。

「私はユーリ！　魔法使いのユーリだからね！」

「はいはい、分かったよ」

ベリーの赤色に染まった口を拭いてやっていると、不意に空気が変わるのが分かった。

現れたのは神官見習いのティアだ。父親は高名な神官だという話だが、彼女の能力はとても高く、これは純粋に努力の結果だろうと俺は思っている。

「よう、ティア」

「お待たせしました、オルさ……ん？」

今回、武者修行の旅を計画しているクリスティアは、一緒のテーブルにいる少女を見て目を見開く。

「ユリちゃん！　お久しぶりですね！　まぁまぁ少し見ない間に大きくなって！」

「ティアにまで!!　なんでバレたの!!」

いやだから、なんでバレないって思ってたんだよ。

まんまお嬢サマだっつの。

さてと、どうしたもんかね。影さんよ。

書き下ろし短編

とある侯爵家ご令《れい》息《そく》の優雅な学園生活

THE ELEGANT SCHOOL LIFE OF A CERTAIN MARQUIS' SON

私の名は、ヨハン・フェルザー。

フェルザー侯爵家の嫡男《ちゃくなん》であり、現在は王立学園に通う学生でもある。

我が王国には、国中の優秀な者達が集まる学園がある。

そこは「極めて難関」と言われている試験に合格すれば、身分関係なく通うことができる学びの場だ。

ちなみに、貴族は家格によって学費を支払う義務があるが、それ以外の生徒の学費は王家が負担する。ただし、将来は役人や文官といった国のために十年働くことを義務とされる。

賛否両論《さんぴりょうろん》あるが、私はとても良い制度だと思っている。


学園には総会という生徒が運営する部署があり、不本意ながら私は会の総轄《そうかつ》を任されていたりする。

本来、生徒に王家の人間がいる場合、彼らが総轄を担うことが多い。

現在の学園には王族の生徒がいる。しかし恐ろしいことに、その生徒は総轄という重責を私に押し付けたのだ。

「押し付けたとは人聞きの悪い。私は君の方が向いていると思っただけだ」

「違うでしょう。面倒だからだと顔に書いてありますよ」

「え？　顔に？　お前が書いたのか？」

「とぼけたことを言ってないで、こちらの決裁をお願いします」

「なんだと!?　このような仕事は総轄がやるものだろう！」

「こちらは王家に確認をとるべきものなので、殿下の判断でもできるかと」

「総轄じゃなくても仕事があるとは……ぐぬぬ……」

学園内にある総会室で、私と殿下は昼食をとりながら書類を処理している。

国王陛下そっくりのオレンジがかった金色の髪をかきあげながら、テーブルに突っ伏している男子生徒。

常日頃から女生徒たちを騒がせる彼は、この国の第一王子である。

そんな彼は書類を机の端にずらすと、王族らしからぬ格好でだらけ始めた。

「どうしました？　いつもの殿下なら昼休みはサロンでお過ごしでしょう？」

「……ここで仕事をしていた方が、マシだ」

「例の『平民の女生徒』ですか？」

「そんな生ぬるいものじゃない。ただの『平民の女生徒』なら、何百人相手をしても疲れない自信があるぞ」

「そうですか」

ここ最近、多くの生徒たちから苦情が相次いでいる。

その申し出をしてくる筆頭は、国内でも有名な大商会のご息女イザベラ殿であるのだが、彼女たちの言葉だけを取ると特に問題なく感じてしまうのが困るところだった。なぜなら苦情のほとんどが「失礼な物言いをする」「特定の男子生徒につきまとう」という内容だからだ。

つきまとう範囲も学園の規則違反ではなく、彼女と特定の男子生徒が偶然会うことが多いという、とにかく妙な感じなのである。

　そしてその「特定の男子生徒」の中には、殿下も私も入っていたりする。

「どうにかしろ、ヨハン」

「どうにかと申されましても……例の女生徒は学園の規律に反しているわけではないので、罰することができないのです」

「それをどうにかするのが、総轄というものだろう」

「ならば殿下が総轄を……」

「断る！」

　思わず殿下に対し、不敬だと思いながらも呆れ顔を向けてしまう。

「私が卒業したら嫌でも総轄をすることになるのですよ？」

「だから、それまでの自由を謳歌しているのだ！」

　胸を張って言うことだろうか。

　いや、今は殿下が総会室《しごとば》に逃げ込むくらいに嫌がっている例の『平民の女生徒』が問題なのだが。

「それで？　殿下はどう困っているのです？」

「怖い」

「……怖い？」

「ただ同じ言葉を繰り返すんだ。彼女は私を『王子様』と呼び、国を背負う辛さを分かち合いたいなどと言う。怖いだろう？」

「それは怖いですね」

国の頂点に近い人物に対して同じ……なんなら上から目線で意見を言うとは、怖すぎる。

確かに学園内では身分関係なく学ぶことができる。しかしそれは身分を無視していいということではないのだ。

仮に、殿下のことを知らずに意見を言うのならまだしも知った上での狼藉《ろうぜき》だ。多くの生徒から苦情が来るのもうなずける。

そして殿下は、ずっと我慢していたのだろう。

王家のひとりである彼の意見は、とても強いものとなる。殿下のひと言で多くの人が動き、最悪彼女は王都に居られなくなることもあるのだ。まぁ、彼女を遠くへやることは良い事だと思えるが……。

「不敬罪《ふけいざい》というものがあれば、彼女は学園どころか国外追放になるだろうな」

「彼女がそうならないよう、殿下はここに逃げてきたのですか」

「いや。彼女の不敬に対して、イザベラ嬢が過敏《かびん》に反応するようになってしまって、さすがに毎度仲裁するのが面倒になってきてな」

「本当に殿下は面倒なことがお嫌いで。……彼女は色々あって、正義感あふれる女性になりましたからね」

「ん？　まさか、ヨハンはイザベラ嬢のことを？」

「有り得ませんね」

愛する妹、ユリアーナの誕生日を祝うために開いたパーティーで、イザベラ嬢はちょっとした騒ぎを起こした。

少々？　傲慢《ごうまん》だった彼女はその件で目が覚めたらしく、以後学園内でも五位以内の成績を保持する優秀な生徒となったのだが……。

いかんせん正義感溢れる勇猛な戦士の強さを持ち、心根の真っ直ぐなイザベラ嬢は多くの女生徒から人気がある。

「私は自分より雄々しい女性はご遠慮願いたく。それに、フェルザー家に嫁ぐなら『真っ直ぐ』である必要はありませんので」

「なるほどな」

私もすべてを知っているわけではない。

それでも父上が長年どのようなことをやってきたのか、少しは分かっているつもりだ。

国を支えるための影となり『フェルザー家の氷魔』として動いていることを。

「ところで、かの女生徒は将来有望な男子生徒たちに言い寄っているとのことだが、お前も何か言われたのではないか？」

「彼女が転入してきた日に『貴方の孤独を癒したい』などと言われましたね」

「孤独？　私という大親友がいるのに？」

「殿下が大親友なのかは置いておくとして、それ以外に『家族になってあげたい』などと言われて気持ちが悪かったですね」

「家族か……ヨハンは父親であるランベルト殿と妹御《いもうとご》がいるだろう？」

「ええ、父上のことはとても尊敬しておりますし、妹のユリアーナは世界で一番愛らしい存在で、父上と二人でこの天使を生涯守り戦うと誓っているくらいですよ」

「ランベルト殿と二人で？　お前たちは一体何と戦おうとしているのか」

「ユリアーナの求婚者たちと戦い、そして滅するためですが」

「いや、間違えるな。求婚者とは戦うものではない。そして滅するのは時と場合による」

殿下から滅することについて譲歩案が出た。仕方ない、なるべく穏便に始末することにしようか。

「それで、お前は例の彼女をどうするんだ？」

殿下は楽しそうに聞いてくるが、私から動くことはない。

ただ、彼女は父上のことを『家族に冷たい人間』と言った。それは平民の彼女から見れば仕方のないことかもしれない。おおかた世間で流れるフェルザー家の噂でも聞いたのだろう。

しかし彼女は愛する妹《ユリアーナ》のことを……。

「さぁ……私からは、特に何も」

私は父上の影に警護されている。

学園では自分がやりたいように過ごしているため窮屈《きゅうくつ》に感じたことはないが、私への周りからの言葉も逐一報告されていると知れば誰も近寄って来なくなるだろう。

殿下はそれを知った上で近寄ってくる変人ではあるが、それはさておき。

「フェルザーの飼っている影たちが『あの発言』を報告しているというわけか。では、私がここに逃げ込むのも、あと少しの間ということかな」

「さすがの私も『あの発言』で、うっかり彼女をありとあらゆる痛みを与えたうえで滅するところでした」

「ははは、ヨハンも冗談を言うのだな」

「私は殿下に嘘は申しませんから」

「ははは」

引きつった笑顔の殿下を見て、あの時怒りに身を任せそうになったことを思い出し苦笑する。さすがにフェルザー家の次期当主として褒められたことではない。

しかし私は、愛する妹に関してのみ己の感情を操作できないことを、なぜか嬉しいと感じているのだ。

「前にくらべると、ヨハンは面白くなった」

「面白がられるとは心外ですね」

私が変わった理由は妹、ユリアーナにあるのなら、それはきっと幸せなことだと思う。

父上以外の人間に関心が持てなかった私が、今では殿下と軽口《かるくち》を叩き合うことができるのだから。

殿下が王になった時は領地へ引きこもろうと思っていたが、ユリアーナを守るためには臣下の末席くらいに入る必要がある。王宮にいないと、守れないこともあるのだ。

以前の私には難しかったことが、今では楽にできている。

人付き合いしかり、殿下との交流しかり。

「うむ、フェルザー家は安泰だな」

そう言って殿下は微笑み、今度は文句を言うことなく書類を手に取られた。

殿下の仕事っぷりを見て、私も「王家は次代も安泰だ」などと、ひそかにほくそ笑むのだった。

あとがき

初めましての皆様、もちだもちこと申します。この度は『氷の侯爵様に甘やかされたいっ！』をお手に取っていただき、ありがとうございます。

他の場所でお会いしたことのある皆様、もちだは元気です。いつもたくさんの応援いただきありがとうございます。


今回の作品は女性が主人公です。

これまで出してきた本の主人公は男性ばかりだったので、何度も見直して「ユリアーナは女の子、オッサンじゃなくて女の子」と自分に言い聞かせておりました。

どうしても心の中にいる雄々しいもちこが叫びたがるのです。困ったものです。


この作品を書くきっかけを申しますと、同じ毎日のくり返しで疲れた人たちが癒されるのはどういう時なのか、という思いつきでした。

私の場合はイケメンを見た時、イケメンと触れ合った時、イケメンが（他多数あるため省略）に癒される……と、思うのです。

ならば無条件でイケメンに愛されるにはどうしたらいいのか、考えた末に出た結論は「幼女になれば何でも許される！」でした。

たぶん、その時の私は疲れていたのだと思います。ですが、きっと同じ思いを抱えている人がたくさんいると思うのです。

この作品が皆様の心の癒しになればいいなぁと、ほんのり思っている今日この頃です。


最後に。

麗しすぎるお父様と天使なユリアーナを描いてくださった双葉はづき様。

作家を褒めて何かを伸ばすタイプの担当編集A様。

この作品を世に出してくださったＴＯブックス様と関係者の皆様。

もちだの泣き言を優しく包んで海に捨ててくれるT先生、K先生、S先生。

いつも心を支えてくれる両親。

そして、ここまで読んでくれた方々。

皆様、本当に本当にありがとうございます。

もちもち頑張りますので、これからもよろしくお願いいたします。

２０２１年１月吉日　もちだもちこ

幼女
少女ユリアーナ、
冒険者になる!?

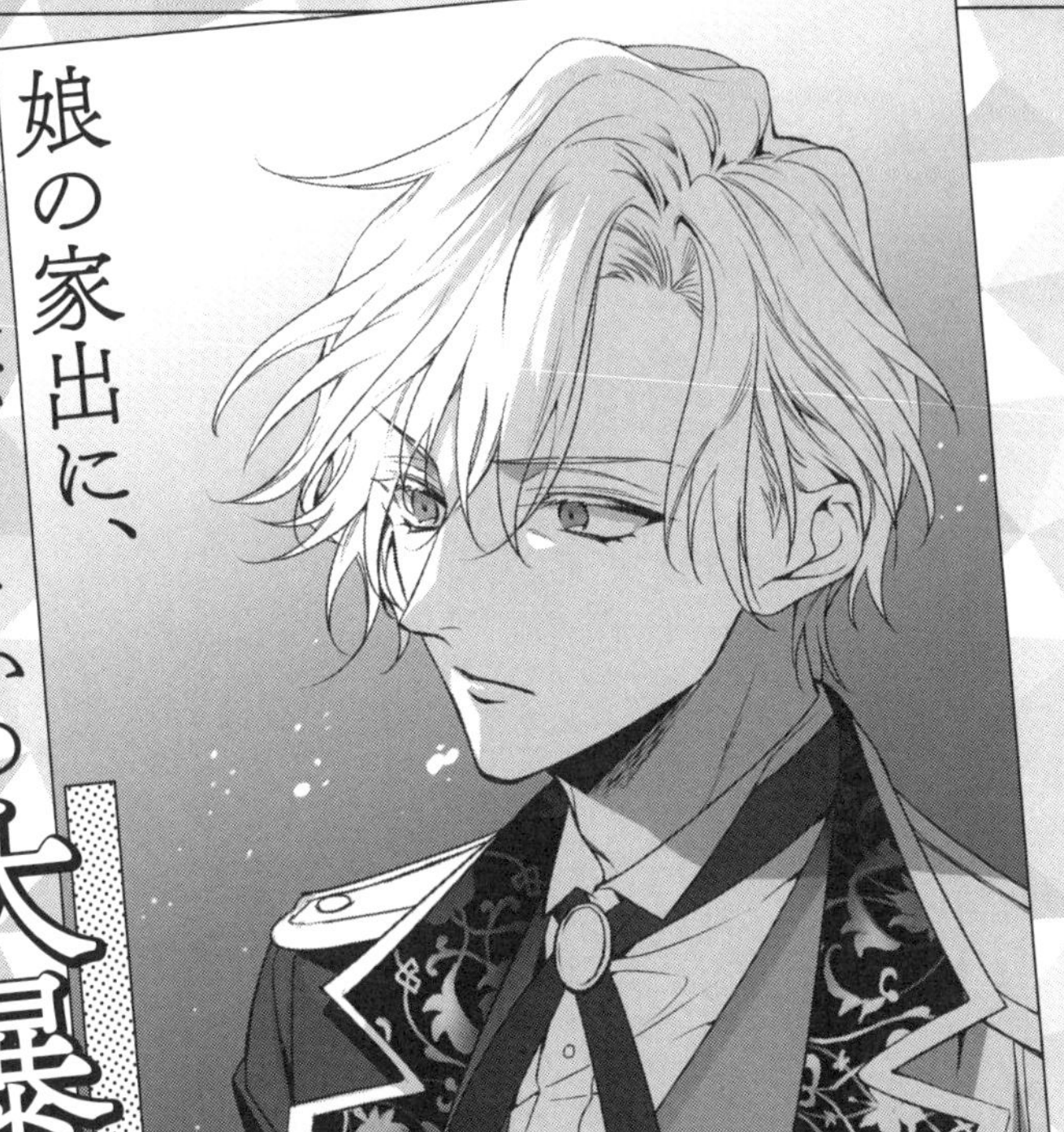

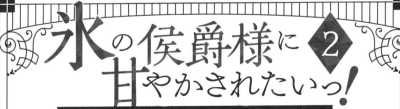

女神様の本……
一体どんなのだろう？
読んでみたいな。
「祠巡り」
貴族院に浮かぶ「巨大な魔法陣」
真のツェントに
なるのは
わたくし
ですもの！
ィナンドを
か…？
迫る「次期ツェント候補」

「地下書庫」での作業
「英知の女神
メスティオノーラの書」とは?
フェルデ
救える
冷静になれ…
2021年
春
発売予定!
本好きの
下剋上
司書になるためには
手段を選んでいられません
第五部 女神の化身V
香月美夜
miya kazuki
イラスト: 椎名 優
you shiina

まあ、がんばれ
まだ、チャンスはあると思う
篠やんはマジだからな……
振り向かせられるのー!!
されて、
せん2
otome game ga hajimarimasen.
予定!

文化祭で気づいた気持ち――

どうやったらあの人を

意気投合した攻略対象たちに同情されながら

不憫健気なヒロインが、鈍感の壁に正面から挑む！

超鈍感モブにヒロインが攻略
乙女ゲームが始まりま

Cho donkan mob ni heroine ga koryaku sarete,

2021年春発売

氷の侯爵様に甘やかされたいっ！
～シリアス展開しかない幼女に転生してしまった私の奮闘記～

2021年　2月　1日　第1刷発行
2021年10月15日　第3刷発行

著　者　もちだもちこ

編集協力　株式会社MARCOT

発行者　本田武市

発行所　TOブックス
〒150-0002
東京都渋谷区渋谷三丁目1番1号　PMO渋谷Ⅱ　11階
TEL 0120-933-772（営業フリーダイヤル）
FAX 050-3156-0508

印刷・製本　中央精版印刷株式会社

ISBN978-4-86699-114-6